祈念之樹

クスノキの番人

ひがしの けいご
東野圭吾

王蘊潔 譯

1

噹噹噹噹。老舊的鈴發出的沉悶鈴聲傳來。玲斗暫停了正在玩的手機遊戲，視線移向智慧型手機液晶螢幕角落。晚上十點零五分剛過。

他結束遊戲，把手機塞進工作服內側，緩緩轉動了脖子，脖子發出了喀喀的清脆聲音。因為閒著沒事，所以原本打算小玩一下，沒想到竟然埋頭玩了超過二十分鐘。遊戲真是太可怕了。

他站了起來，微微掀起旁邊窗戶拉起的窗簾，從縫隙中向外張望，發現一個身穿運動夾克，體格壯碩的男人孤伶伶地站在燈光昏暗的石燈籠旁。他一頭短髮，長相看起來有點嚴肅，年紀大約五十五、六歲。

玲斗在玄關的脫鞋處穿上球鞋，拎著事先準備的小紙袋打開拉門，走出社務所。

站在外面的男人一看到玲斗，露出了驚訝的表情。

「請問是佐治壽明先生嗎？」玲斗問。

「是啊……」

玲斗鞠了一躬，「你好，我正在恭候大駕。」

佐治露出好像在掂量的眼神看著玲斗問：「你是新來的？」

「對，我姓直井，從這個月開始守護樟樹，請多指教。」

「我聽柳澤女士提過，聽說你是她的親戚？」

「我是她的外甥。」

「原來是這樣，呃，可以再請教一下你的名字嗎？」

「我姓直井，叫直井玲斗。」

「原來是直井，我會記住。」

佐治注視著玲斗的臉上露出了好奇的表情，似乎很想知道一個好端端的年輕人為什麼會做這種工作。玲斗覺得告訴他也無妨，只不過說來話長。

「佐治先生，」玲斗神態自若地開了口，遞上了紙袋，「這是蠟燭，可以用兩個小時，這樣可以嗎？」

「嗯，我差不多十二點結束，和平時一樣。」

「你有火柴嗎？」

「謝謝，我自己帶了。」

「那就請你小心火燭。」

「我知道，你們每次都會提醒。」

「不好意思，那就請你小心慢走，衷心期望樟樹可以接收到你的心願。」起初常覺得舌頭會打結的這番說詞，現在終於可以說得很流利了。

「謝謝。」

佐治打開了手上的手電筒開關，轉身慢慢走向神社院落右側角落的樹林。這裡光線太暗，所以看不到，只要稍微往前走幾步，就可以看到那裡立著『樟樹祈念口』的牌子，牌子後方是兩側被樹木包圍的小徑。

玲斗回到社務所，拿了手電筒，拎起靠在牆邊的鐵管椅，再度走了出去。

他把椅子放在入口前坐下來時，有什麼東西在視野角落一晃而過。他驚訝地看向那個方向，發現有個什麼灰色的東西在院落角落的樹叢內移動。不是野貓之類，而是體積更大的東西，顯然是人影。人影隨著閃爍的光一起移動，可能借助筆燈之類的燈光照亮腳下的路。這麼晚了，會有誰來這裡？不可能是小偷。因為這裡完全沒有任何值錢的東西，雖然稱為神社，但只是虛有其名，連功德箱都沒有。

玲斗沒有打開手電筒，躡手躡腳走了過去。

人影在佐治的身影消失的地方，也就是樟樹祈念口的位置停了下來，探頭向內張望。穿著淺色連帽衫的背影很瘦小，完全沒有對身後產生警戒。

「請問有什麼事嗎？」玲斗問道，然後打開了手電筒。

瘦小的人影倒吸一口氣，身體抖了一下向後仰。

當人影戰戰兢兢轉過頭時，玲斗發現原來是一個年輕女人。她的臉很小，但瞪大的眼睛令人印象深刻。她似乎覺得手電筒的燈光很刺眼，用手遮住了臉。

「妳是誰？」玲斗把手電筒微微朝下，「在那裡幹什麼？」

年輕女人輕輕吸了一口氣，似乎想要說什麼，但什麼都沒有說。

「妳是佐治先生的朋友嗎？」玲斗繼續追問。

女人站在那裡一動也不動，身體好像僵住了。

「這麼晚了，不可以擅自進去裡面。如果要祈念，必須事先預約——」

玲斗說到這裡，那個年輕女人什麼都沒說，小跑著逃走了。手機的光照著她的腳下，她似乎用來代替手電筒。

雖然她很可疑，但玲斗覺得沒必要追上去質問，更何況對方是年輕女人，萬一大吵大鬧就麻煩了。

玲斗回到原來的位置，重新坐回椅子。他從懷裡拿出手機，開始看一部科幻電影。他不時抬頭環視四周，但並沒有發現其他可疑人物的動靜。剛才那個年輕女人似乎離開了。

即將半夜十二點時，佐治壽明從樹叢後方走了出來。玲斗起身走向他。

「我結束了。」佐治對他說。

「辛苦了。」

「我也預約了明天，到時候再拜託了。」

「好，恭候光臨。回家的路上請小心。」

玲斗猶豫著要不要把剛才那個年輕女人的事告訴他，但最後還是沒說。

「晚安。」佐治打了招呼後離開了。

玲斗用手電筒照著腳下，從樟樹祈念口走向深處。因為兩側都是樹木，所以小徑很狹窄，只能勉強讓兩個人擦身而過。

穿越樹林後，視野立刻變得開闊。前方有一個巨大的怪物。

那是一棵樟樹。這棵直徑足足有五公尺的巨樹高度超過二十公尺，好幾根粗大的樹枝扭曲著向上延伸的樣子，就像大蛇纏在一起。第一次看到時完全被震懾，說不出一句話。深深在地底扎根的樹根十分粗大，複雜地彎曲起伏。他小心翼翼沿著樹幹繞向左側，以免被樹根絆倒。

大樹側面有一個巨大的洞，大人只要稍微低頭，就可以輕鬆走進去。玲斗小心謹慎地走了進去，樹幹內側是像空洞般的空間，大小差不多有一坪多。

樹壁有一部分凹下，形成寬度大約有五十公分左右的架子。那應該不是自然形成，而是人工的，但並不知道是誰挖的。

架子上放著燭台。佐治來之前，玲斗把燭台放在這裡。燭台上的蠟燭只剩下一公分左右，燭火已經吹熄。

燭台前放了一個寫著「蠟燭費」的白色信封。玲斗打開一看，發現裡面有一張一萬圓的紙鈔。他很驚訝竟然有人願意為這種事花一萬圓，不知是否意味著這件事真有這樣的價值。他再度體會到，每個人的價值觀各不相同。

他把信封放進懷裡，拿起燭台，確認周圍沒有異狀後走了出去。他不經意地抬頭看向天空，發現一輪圓月掛在天上，比昨天晚上更接近完美的圓形，明天就是滿月的日子。

回到社務所收拾了一下，告一段落後，他看向小冰箱，最後還是忍住沒把冰箱裡的罐裝氣泡燒酒拿出來。因為明天還要早起。

他在房間的小流理台前刷了牙、洗了臉，關燈後鑽進了被子。漫長的一天終於結束了。只要閉上眼睛，應該馬上可以入睡。

漸漸模糊的思考中，浮現了一個單純的疑問。這一切真的是現實嗎？明天早晨醒來，會不會發現自己睡在另一個地方？因為短短一個月前，他在一個和這裡完全不同的地方。那地方比這裡睡得更不舒服。這也是理所當然，因為他被羈押在警局的拘留所。

2

他犯下的罪名是侵入民宅、毀損器物和竊盜未遂。

玲斗潛入了『豐田工機』這家專門買賣二手工業機械的回收業者倉庫。他之前在那家公司工作了一年，兩個月前才離職，但正確地說，他並不是主動辭職，而是被公司開除。因為他向客戶透露，公司出售的放電加工機有瑕疵。客戶指出了這個瑕疵，老闆不得不同意對方砍價。只是玲斗沒有料到客戶會老實告訴老闆：「你們公司的員工告訴我，那台機器有瑕疵。」老闆勃然大怒，當天就宣布開除玲斗。

「我誠實說明商品的狀況有什麼錯？明知道有瑕疵卻向客人隱瞞，這不是欺騙嗎？我只是想誠實做生意。」

玲斗反駁道，老闆豐井咬牙切齒地瞪著他說：

「你少給我來這一套！什麼誠實做生意？難道你以為我不知道是你收了客戶的錢，所以才把機器的瑕疵告訴對方嗎？」

玲斗說不出話。因為老闆說得沒錯。

「我要開除你！你馬上給我滾出去。」豐井大聲咆哮。

玲斗咂著嘴說：「好，那你給我離職金。」

「你說什麼？」

「我有權利領離職金，還有沒付的薪水，如果你不付，我們就法庭見。」

「你在說什麼夢話！我怎麼可能付給你？你這種什麼都做不好的廢物，我僱用你到今天，還提供宿舍給你住，你該心存感激，而且你才該付我錢呢！你這表情是什麼意思？如果你有意見，想告就去告吧！」豐井咆哮著，甩著手上的大扳手，玲斗只好逃出了辦公室。

然後他就失業了，而且必須搬出員工宿舍——雖然只是兩坪多大、附有小廚房的套房而已。他完全沒有積蓄，生活立刻陷入了困頓。他住在網咖內，在朋友的介紹下打零工，薪水只能勉強餬口，付了手機的電話費後就手頭拮据，根本無法正常吃三餐。

正當他開始擔心自己會橫屍街頭時，以前在『豐田工機』的後輩同事告訴他一件事。豐井最近向一家廢棄工廠買了一台機器，那台機器名叫雷射位移計，新的機器至少要兩百萬圓，但賣主是那家工廠的老闆娘，老闆死了，她完全不瞭解中古機器的市場行情，豐井看準了老闆娘希望趕快有人買走的心態，竟然只花了兩萬圓收購。

「他挑剔說機器故障，反正說了一堆謊拚命殺價，反正這個貪婪的老狐狸每次都用這一招。」後輩皺著眉頭，滿臉不屑地說。

一問之下，發現那台雷射位移計很小，一個人就可以搬動，而且當然沒有故障，只要賣給業者，賣價應該可以超過一百萬。

玲斗想到剛好可以用這筆錢當作自己的離職金。

其實他之前就曾經多次想潛入『豐田工機』偷竊。雖然他知道偷竊是不好的行為，但覺得目標是『豐田工機』就另當別論。不光是這次的雷射位移計，老闆向來用欺騙的手法做生意。而且『豐田工機』的公司名字就有問題，老闆姓豐井，照理說應該取名為『豐井工機』，但他故意用『豐田』這兩個字，絕對就是希望客人誤以為是足以代表日本的汽車大廠的關係企業，要對這種簡直就像詐騙集團的公司下手，根本沒有任何罪惡感。更何況又遭到不當解僱，無法領到原本該領的錢，就只能自己動手了。

只不過就算潛入公司，也無法保證能夠偷到什麼值錢的東西。辦公室的保險櫃上了鎖，即使能夠順利打開，裡面也未必有現金。最有價值的就是保管在倉庫內的工業機器，但都有好幾噸重，根本沒辦法單槍匹馬偷出來。

然而，現在的狀況不一樣了，倉庫內有一台雷射位移計，即使隨便亂賣，也可以賣超過一百萬，而且搬運也很輕鬆。

既然打定主意，就要趁早動手。一旦被豐井轉賣出去，就無法下手了。

於是他決定那個星期六立刻行動。他曾經在那裡工作一年，知道監視攝影機的位置，而且那家公司在防盜保全方面很馬虎。他事先向後輩打聽了雷射位移計放在倉庫的哪個位置，所以輕鬆地偷了出來。

沒想到在他準備離開時，發生了意想不到的狀況。他向後輩借了備用鑰匙進入倉庫，但為了偽裝成小偷從窗戶闖入，所以決定打破窗戶玻璃。沒想到當他用鐵鎚打破窗戶玻璃時，警報器響了起來。他做夢都沒有想到，那個吝嗇老闆竟然會裝這種東西。他在刺耳的警報聲中慌忙騎著腳踏車落荒而逃，但因為太著急，原本放在後座椅上的雷射位移計滑落了，但他來不及撿起來。

雖然那天晚上白忙了一場，但他篤定地以為自己不會被逮到。因為他在犯案時戴著手套，而且也很有把握沒有被監視器拍到。沒想到隔天早上，當他走出已經成為他巢穴的網咖時，立刻被刑警包圍，要求他主動到案說明。

當得知後輩坦承一切時，他放棄了掙扎。

他覺得根本瞞不了，所以就在偵訊室坦承了一切。他痛切地向刑警訴說，當初因為不合理的理由被公司開除，而且也沒有領到離職金和積欠的薪水，所以一直懷恨在心。

刑警有點同情他，但並沒有在做筆錄時手下留情。他很快被移送檢方，等待檢方起訴。

完了，恐怕得坐牢了，但反正自己本來就沒地方可住，所以也剛好。正當他準備放棄時，發生了意想不到的事。一個自稱是律師的人說是受玲斗的外婆委託來會見他。

玲斗的確有一個外婆，她叫富美。在被警察帶走之前，他打電話給外婆，簡短說明了自己可能會遭到逮捕。外婆是他唯一的親人，在高中畢業之前，他都和外婆一起生活，所以擔心自己突然失去聯絡，會讓外婆擔心。但他完全沒有奢望外婆可能會助自己一臂之力。七十八歲的外婆獨自在江戶川區的一棟舊房子內勉強度日，不僅不諳世事，而且是一旦被詐騙集團盯上，絕對會受騙上當的老實人。玲斗打電話給她時，她一聽到玲斗會被逮捕，立刻在電話那端不知所措，難以想像外婆有委託律師的智慧和人脈。

一個戴著黑框眼鏡的瘦臉男人坐在會見室的壓克力板另一側，因為他一頭白髮，玲斗覺得他很老，但看不出實際年齡。他身上的西裝只要看布料的光澤，就知道是高級貨。

「你是直井玲斗吧？」男人站了起來，向前走了一步。

「是。」

「初次見面，這是我的名片。」他在說話時出示了名片，在律師的頭銜下方，印著岩本義則這個名字。

「我外婆委託你來這裡嗎？」玲斗問。

「嗯，就當作是這麼一回事，因為這麼說，你比較不會感到困惑。」岩本退後一步，重新坐在鐵管椅上。

「那到底是誰委託你？」

「我無可奉告。」白髮律師說完，蹺起了二郎腿，「這是我和委託人之間的約定，目前無法告訴你，也許應該說，無法由我來告訴你。」

玲斗皺起了眉頭，「什麼意思？這是怎麼回事？」

「這是委託人的要求，律師必須遵守委託人的指示。你以後就會知道詳情，只是在此之前暫時是秘密。」

玲斗絞盡腦汁思考。到底是誰委託眼前這位律師？他腦海中浮現了幾個朋友的臉，但完全想不到任何人會做這種事。

「委託人要我帶話給你，」岩本打開了手上的筆記本，「我現在唸出來，所以你注意聽好了。『直井玲斗先生，如果你想恢復自由身，就委託岩本律師全權處理。只要交給岩本律師，必定能夠順利解決。在你獲得釋放時，立刻來找我。我有事要命令你。只要你願意遵從我的吩咐，這次的律師費用都由我支付。委託人上』」原本低頭看筆記的年邁律師抬起了頭，「這就是委託人要我轉告的內容。」

玲斗握住了放在腿上的雙手。

「委託人要命令我做什麼事？」

「我不知道。」岩本冷冷地說，「委託人只要我轉告這些話。怎麼樣？你要委託我處理這個案子嗎？如果你委託我，我就會像委託人所寫的那樣開始積極奔走，讓你重獲自由。」

玲斗感到不知所措，也猶豫不決。無論怎麼想，都覺得這件事聽起來很可怕。光是委託人身分不明這件事就讓人匪夷所思，而且還必須為了這筆律師費，聽從不知道什麼命令，感覺有危險的味道。

如果不答應，會有什麼結果？一旦遭到起訴，絕對會被判有罪，沒有任何人能夠保證會被判緩刑。一旦坐牢，不知道會入獄幾年？

委託人到底要指示玲斗做什麼事？和犯罪有關嗎？如果是要去殺某個人，該怎麼辦？如果為了擺脫偷竊罪變成殺人犯，未免太不划算了。

「怎麼樣？」律師問，「我希望馬上聽到你的決定。」

「呃，」玲斗用指尖抓了抓太陽穴，「如果我直接委託你為我辯護的話，請問費用大概是多少？」

岩本立刻揚起下巴，「你是說不靠委託人，自己支付律師費嗎？」

「我覺得這也是選項之一。」

「不可能。」

「啊？」

「不存在這個選項。我有選擇客戶的權利，我並不會接收不到律師費的案子。」

玲斗沒想到岩本竟然這麼回答，但覺得如果自己站在岩本的立場，應該也會回答同樣的話。

「你要不要趕快決定？我也很忙。」岩本催促道。

「你有硬幣嗎？」玲斗問。

「硬幣？」

「隨便什麼硬幣都可以，十圓或是一百圓都可以，一圓也沒關係。」

岩本從懷裡拿出皮夾，看向零錢袋，拿出一枚一百圓硬幣後問：「要幹什麼？」

「往上面丟。」玲斗做出丟的動作，「然後像這樣雙手接住。」說完，他把雙手疊在一起，右手放在下面。

「原來是要丟硬幣決定。」

「我每次猶豫不決時都用這種方法決定。」

「結果順利的機率是多少？」

玲斗微微偏著頭說：「可能五五波吧。」

岩本笑了笑，但沒有發出聲音，「很數學的結果。」

「但至少可以讓我死心，覺得這就是命運。」

「原來是這樣。」

「那就麻煩你了。」

「好。」

岩本把一百圓硬幣往上一丟，然後雙手接住。右手在下，然後把左手蓋在右手上。

到底是正面還是反面——玲斗注視著年邁律師的手背，他的手很光滑，顯然從來沒有做過重活。

玲斗吞了一口口水之後說：「正面。」

岩本緩緩抬起左手，然後伸出右手。玲斗看到了大大的『100』這個數字。

「猜中了，是正面。」玲斗打了一個響指，「好，那就決定了，我委託你處理，請多指教。」他起身鞠躬。

岩本點點頭，一隻手伸進西裝內側，拿出了手機。他俐落地操作後，把手機放在耳邊，似乎在打電話給誰。

「喂？我是岩本……午安……對，我目前正在和嫌疑人面會……已經告訴他了，他接受條件，決定委託我……好，我知道了。」岩本掛上電話後，看著玲斗，點點頭說：「我已經向委託人報告了，交易成立，從現在開始，我會採取行動讓你獲得釋放，不能反悔，沒問題吧？」

「當然。」玲斗回答，「男人說話算話。」

「很好，但是有一件事要告訴你。」岩本把剛才那枚一百圓硬幣中刻著『100』的那一面對著玲斗，「『100』的下面刻了什麼？」

玲斗把臉貼向壓克力板，定睛細看著，「刻著平成三十年。」

「請你記住，日本的硬幣有製造年份的那一面是背面。」

玲斗原本半信半疑，沒想到不久之後，他真的獲得釋放。警察要他走出拘留所，還把原本寄放的手機和裝了所有財產的背包還給他，他在幾份文件上簽名之後就恢復了自由。他沿著分局內的通道走向出口，周圍沒有任何警察多看他一眼，他覺得有點莫名其妙。

走出警局後，岩本律師向他走來。「辛苦了。」

「太厲害了，」玲斗說，「我沒想到這麼快就可以出來，你到底用了什麼絕招？」

「等一下在車上告訴你，我們走吧。」岩本走向停車場。

「走吧？要去哪裡？」

「你跟我來就知道了。」

停車場內停了一輛很大的轎車。玲斗不太懂車子，但八成是高級進口車。岩本碰一下門，門鎖就自動打開了。

「我並沒有用什麼絕招，」車子開出去後不久，岩本說，「只是和被害人和解了。」

「那個吝嗇鬼老闆嗎？簡直難以置信。」

「正因為他對錢斤斤計較，才願意和解。因為不管你坐幾年牢，對他都沒有任何好處，所以通常都會認為同意和解對自己有利。」

玲斗轉身看向駕駛座，「所以你付了錢給他嗎？」

「當然。」

「付了多少？」

「你想知道？」

「我很好奇。」

律師看著前方，微微揚起鼻子說：

「你逃離現場時，不是丟下了原本偷的雷射位移計嗎？結果似乎導致機器損壞，光是修理費就超過五十萬，和解金也包含了這筆費用。」

「光是修理費就五十萬……」

「如果你仍然想知道金額，我可以告訴你。」

「不，不用了，我還是別知道比較好。」

離開警局三十分鐘左右，岩本漸漸放慢車速。不一會兒，駛入一家高級飯店的車道。

「到了。」

「啊？要來這裡？」

岩本在大門口停下車，但沒有熄引擎，從西裝內側口袋拿出一張便條紙說：「你去這個房間，委託人在那裡等你。」

玲斗接過那張紙，上面寫了『２０１６』的數字。

「那你呢？」

「我受委託的事到此為止。接下來，你可以按自己的意志行動。」

「……我知道了。」玲斗解開安全帶，拿起放在腳邊的背包，打開副駕駛座旁的門，左腳踩在地上。

「和解成立之後，豐井老闆說，」岩本對他說，「有瑕疵的機器無論再怎麼修，都會發生故障。那個傢伙也一樣，終究是瑕疵品，早晚會闖下更大的禍被關進監獄。」

玲斗咬著嘴唇。他不知道該如何回答。

「所以，」律師接著說道，「希望你接下來的生活方式，可以證明他的預言並不正確。」

玲斗看著岩本的眼睛問：「我該怎麼生活？」

「這個問題的答案，應該就在那個房間等你。」岩本指了指玲斗手上的紙，「但是，我要提醒你一件事，下次要做重大決定時，要用自己的腦袋思考，在明確意志的基礎上做決定，不要再依靠硬幣。」岩本眼鏡後方的雙眼露出冷酷的眼神。

玲斗感到胸口隱隱作痛，他呼吸了幾次後，才終於回答說：「我會記住。」

下了車，關上車門後，他向坐在駕駛座上的岩本深深鞠躬。岩本點點頭，把車子開了出去。

目送車子離去後，玲斗轉身看向後方的飯店。他揹起背包，握緊那張紙，緩緩邁開步伐。

這是他有生以來第一次走進高級飯店，寬敞的大廳內來往的每個人看起來都優雅時尚。玲斗身上仍然穿著被捕時的T恤、夾克和牛仔褲，完全沒換過衣服，他很擔心自己一身窮酸打扮和身上發出的臭味會被趕出飯店。

一個戴著帽子的男性員工快步走向他，他忍不住緊張起來，以為果然會遭到抗議，結果對方問他：「請問是住宿嗎？請把行李交給我。」

「不，我不是來住宿。」他慌忙否認。

「是嗎？失禮了。」那名員工露出親切的笑容鞠了一躬後離開了。

之後，他沒有受到任何阻攔，順利搭上了電梯。2016室應該在二十樓。他按了按鍵，不停地深呼吸。在這個異世界等待自己的委託人到底是誰？到底會下達什麼命令？

電梯抵達二十樓，玲斗走在兩側都有房間的走廊上，咳嗽了兩次。高級飯店的地板材質似乎很不錯，所以走在上面完全聽不到腳步聲。

他終於來到2016室前，深棕色的門好像是通往另一個世界的入口。玲斗吞了口水之後，按下門旁的門鈴。

幾秒鐘後，聽到打開門鎖的喀答聲，門慢慢打開。玲斗屏住了呼吸。

出現在門內的是一個女人，年紀大約六十出頭。對那個年紀的女人來說，她或許算是高個子，白色襯衫外穿了一件灰色上衣，一頭栗色的短髮。

玲斗覺得似曾相識，但想不起曾經在哪裡見過。她的一雙鳳眼注視著玲斗的臉，玲斗感受到一種難以形容的壓力，差一點往後退。

「進來吧。」女人用略微沙啞的聲音說。她說話的語氣很柔和，而且看起來嘴角帶著一絲笑容，玲斗稍微鬆了一口氣。

玲斗在她的邀請下戰戰兢兢地走進房間，那裡是會客空間，放了皮革沙發和擦得一塵不染的茶几。房間內沒有床，他看到一道門，也許隔壁是臥室。

「請坐。」

女人示意他在其中一張沙發上坐下，玲斗把背包放在腳旁，坐了下來。女人也坐下後，仔細打量著他的臉。

「看你的樣子，似乎沒有想起我是誰。」

看來以前果真見過面。玲斗抓了抓頭問：「請問我們在哪裡見過？」

女人豎起了右手的食指和中指。

「我們見過兩次，但第一次你才剛出生不久，第二次離現在也有十五年了，你當時還在讀小學，所以不記得也很正常。」

玲斗努力在記憶中尋找，仍然想不起來。

女人從旁邊的皮包中拿出名片，「你看了我的姓氏，會不會想起來？」

玲斗接過名片，上面印著『柳滋股份有限公司　顧問　柳澤千舟』。

「柳澤……不，我沒聽過這個姓氏。」

「是嗎？我就知道。」

「請問阿姨，」玲斗看了看名片，又看了看眼前的女人，「柳澤是妳的姓氏嗎？」

「阿姨？」女人挑了一下右側的眉毛。

「啊，不，不好意思。請問是您……的姓氏嗎？」

這應該是有生以來第一次對別人說「您」這個字。

她的鼻子發出哼哼的聲音，似乎在苦笑。

「好啊，叫我阿姨沒關係，甚至可以叫我奶奶了。沒錯，柳澤千舟就是我的名字，千、舟。」

千舟。玲斗在嘴裡小聲重複了這個名字。這個名字很與眾不同，但他覺得很好聽，有一種時下那些響亮的名字中所沒有的韻味。

千舟再度把手伸進皮包，這次拿出一個信封。她把信封放在玲斗面前說：「你看一下裡面的東西。」

「是什麼？」

「你看了就知道。」

玲斗伸手拿起信封，裡面是一張泛黃的照片。照片上有四個人，後方站了一個高大的老人，前面是一個看起來像小學生的少女，旁邊有兩個女人。玲斗看到左側的女人，倒吸了一口氣。那個女人的年紀大約二十出頭。

玲斗將視線從照片移到千舟的臉上。

「有沒有發現什麼？」

「左側的這個女人就是您？」

「沒錯，」她點了點頭，「你竟然能夠認出來。」

「因為和現在沒太大的差別。」玲斗坦誠說出了自己的感想。

「謝謝，原來你也懂得吹捧別人。」

玲斗有點不知所措。他想反駁說，他沒有這個意思，但還來不及開口，千舟就問他：

「右側那個女人呢？你看得出是誰嗎？」

玲斗再度看著照片。右側的女人穿著和服，年紀比千舟大很多，但應該也只有三十五、六歲左右。五官很明顯，是一個美女。他打量半天後終於認出來，忍不住「啊！」了一聲。

「你似乎認出來了。」

「這不是……外婆嗎？」

「沒錯，就是富美阿姨。」

果然是外婆。玲斗再度看著照片。「太驚訝了，原來外婆以前這麼瘦。」他想起外婆目前圓滾滾的身材。

再怎麼說這可是四十年前的照片。

「這個女孩呢？」千舟問他。

玲斗注視著照片中的少女。看起來大約小學三年級左右，穿了一件白襯衫配深藍色裙子，一頭短髮，好勝的雙眼看著鏡頭。

他想到了一個很像這個少女的人，而且他十分熟悉。

「媽媽……是我媽？」

「沒錯，就是美千惠，站在後面的這個男人是你的外公直井宗一。」

「外公……是喔。」

玲斗懂事時，外公已經離開人世，幾乎沒有聽大人提過他是怎樣的人。今天也是第一次聽說他的名字叫宗一。玲斗這麼告訴千舟，千舟告訴他說，是宗教的宗，數字的一。

「宗一先生也是我的父親。」

玲斗聽了這句話，忍不住「啊？」了一聲。

「父親……啊？這是怎麼回事？」

「這不是比喻，也不是開玩笑，就是你聽到的意思。宗一先生曾經和我媽結婚，當時生下了我。和我媽結婚時，因為是入贅，所以他當時姓柳澤。在我媽生病去世之後，他仍然維持這個姓氏，之後他愛上了他的學生，然後決定再婚。你有聽說宗一先生是高中的國文老師這件事嗎？」

「不，現在第一次聽說。原來是這樣，他是高中老師……」他完全沒有真實感，但在回想千舟剛才說的話之後，驚訝地問：「他愛上了他的學生，然後決定再婚？那個學生該不會就是外婆？」

「沒錯，他們相差二十二歲。」

玲斗看著照片中的富美。「外婆還真行啊。」

「宗一先生和富美阿姨再婚時，改回了原本的姓氏直井。」

「原來是這樣啊，呃，所以……」玲斗用力吸了一口氣，再度凝視千舟的臉。

「沒錯。」老婦人露出溫和的笑容，挺直身體，點點頭，「我是你媽媽美千惠的姊姊，我們是同父異母的姊妹，所以我剛才不是說了嗎？你可以叫我阿姨，因為我真的就是你的阿姨。」

玲斗吐出了憋著的氣，把照片放在茶几上，在腦海中整理剛才聽到的這些事。

「我媽從來沒有向我提過這些事。」

千舟露出冷靜的表情，連續微微點了幾次頭。

「果然是這樣，也許吧，如果問我們的關係是不是像普通的姊妹，我必須說，並不是。因為我們從來沒有共同生活的經驗。」

玲斗皺著眉頭問：「為什麼？」

「說來話長，這些事以後再告訴你。總之，你相信我是你的阿姨這件事嗎？如果懷疑的話，可以去公所徹底調查美千惠或直井宗一的戶籍。」

千舟毅然的態度足以保證她說的話屬實，而且正如她所說，如果是謊言，很快就會被拆穿。

「我瞭解了，」玲斗說，「我相信妳就是我的阿姨，但我搞不懂，為什麼妳現在突然出現？」

千舟挑起兩道眉毛，瞪大眼睛，好像玲斗問了什麼令人意外的問題。

「為什麼？當然要怪你啊。」

「怪我？」

「我接到了富美阿姨的電話，說她的外孫被警察抓了。」

「外婆為什麼要打電話給妳？」

「因為這是當初說好的。為了避免傷害柳澤家的名譽，如果親戚中有人發生醜聞，就必須通知我這個戶長。富美阿姨只是遵守了這個規定，我接到電話之後，和認識的律師討論，請他調查了案子的情況。岩本律師是我學生時代的朋友，他調查後告訴我，這個案子要和解並不困難。然後我向富美阿姨瞭解了你最近的情況，你的生活狀況似乎並不值得稱讚。」

不用妳管。玲斗很想這麼說，但他把話吞下。因為對方終究是讓他恢復自由身的恩人。

「所以，我想到一個主意。」千舟繼續說道，「岩本律師應該已經轉告了我要對你說的話吧？」

「是。」玲斗微微揚起下巴，「獲得釋放之後，只要願意聽從委託人的命令，委託人就會全額負擔我的律師費。」

「你接受這個條件，然後順利離開了拘留所。我可以認為你沒有改變心意嗎？如果你改變想法，也可以違反約定，但必須自己全額支付律師費。」

玲斗聳了聳肩，攤開雙手說：

「妳是明知故問，我根本沒錢支付律師費，但是我並沒有任何可取之處，能力也有限。」

千舟露出冷漠的表情，瞇起眼睛。

「我聽說了你的經歷，你在高中畢業之後並沒有讀大學。」

「不是沒有讀大學，而是沒辦法讀大學，沒那麼多錢。」

「只要有心，總會有辦法。算了，先不說這些，你將來的夢想是什麼？」

「夢想？」

「也可以說是展望。你從來沒想過以後想成為什麼樣的人、想怎樣生活嗎？」

「展望喔。」玲斗從千舟身上移開視線，抓了抓脖頸。「沒什麼特別的展望，只要活著就好，怎麼過都沒關係。」

千舟吐了一口氣，點點頭，似乎瞭解了什麼。

「好，既然這樣，那就更要聽從我的指示，因為這是只有你才能做到的事。」

「只有我才能做到？什麼事？」

千舟坐直身體，胸口用力起伏，深呼吸之後才終於開口，好像要宣布什麼重要的事，提醒對方絕對要聽清楚。

「我要你做的事——就是成為樟樹的守護人。」

3

隔天也是晴朗的好天氣，玲斗清晨六點起床，吃完簡單的早餐之後，開始打掃神社院落。玲斗拿著掃帚和畚箕，從社務所看向外面，忍不住嘆著氣。今天也和昨天一樣，地上全是落葉。初秋已經是這種狀況，光是想像到了秋末初冬季節的情況，就讓人感到厭世。

神社的院落並不大，只不過用掃帚掃了又掃、掃了又掃，風還是不停地把落葉吹來。雖然有一種白費力氣的徒勞感，但千舟一開始就告訴他，白天的工作有一大半就是打掃。

玲斗在重獲自由，去高級飯店內見到千舟的隔天，就跟著她來到這裡。從東京搭了將近一個小時的電車，來到玲斗第一次造訪的小車站，又在車站前搭了十分鐘的公車，在公車站下了車。但那裡並不是終點，還要再走一段路，而且是一段上坡道，中途開始變成階梯，階梯使用了鐵路的枕木。雖然稱不上是山路，但那樣的坡度可以稱為健行路線。

玲斗說走累了，想要休息一下。千舟大喝一聲——

「年輕人不要這麼沒出息。你平時生活太懶散，所以才會沒走幾步就說累。既然你來到這裡，就不可以抱怨發牢騷，你要做好心理準備。」說完之後，她又邁開了步伐，而且腳步很穩健。這個老太婆凶個屁啊！玲斗跟在後面，內心不停地咒罵。

走到階梯盡頭，看到一座舊鳥居，鳥居後方是一片經過整理的平坦空地，那就是這裡，目前玲斗正在打掃的月鄉神社。

千舟說，這家神社的由來不明。

「沒有任何紀錄顯示什麼時候、由誰、基於什麼目的建造了這所神社，但這是柳澤家的地，所以由我家進行管理。宮司由其他神社的宮司兼任，不過只是虛有其名，並沒有舉行任何祭神儀式。」

雖然神社院落後方有一個小型神殿，但聽千舟說，只是形式而已，當然也沒有放功德箱。

離神殿不遠處有一棟小房子，那裡是社務所，但並沒有賣任何御守之類的東西，也不提供參拜民眾蓋朱印作為憑證，甚至不提供抽籤。玲斗跟著千舟走進社務所內，發現正中央有一張桌子，牆邊放了辦公桌和擺著好幾本檔案夾的櫃子，旁邊是一間鋪了榻榻米的狹小房間，有流理台，也有廁所。冷氣機雖然很舊，但功能很正常。

「雖然美其名為社務所，但其實是管理神社院落的管理員室。」千舟說著，環視著室內，「住在這裡的人並不是只有管理神社而已，不，神社院落反而是其次，最需要管理的是後方那棵樟樹。」

然後，千舟帶著玲斗走向神社院落旁的樹叢深處。他被那棵從很久很久以前就生長在那裡的樟樹其莊嚴和力量所震撼，甚至無法表達出任何感想，只是愣在那裡。

早上八點過後，漸漸有人前來參拜。幾乎都是附近的老人。因為神社前是很長的坡道，所以算是比散步稍微有點挑戰性的良好運動。不知道是否結合慢跑的路線，有時候會看到有人穿著運動服，上氣不接下氣地在神殿前合起雙手。

參觀的人通常都在上午十點之後才陸續出現，但如果不是週六、週日，一個小時最多只有三、四個人。這些人參觀的目的當然就是樟樹。大部分人都對無法期待能夠保佑信徒，空有形式的神殿不屑一顧，走向兩側都是樹木的小徑。和晚上不同，白天時可以自由參觀樟樹，因此玲斗必須隨時注意是否有人破壞，玲斗要利用打掃的空檔，頻繁前往察看情況。這種時候，經常有人請他幫忙拍照。千舟之前就要求他，遇到這種情況，要大方地為客人拍照，這也是工作的一部分。

即將正午時，玲斗正在神殿前打掃，聽到一個聲音。「打擾一下。」他抬頭一看，發現一個戴著圓框眼鏡的年輕女人向他走來。她穿著厚質連帽衣和牛仔褲，一身健行的打扮，另外還有兩個年紀相仿的女人站在不遠處。玲斗在十分鐘前看到她們走進神社。

「請問有規定要怎麼祈求嗎？」那個女人問。

「祈求？」

「樟樹。」她在說話時，指向後方的樹叢。

「喔。」玲斗點了點頭說，「裡面是空洞，走到樹的側面就可以進去，但每次只能一個人進去裡面。」

「祈求的方法呢？」

玲斗偏著頭回答：「好像並沒有規定用什麼方法。」

「啊？是這樣嗎？」女人眨著眼睛。

「大家都隨意。」

「隨意？」女人詫異地皺著眉頭。

「對。」玲斗回答後繼續掃地。

那個女人走回她朋友那裡，那兩個朋友聽到她說「他說隨意祈求就好」時，語帶失望地回答：「啊，這樣啊。」

不好意思，讓妳們失望了，但這件事可別怪我。玲斗在內心嘀咕著，繼續埋頭打掃。

幾乎每天都有人問他這個問題。聽說向樟樹祈願，願望就會成真，但不知道具體該怎麼做——雖然每個人問話的方式不同，但都是相同的意思。前幾天甚至有一個女人不知道誤會了什麼，竟然問玲斗：「我想要祈願，請問要付多少錢？」

千舟說，不知道從什麼時候開始流傳，向月鄉神社的樟樹祈願，願望就會成真。以前只有本地人口耳相傳，但隨著網路的普及，這裡成為眾人口中能夠撫慰身心的能量景點，所以雖然位在周圍沒什麼景點的鄉下地方，每逢假日，造訪這裡的人越來越多。

「來的人一多，其中必然會有一些奇怪的人。最常見的就是塗鴉，之前曾經流傳只要把願望寫在樟樹的樹幹上，夢想就可以成真的假消息時，簡直不得安寧。只要稍不留神，就會有人在樹上塗鴉。即使貼了公告，立了紙牌也完全沒有效果，無奈之下，只好臨時僱用警衛守在一旁。如果是可以擦掉的塗鴉還好，還有人想用刀子在樹上刻字，幸好及時阻止了，當時把那個人交給了警察，所以需要有管理員住在這裡。」

千舟對玲斗說。

「我之前請了一位退休的朋友負責白天的管理工作，但他說自己體力有點吃不消，三個月前辭職了，所以只好由我接手，但我也年紀大了，沒辦法同時應付白天和晚上的管理工作，正在尋找合適的人選，剛好得知了你的事。」

也就是說，千舟希望玲斗在這裡當管理員。玲斗能夠瞭解這件事，但他對千舟剛才說的一句話很在意。她說，之前請朋友負責白天的管理工作，那個人辭職之後，千舟白天和晚上都要負責管理工作。玲斗問了這件事，千舟用力點點頭，似乎就在等他問這個問題。

「重點就在這裡。我找你來這裡，並不光是要你做管理員的工作，這反而是次要的工作，我要你做的是晚上的工作，這才是樟樹守護人真正的使命。」

打掃完神殿，玲斗準備回社務所時停下了腳步。一個女人站在燈籠旁，巴掌大的臉上有一雙大眼睛，絕對就是昨晚的女人。昨晚看到的那件淺色的連帽衣原來是淡粉紅色。

她略帶緊張的表情走向玲斗問：「你是這裡的工作人員嗎？」

工作人員。玲斗在腦海中回味著這個字眼。他從來沒有這麼想過，但被她這麼一說，他發現自己的確就是工作人員。

「嗯，是啊……有什麼事嗎？」

「昨天深夜，不是有一個男人來這裡嗎？」

「嗯，是。」

她應該是說佐治。玲斗覺得沒必要隱瞞，不置可否地點頭。

「他在這裡做什麼？」

「做什麼？呃……」玲斗看向院落深處後，將視線移回女人臉上，「應該是來祈念。」

女人皺著眉頭問：「那麼晚的時間？」

「我昨晚也已經告訴妳，這裡也有夜間的祈念，只是需要事先預約。」

「和白天的有什麼不同？」

「這……我也不太清楚。」

女人更用力皺起眉頭問：「你不是工作人員嗎？」

「是沒錯啦，但我一個月前才被僱用，只能算是實習生。」

她露出訝異的表情打量著玲斗的工作服，「那個人祈求什麼？」

「那個人？」

「就是昨晚那個男人。」

「妳是說佐治先生嗎？」

「對。」女人板著臉，點了一下頭。

「這我就不知道了。祈求的內容是各人的自由。」玲斗回答後，注視著眼前的女人，「妳是誰？是佐治先生的朋友嗎？」

她移開視線，用力深呼吸，似乎在思考要不要回答這個問題。

真麻煩。玲斗直覺地認為，最好不要有什麼牽扯。他做出這樣的判斷後，微微欠身，正準備離開，那個女人開了口。

「是女兒。我是那個人的……佐治壽明的女兒。」

玲斗眨了眨眼睛，打量著女人的臉。她直視著玲斗。雖然她看起來很凶，但很漂亮。

「你們長得不太像。」玲斗坦率地說出了自己的感想。

她從牛仔褲口袋裡拿出皮夾，從裡面抽出一張卡片遞到玲斗面前說：「你看一下。」

那好像是一張會員卡，上面寫了佐治優美這個名字。

「佐治優美小姐？」

「對，」她點了點頭，「你相信了嗎？」

「嗯，我可以相信。」

「既然這樣，就請你告訴我，我爸爸在這裡做什麼。」

「我不是說了很多次嗎？他來這裡祈念。」玲斗皺著眉頭說，他漸漸覺得維持客氣的態度很麻煩。

「他祈念什麼？」

「我怎麼知道？我只是為他安排，不會問客人祈求的內容。如果妳想知道，直接問妳爸爸不就好了嗎？」

那個名叫佐治優美的女人欲言又止，咬著嘴唇，似乎克制著內心的浮躁，然後轉身離開了。如果可以問，我就不必這麼辛苦了——玲斗覺得她消瘦的背影似乎在這麼說。

4

玲斗在和昨晚幾乎相同的時間，又聽到了噹噹噹噹的鈴聲，他確認佐治站在外面後，走出了社務所。

「真漂亮的滿月。」佐治抬頭看著天空說。

玲斗也跟著抬起了頭，皎潔的月光似乎比平時更充滿力量。

「是啊。」玲斗表示同意。

「讓人有一種美好的預感。」佐治嚴肅的臉上露出了笑容。

「那真是太好了。」

優美有沒有問你什麼？玲斗很想問他，但不知道該怎麼開口，所以決定作罷。

「嗯？怎麼了嗎？」佐治詫異地問。

「沒事。」玲斗搖了搖頭，把紙袋交給他。紙袋內放了可以燃燒兩個小時的蠟燭。

「已經準備好了，衷心期望樟樹可以接收到你的心願。」

「謝謝。」佐治說完，接過紙袋走向祈念口。

玲斗目送他離開後，走進社務所。平時他都會在外面等佐治出來，但今晚他想做一件事，所以留在社務所內。他關上房間的燈，從窗簾的縫隙向外張望。

不一會兒，玲斗預料的事情果真發生了。院落內只設置了最低限度的燈光，所以角落的區域一片漆黑，但他看到有人影在黑暗中移動。因為他一直盯著黑暗察看，所以才能發現，否則應該不可能看到。

玲斗打開社務所的門走了出去。雖然拿著手電筒，但當然沒有打開。

人影從祈念口走向後方。玲斗躡手躡腳地快步跟上去。雖然他來這裡還不到一個月，但因為一直生活在這裡，大致知道哪裡有什麼，所以即使在黑暗中，也可以自由行動。他很快就來到可疑人影的背後。

要在什麼時候出聲？玲斗思考著。如果基於守護人的職責，應該馬上叫住那個人，要求那個人離開，但他也難掩想要瞭解事態發展的好奇心。那個人到底打算幹什麼？

他很快穿越樹叢，來到樟樹前。這裡沒有任何東西擋住月光，可以清楚看到可疑人物的身影。

果然不出玲斗所料，那個人影就是佐治優美。她今晚沒有穿那件粉紅色連帽衣，改穿一件深色夾克，也許想盡可能不引人注目。

優美繞去樟樹左側。雖然有月光，但地上很暗。她小心翼翼地走過去。玲斗走近到和她僅有兩公尺距離的地方，不過她完全沒有察覺。可能無暇顧慮身後的狀況。

玲斗正在思考該什麼時候叫她，她突然搖晃了一下，似乎是被地面突起的樹根絆到。她重心不穩，快要向後跌倒了。

玲斗慌忙跑過去，雙手接住優美的身體。她全身一顫，轉過頭。即使在昏暗中，也可以清楚看到她的臉因為恐懼和驚訝而扭曲。也許是因為太震驚，所以甚至沒有發出尖叫聲。

玲斗把食指放在自己的嘴唇前，看向樟樹的方向。

樹幹的洞內洩出燭光。佐治似乎沒有察覺，所以也沒有走出來。

玲斗把優美扶起來後，注視著她的臉，緩緩搖著頭，指著來路的方向，示意她趕快離開。

她瞭解了玲斗的意圖，但並沒有聽從他的指示，合起雙手放在臉前，似乎要玲斗放她一馬。

玲斗猶豫起來。她三更半夜跑來跟蹤父親，想必有重大的原因。而且她似乎無意打擾佐治，只是想偷看佐治在幹什麼。如果只是這樣，似乎可以睜一隻眼，閉一隻眼。但是，萬一被佐治發現就麻煩了。他可能會斥責，守護人根本沒有發揮作用。如果只是被他罵一頓也就罷了，萬一他去向千舟告狀，後果不堪設想。

正當玲斗為這個問題傷腦筋時——

「哼哼哼、哼哼、哼……」樟樹內突然傳來時抑時揚的奇妙聲音。

玲斗和優美互看了一眼，她似乎也很驚訝，瞪大眼睛，然後眨了好幾次。

兩個人愣在那裡，又再度聽到「哼、哼哼哼、哼哼」的聲音。明顯是佐治的聲音，但並不是唸經聲，而且還帶旋律，所以是在哼歌。佐治邊哼歌，邊祈念嗎？從他那張嚴肅的臉，難以想像這種情況。

優美放下合起的雙手，身體轉向樟樹的方向。玲斗發現她打算走去那裡，立刻抓住她的手臂。

她用另一隻手放在臉前，做出拜託的動作，然後用大拇指和食指比出兩公分左右的間隔，意思是說，只要看一下就好。

「哼哼、哼哼，哼哼、哼哼……」樟樹內再度傳來哼歌的聲音，玲斗完全不知道是什麼歌曲。

玲斗鬆開優美的手臂，優美似乎認為獲得了許可，走向樟樹的空洞。玲斗祈禱著她不要發出任何聲響，也跟了上去。比起身為守護人的使命感，他更有強烈的好奇心。

優美站在空洞入口，悄悄向裡面張望。玲斗也站在她身後伸長了脖子。

玲斗看到佐治在燭光映照下的身影。他們所站的位置剛好在他的斜後方，佐治手上拿著某樣東西，但光線太暗，看不清楚。因為並沒有發光，所以應該不是手機。

「哼哼哼、哼哼哼……」

佐治哼著歌，突然偏著頭，心浮氣躁地抓抓頭。看著他的背影，知道他重重地嘆了一口氣。

玲斗拍了拍優美的肩膀，想問她是否差不多了。優美似乎瞭解他的意圖，離開了樟樹。

玲斗用手電筒照著腳下，沿著來路折返。兩個人都默然不語。

回到院落後，玲斗問優美：「現在滿意了嗎？」

優美一臉不滿的表情，用力搖了搖頭。

「一點都不滿意。那是怎麼回事？我越來越搞不懂了，晚上祈願都要那麼做嗎？」

「我沒聽說過要那麼做，而且我也第一次看到別人祈念的樣子。」

「他哼歌是怎麼回事？太可怕了。」

「我不是說了嗎？我也不知道。而且妳又是怎麼回事？我不是告訴過妳，晚上不能隨便進來嗎？」

優美抬眼瞪著他，「你明明自己也想看。」

「這……」雖然很不甘心，但玲斗無法反駁。他咳嗽一下，掩飾自己的尷尬，「到底是為了什麼原因？妳要不要先說看看？」

「如果我說出來，你就會協助我嗎？」

「這得看情況。」

「說來話長。」

「是嗎？嗯，我想也是。」玲斗用下巴指向社務所的方向，「這裡很冷，去裡面吧，可以邊喝熱可可邊聽妳說。」

「啊，我愛喝可可。」優美高興地拍著手。玲斗發現她說話的語氣在不知不覺中變輕鬆了。

「啊，真好喝，身體都暖和起來了。」

優美喝了一口熱可可，右手拿著馬克杯的把手，左手摸著杯子取暖後娓娓訴說起來。

佐治家住在離這裡開車大約三十分鐘的地方。佐治壽明從父親手上繼承了一家土木工程行。雖然不知道家境算不算富裕，但獨生女優美從小不曾在金錢方面有任何煩惱。之所以強調「在金錢方面」，是因為佐治家在其他方面有問題。一家人為了照顧同住的祖母辛苦多年。

「如果只是臥病在床，問題還不大，但奶奶的失智症很嚴重，而且體力很好。光是為了餵她吃飯就很傷腦筋，藥也全都吐出來，還會自己拔掉點滴，必須隨時看著她。我也在某種程度上幫忙照顧，但我媽最辛苦，每天都疲憊不堪。」

但是，這種辛苦的生活終於在今年春天結束了。祖母因為病情惡化，無法自由行動，所以找到願意接手照顧的安養院。優美偶爾會去探視祖母，但祖母的失智症越來越嚴重，經常不認識自己的孫女。如今，全家人都清楚祖母來日無多了。

「但說句心裡話，其實反而鬆了一口氣，我們終於可以恢復正常的生活。我媽終於可以擁有自由的時間，我也可以不必在意家裡的事出去打工。事實上，的確這麼做了……」

優美說到這裡，聲音突然變得低沉，「只不過又發生了其他令人擔心的事。」那就是發現父親壽明有可疑的行動。

「我差不多在三個月前得知，爸爸有時候會有奇怪的行動。」

「奇怪的行動？」玲斗把舉到嘴邊的杯子放回桌上。

「有一個姓山田的大叔是在我家工程行工作多年的老員工，他告訴我，最近老闆不時一個人出門，而且不知道去哪裡。外出時，都會在工程行的佈告欄上寫明外出地點，有一次，他打爸爸的手機打不通，於是就打電話去爸爸寫在佈告欄上的地方，對方說，佐治先生今天沒有來。山田叔叔事後問我爸爸，爸爸說，因為臨時有其他事，所以改變行程。這種事好像不時發生，聽山田叔叔說，差不多每兩個星期就會有一次。」

「這的確很可疑，妳媽媽知道這件事嗎？」

「應該不知道。因為我沒說，山田叔叔也說他沒告訴我媽。」

「山田先生為什麼告訴妳？」

「我也不知道，我猜想他應該想把這件事說出來。」

玲斗點了點頭，似乎能夠理解山田的心情。

「後來呢？妳該不會僱用了偵探？」

玲斗半開玩笑地問，沒想到優美一臉嚴肅地點了點頭。

「雖然很想這麼做，但我沒錢，所以決定自己調查。那時候大學剛好放暑假，所以我有充足的時間。」

優美目前是大學生。

「妳怎麼調查？」

「首先，我在家裡的車子上偷偷裝了GPS追蹤器。」

「追蹤器？」玲斗瞪大了眼睛，「妳來真的！」

玲斗之前就知道，有些父母使用GPS追蹤器掌握兒女出入的場所，或是監視失智老人的行蹤，但這是第一次遇到實際使用的人。

「因為我是認真的。」

優美說，她使用的追蹤器可以用智慧型手機即時確認所在的位置。雖然會受到周圍環境的影響，但位置的誤差最多不超過五十公尺。

「現在什麼事都變得很方便，但妳為什麼裝在車上？」

「我家就在工程行旁邊，住家和公司共用停車場。聽山田叔叔說，爸爸有可疑行動時，都不是開公司的車，而是用家裡的車。所以我把追蹤器裝在車上，就可以大致掌握爸爸的去向。每次充完電，電池可以用一整天。」

「原來是這樣。結果查到了嗎？」

優美把馬克杯放在桌上，用手指比出V的手勢。

「我裝好追蹤器後的第一個星期五，爸爸又有可疑的行動了。他在上班時間離開公司，開家裡的車出去。和山田叔叔說的一樣。我追蹤了他的行蹤，發現他把車子停在吉祥寺車站附近的投幣式停車場。停車時間是一個小時多一點，離開停車場之後，就馬上回公司了。」

「是喔，問題在於他把車子停在停車場之後去了哪裡。」

「沒錯。」優美指著玲斗。

「雖然最好的方法就是把追蹤器裝在爸爸的衣服上，但很難不被他發現。既然這樣，就只能直接跟蹤。只不過如果要跟蹤的話，就必須比爸爸更早去那個停車場，所以我只好去吉祥寺車站附近的一家咖啡店守株待兔。」

「守株待兔？每天？」

「當然不可能每天，但我每個星期四和星期五都去那裡等。因為我總覺得應該就是這兩天。」

這似乎就是所謂女人的直覺。

「結果怎麼樣呢？」

「在我裝了追蹤器兩週後的星期五，我原本以為那天又要撲空，但確認手機後，發現有動靜。」

優美轉動著眼珠子，說明當天的情況。

從佐治家開車到吉祥寺大約三十分鐘。從優美等待的咖啡店走去停車場差不多十分鐘，她用手機確認追蹤器的動向，確定壽明的確前往吉祥寺的方向後，走出咖啡店。她在去停車場的途中戴上口罩，把報童帽壓得很低。她用這種方式變裝，避免被壽明發現，還特地為此買了一頂報童帽。

她躲在房子後面監視停車場，不一會兒，就看到壽明開的車子駛入。看到他俐落地駛入停車場大門，就知道他很熟門熟路。

壽明下車之後立刻邁開步伐，他的腳步沒有絲毫遲疑，似乎清楚知道前往目的地的路線。

幾分鐘後，壽明走進一棟乳白色的嶄新公寓。從高度判斷，應該是五層樓的房子。壽明在大門前按了對講機，然後有人為他打開了自動門的門鎖。

公寓旁有一家傳統咖啡店，優美走進咖啡店，用手機查了壽明剛才走進去的那棟公寓。從房屋仲介資訊中瞭解到，那棟公寓的所有房間都是一房一廳的格局，但每個房間的面積都超過十二坪，而且是屋齡五年的新房子。走路去車站才幾分鐘的距離，房租超過十五萬圓。

過了一個小時左右，優美回到公寓，在不遠處監視著公園的入口。因為她從山田告訴她的情況和上次的經驗判斷，壽明應該差不多該出來了。她暗自期待壽明去找的人也會同時出現。

果然不出所料，壽明很快就走了出來，但並沒有其他人。優美覺得壽明臉上的表情看起來神清氣爽。

「這的確很可疑。」玲斗聽完之後，打了一個響指說：「是女人。他包養了女人，絕對沒錯。妳爸爸竟然在上班時間偷溜出去幽會，作風真是大膽。」

「你可以不要露出這種好像有重大發現的表情嗎？我從一開始就懷疑是這麼一回事。」優美不服氣地皺起了眉頭，「我剛才不是說，不是星期四，就是星期五嗎？因為我媽會在這兩天出門。她星期四去上瑜伽課，星期五上插花課。我猜想我爸爸不想讓我媽看到他開著家裡的車子出門。」

「原來是這樣。話說回來，妳媽又是瑜伽，又是插花課，日子過得真優雅。」

「我媽照顧奶奶多年，稍微享受一下也是天經地義。」

「我並沒有責備的意思。既然這樣，事情不是很明確嗎？雖然有點遺憾，但就是妳爸爸外遇了，這是唯一的可能。」

「我當然也認為這種可能性很大，所以才不敢告訴我媽。如果我爸真的外遇，我希望在被我媽發現之前掌握證據，痛罵他一頓，要他和那個女人分手。」

玲斗聽到優美這番見義勇為的話，忍不住瞪大眼睛。從她巴掌大的臉和嬌小的身材難以想像她個性這麼強硬。

優美拿起馬克杯，喝了一口熱可可後偏著頭說：

「但是我爸沒有備用鑰匙這一點很奇怪。」

「備用鑰匙？」

「他用對講機請對方開門，也就是說，他並沒有鑰匙。如果是他的情婦住在那裡，你不覺得他不可能沒有鑰匙嗎？」

「會嗎？也許他們之間的關係還沒有發展到把備用鑰匙交給妳爸的程度。」

優美聽了玲斗的話，把杯子放在桌上，用鼻子冷笑說：

「什麼意思？怎麼可能嘛！」

「為什麼？」

「如果是我爸的情婦，你覺得是誰付房租？當然是我爸爸，對不對？既然我爸付了房租，如果不給他鑰匙，你不覺得很奇怪嗎？」

「未必是妳爸付的房租啊。」

優美一臉無奈的表情搖著頭，看著天花板，然後再度將視線移回玲斗的臉上。

「當然是我爸付的房租，除了房租，應該還給了對方生活費，否則誰願意當這種老頭子的情婦？」她正顏厲色地說。

也許他們不是基於金錢，而是因為相愛在一起。雖然玲斗想要這麼反駁，但覺得一旦這麼說，反而更會引起優美的不屑。

「那倒是。」玲斗無奈之下，只好作罷，「但也可能只是沒把鑰匙帶在身上，因為擔心被妳或是妳媽發現。」

「你終於想到了一個像樣的理由。」優美嘆著氣說，「的確有這種可能，但會在外面花心的男人獨佔慾都很強，而且嫉妒心也是，為了避免情婦劈腿，應該會隨時把鑰匙帶在身上。」

雖然玲斗覺得她太武斷，但又覺得有道理。

「所以妳認為妳爸爸不是和情婦見面嗎？」

「我無法斷言，照理說，最有可能是外遇，但就像我剛才說的，考慮到備用鑰匙的問題，就覺得可能不是。」

「如果不是情婦，那又是和誰見面？」

「正因為不知道，所以正在調查啊。而且，我發現我爸爸還有另一個令人在意的行為。以前他經常晚上出門和朋友聚餐，幾乎每次都喝醉酒回家，當然也不會開車，但最近每個月會有一兩次開車出門，而且回家時完全沒有酒的味道。他說是和不喝酒的客人開會，但又說不出對方的名字。我覺得很奇怪，就用GPS追蹤器調查他到底去哪裡，結果你知道他去了哪裡？他先去拉麵店，然後又去電影院。」

「什麼意思？他去拉麵店填飽肚子之後，一個人去電影院看電影而已嗎？」

「並不是只有這樣而已，還有後續的活動。他在九點半左右離開電影院，之後去了意想不到的地方。」

玲斗知道她想要表達的意思，指了指地上說：

「該不會是去有一棵大樟樹的冷清神社？」

優美用力點頭。

「我想他去拉麵店和電影院只是打發時間，否則很晚出門，會引起我和我媽的懷疑。

我上網查了之後，發現月鄉神社是很受一些靈氣崇拜者歡迎的能量景點。正確地說，是神社內的大樟樹，據說只要走進樹內許願，願望就會實現。但是我完全搞不懂我爸爸為什麼要來這種地方。因為他並不是虔誠的人，而且還特地晚上跑來。」

「所以妳就跟蹤妳爸爸，想知道他到底在幹什麼嗎？」

「就是這樣。」優美點了點頭，「跟蹤之後，就想要偷窺一下。你應該能夠理解我的心情吧？」

「如果是這樣，應該可以理解。」

「但是，問題完全沒有解決。那是怎麼回事？可怕的哼歌又是怎麼回事？」

「這個嘛，」玲斗聳了聳肩，「我也不知道。我剛才說了，我接下這裡的工作沒多久……妳等一下。」

玲斗說完，從桌子旁的櫃子裡抽出一個檔案夾。那是所有的夜間祈念行程登記表，上面記錄了預約者姓名、造訪時間和祈念時間。

「根據這份紀錄，妳爸爸從半年前開始來祈念，有時候一個月來一次，也有像這次一樣，連續來兩天的情況。」

「半年前剛好是奶奶住去安養院的時候，不知道這兩件事有沒有關係。」優美抱著雙臂，環視著狹小的室內，然後問玲斗：「我問你，樟樹可以實現願望，應該只是迷信而已吧？」

玲斗不知該如何回答。如果要說心裡話，他也有同感，但基於自己的立場，他覺得不該這麼說。

「到底怎麼樣？」優美繼續追問。

「嗯，」玲斗把檔案夾放回櫃子，抓了抓脖頸，「我有上網查過，有人說向這裡的樟樹許願之後，就如願考上了第一志願，還有人的病治好了。」

「我也知道這些消息，但這些人其實應該覺得是自己的努力有了成果，或是運氣很好而已吧？只不過這樣一點都不好玩，所以就和這種靈氣的話題扯在一起，你不覺得是這樣嗎？」

「也許是這樣，我也不太清楚。」

優美似乎對玲斗的回答感到不滿，撇著嘴角。

「那你告訴我，白天不是可以自由祈求嗎？但晚上需要預約，而且其他人不可以靠近樟樹，為什麼？」

「妳問我為什麼，我也……只能回答說是規定。」

優美不耐煩地搖了搖頭說：

「我是在問你，為什麼會有這樣的規定？該不會是晚上特別有效？晚上祈求的話，願望真的會實現嗎？」優美一口氣問。

「不知道，我說了好幾次，我才剛來不久，只是我聽說正式的祈念都在晚上進行。」

「果然是這樣，所以我爸爸知道這件事，才選在這個時間來到這種地方。但是，他要祈求什麼？而且還哼那種怪歌……」優美的疑問在中途變成了自言自語。

「我在白天時也說了，妳要不要去問一下當事人？馬上就可以知道答案。」

「如果我問，他會很乾脆回答，我一開始就不會那樣偷偷摸摸了。我認為他一定對我們隱瞞了什麼事，如果隨便問他，他不僅不會說實話，反而可能打草驚蛇。」

玲斗覺得她的話也有道理，忍不住輕輕嘆著氣。

一看鐘，玲斗立刻倒吸了一口氣。時間過得很快，佐治差不多快出來了。他這麼告訴優美，優美很不甘願地站了起來。

「既然我都已經告訴你了，你會幫我吧？」

「這沒問題，但要我做什麼呢？我有言在先，神社規定不能問客人祈念的內容。」

優美皺起眉頭，垂下了視線，「我現在想不出來，我會考慮一下！」

「好。」

「我可以問你一個問題嗎？」優美豎起食指。

「什麼問題？」

「我剛才就一直很想問，為什麼要說祈念？如果是許願，通常不是都說祈願嗎？」

「不知道。」玲斗偏著頭，「不論是祈願或是祈念，應該都可以，意思上沒有太大的差別。因為這裡都用祈念，所以我也跟著這麼說。」

「喔，是這樣啊。」優美雖然一臉難以釋懷的表情，但似乎不想繼續討論這個問題，「算了。」

他們相互交換聯絡方式之後，一起走出社務所。優美開了工程行的小貨車來這裡，在她離開幾分鐘後，佐治從樹叢處走出來。

「辛苦了。」玲斗向他鞠躬，「祈念還順利嗎？」

「嗯，還不錯。」佐治露出心滿意足的笑容。

雖然玲斗很想知道剛才他哼歌是怎麼回事，但不能問他。因為在祈念時，禁止他人靠近樟樹。

「我也預約了下個月的時間。」佐治說。

「是，我會恭候光臨。」

「晚安。」佐治說完，轉身離去。玲斗目送著他的背影，想起了他剛才哼的歌。因為歌聲在耳邊縈繞。

雖然優美說很可怕，但玲斗覺得旋律很不錯。

5

隔天早晨看手機時，發現祖母富美傳來電子郵件。看時間是昨天深夜傳的，但玲斗沒有發現。最近有很多廣告郵件，所以他很少看信箱。雖然他希望富美也有通訊軟體，但想到她年近八十，就覺得她能夠傳電子郵件已經很了不起了。

富美的電子郵件內容如下：

『晚安，最近身體還好嗎？

和千舟相處愉快嗎？

最近都沒有接到你的電話，

所以寫了這封郵件。

如果有什麼困難，記得告訴我。外婆』

富美的電子郵件內容很簡單，但她一定戴上老花眼鏡，花了很長時間才打完。

玲斗想了一下，回覆郵件。

『早安，收到妳的郵件了。

沒什麼困難，目前一切順利，

和千舟阿姨相處應該也沒問題。

外婆，妳要多保重自己身體。玲斗』

確認寄出後，他把手機放進工作服的口袋。

他像往常一樣拿著打掃工具走出社務所，今天也要從掃落葉開始一天的生活。

他用掃帚掃落葉時，腦海中浮現出富美的面容。如果外婆看到我在掃地，一定會嚇一大跳。

他在從警局獲釋的那天晚上和富美見了面。去飯店見千舟之後，他打電話給富美。富美得知他重獲自由後很高興，說想馬上看看他，所以玲斗就去探望她。

富美位在江戶川區的住家是一棟屋齡超過五十年的老舊木造房子，這是外公留下為數不多的財產之一，玲斗在高中畢業之前，都一直住在那裡。

富美說，因為玲斗沒有告訴她遭到逮捕的詳細情況，她不知道接下來會發生什麼事，內心惶恐不安，所以決定聯絡千舟，沒有多想就打了電話。千舟說，之前曾經說好，一旦柳澤家的親戚發生醜聞，都必須通知身為戶長的她，富美只是遵守這樣的約定，但其實富美根本無暇做出這樣的判斷，只是因為找不到其他人商量，所以才打電話給千舟。

「我以前從來不知道有一個這樣的阿姨。」玲斗說。

「美千惠去世的時候，你們曾經見過，只是我沒有說明清楚。」富美一臉歉意地說。

「為什麼不告訴我？」

「因為……」富美結巴一下，又繼續說下去，「因為很複雜，而且千舟的姓氏不是和你不一樣嗎？我相信你已經聽說了，外公當初拋棄了柳澤的家和外婆結婚，千舟仍然留在柳澤家，那時候就開始漸漸疏遠了。雖然會在一些重要場合見面，但無法像家人一樣相處。千舟和美千惠相差二十歲，雖說是同父異母的姊妹，只是她們應該都沒有這種感覺。」

玲斗告訴富美，千舟安排他做奇怪的工作，但富美沒有聽過「樟樹守護人」這個名稱。

「在我通知千舟你被警察抓走的兩天後，她打電話給我。說她請人調查過，只要交給她處理，你就不必坐牢，所以我就請她一定要幫忙。千舟聽了之後說，她可以幫忙，但有一個條件。在你獲得釋放之後，希望可以由她照顧你，問我可不可以，還說會確認你的意願。雖然我問她是怎麼回事，但她堅稱現在還不能說，還保證不會害你。既然這樣，我就答應了她。我一直很在意，她把你留在自己身邊到底想幹什麼……原來要你當樟樹的守護人。這到底是怎麼回事？」

在他們兩人討論這件事的隔天，玲斗就跟著千舟來到神社。當天晚上，他打電話給富美，說明了情況。

「管理神社的院落和樟樹？千舟為什麼要找你來做這種事？」富美難以理解地問。

「妳問我，我問誰啊，反正她叫我做什麼，我就做什麼。」

玲斗這麼回答，電話彼端傳來嘆息聲。

「那倒是，既然她特地安排你做這件事，一定有什麼意義。你就乖乖聽千舟的話好好工作。」

「我知道。」玲斗回答後，掛上電話。那是最後一次和外婆通話，之後外婆想到他時，就會傳電子郵件。

富美應該真的對「樟樹守護人」一無所知，但她之前隻字不提千舟的存在，應該有許多難言之隱，而且玲斗確信，外婆至今仍然沒有實話實說，他隱約覺得應該和自己的身世有關。

在玲斗懂事時，就已經沒有父親，家人只有母親美千惠和外婆富美，當時大人告訴他，父親在他小時候死了。

美千惠一肩扛起家裡的經濟。她每天傍晚開始化妝，在晚餐前出門，總是深夜才回家。玲斗早上醒來時，她都在旁邊睡死了。她應該很累，但玲斗年幼無知，總是把媽媽搖醒。美千惠微微睜開眼睛，笑著向他說早安，有時候也會緊緊抱住他。

玲斗讀小學低年級時，美千惠生病去世了。原本健康漂亮的媽媽從某個時間點開始突然暴瘦，經常進出醫院，然後就死了。玲斗忘了是什麼時候，但他記得自己意識到，媽媽快死了。他走去小學校舍的頂樓抽抽噎噎地哭了。因為他告誡自己，不可以在媽媽和外婆面前哭。

當時，他並不知道媽媽生了什麼病，事後富美告訴他是乳癌。如果早期發現，治癒的可能性很高，但美千惠並沒有早期發現。

美千惠死後，他和富美兩人相依為命。他不記得之前家裡曾經為錢的事發愁，但看到餐桌上的菜色和過去完全不同，富美開始穿別人的二手衣，即使是小孩子，也知道家裡變窮了。他想起以前喝了酒，深夜才回家的媽媽，不想看到媽媽喝醉的樣子而討厭她，忍不住反省了自己。

他在中學三年級時得知，自己的父親並不是死了，而是原本就沒有正式的父親。因為要考高中，他去公所申請戶籍謄本時，發現父親欄是空白，於是納悶地問了富美。

我原本就打算找機會告訴你這件事。富美說了這句開場白之後，告訴他事情的原委。玲斗的父親是經常去美千惠上班的那家店的客人，因為有妻兒，無法正式和媽媽結婚，但他當初曾經照顧他們的生活，可惜在玲斗年幼時發生車禍死了。

他想多瞭解父親的情況——他叫什麼名字，在哪裡、做什麼工作，但富美並不告訴他。富美說，即使知道了也沒用，再說她也不是很清楚。

「當美千惠告訴我她懷了孩子時，我勸她最好不要生下來。美千惠說，對方雖然無法認領你，但願意提供經濟援助。問題是這種承諾根本不可信，美千惠堅持，那個男人不是那種不負責任的人，即使因為某種原因，無法獲得對方的援助，她也心甘情願。她一個人也會把孩子養大——當時她這麼說，還說無論如何都要把孩子生下來，絕對不考慮拿掉。既然她這麼說，我就沒辦法再反對了。」

富美想要告訴玲斗，美千惠是經過深思熟慮，才選擇了單親媽媽這條路。但是，玲斗無法接受。既然這樣，媽媽為什麼不活得久一點，努力建立一個幸福的家庭。把獨生子留在貧窮的環境，自己跑去另一個世界也未免太不負責任了——他當然知道自己的這種不滿很沒道理，美千惠也不願意自己得乳癌。雖然他很清楚這件事，但仍然無法擺脫內心的不滿。

他決定認為自己是孤兒。從出生時就舉目無親，孤苦伶仃，只能靠自己活下去。

中學畢業後，他進入了當地的公立工業高中培養一技之長。高中畢業後，他進入千葉的一家食品製造公司。他不是對料理和食品有興趣，而是因為那家公司雖然沒有員工宿舍，但可以為員工介紹租金很便宜的公寓，這一點成為他選擇那家公司的關鍵。他不希望富美繼續為自己操勞，急著想要獨立自主。

玲斗被分配到設備部門，主要負責生產線所使用的食品機器的檢查、保養工作。因為大部分機器都很老舊，所以經常出問題，而且食品生產有交貨期，無論如何都不能耽誤。

當無法自行修理時，就會請機器廠商的技術人員來修理，但玲斗必須一直守在旁邊。他當時經常熬夜修理機器，隔天一整天都站在旁邊監視機器正常運轉。

工作雖然辛苦，但有成就感。下班之後，還會跟著前輩一起去喝酒。雖然玲斗當時未成年，不過完全沒有人在意這種事。

在他進公司第二年時，發生了混入異物的事故。包裝的塑膠碎片混進了食品中。照理說，感應器能夠發現這種異物，根本不應該發生這種事。

於是就認為是機器維修不良和檢查有疏失。那台機器由玲斗負責。

玲斗難以接受。因為還可能有其他原因。最有可能的就是生產線的作業人員故意關掉感應器。大家都知道，資深員工為了提升工作效率經常這麼做，只不過沒有任何人提這件事。玲斗向上司抗議，上司對他說，沒有證據就不要亂說話。

他很快就被調去其他部門，負責管理空調設備和工業用水設備的運轉，更換濾網、燈泡和工廠整體的清掃工作。他並不認為這個工作比之前差，只是覺得公司好像在對他說，無法把食品機器放心交給他處理，所以很不甘心。他之前根本沒有偷懶。

差不多就在那時候，他遇到了高中同學佐佐木。當他走在路上時，對方突然叫住了他。他驚訝地發現佐佐木穿著西裝，而且開著一輛高級進口車。

佐佐木說，高中畢業後，他原本進了一家運輸公司，但無法適應那裡的工作，很快就辭職了，目前在船橋一家酒店當少爺。他開的是酒店老闆的車子，老闆有時候會把他當司機。

玲斗把對公司的不滿告訴了佐佐木，佐佐木說：「既然這樣，乾脆辭掉這種公司。反正工作多的是，沒必要在那種地方忍耐。」

佐佐木還說，他工作的那家店正在招募員工，可以為他介紹。玲斗一問之下才知道，佐佐木的薪水比他多一倍以上。

玲斗說要考慮一下，但日子一天一天過去，越來越在意這件事。他對酒店很好奇，他知道媽媽美千惠以前在酒店上班，但完全不知道具體做什麼工作。

他在公司受到的冷漠對待始終沒有改善。之前的混入異物事故，公司方面認定是保養人員，也就是玲斗的疏失。公司的網站上也刊登了將責任歸咎於他的「道歉啟事」。

每天去公司，都沒有人看他一眼。可能擔心和他有什麼牽扯，會被公司盯上。原本認為是朋友的人也都一個一個離他而去，他覺得這種行為很無聊，根本懶得為這種事生氣。

玲斗問佐佐木，他工作的那家店是否真的願意僱用他。佐佐木立刻回覆了訊息，叫他先去面試。

面試之後，店家馬上決定錄用他，他當天晚上就向佐佐木借了衣服，以實習的身分開始上班。事態的發展實在太快，他還有點搞不清楚狀況，只能努力完成別人吩咐的事。

他第一次踏進夜晚的世界，發現那是一個華麗而又充滿活力的世界。但也很快瞭解那是一個生存競爭激烈的殘酷環境，更對那些穿得漂漂亮亮的女生，能夠在人前人後瞬間展現出不同面貌的技術感到驚訝不已。

他在酒店上了三天班後向公司遞了辭呈，主管完全沒有挽留他，只問他有沒有找到工作？他回答說找到餐飲業的工作，主管聽到，也只是哼了一聲。

於是，他成為酒店少爺正式開始上班。工作內容包括各方面，打掃店面、掃廁所、採買——在酒店開始營業之前，就已經有做不完的工作。開始營業之後，簡直就像打仗。準備桌子、準備酒、為客人帶位、為客人寄放衣物、跑腿、送客、清理弄髒的地板、收拾酒桌等等，動作不夠俐落就會挨罵。在酒店的金字塔內，位在頂端最高地位的當然就是客人，接著是媽媽桑和坐檯小姐，店長的地位和她們差了一大截，少爺更是在最底層，被當牛馬使喚是理所當然的事。

但他覺得少爺的壓力遠遠比不上坐檯小姐，她們之間那種火花四濺的明爭暗鬥，讓人不敢靠近。

說起來，她們每個人都是自僱者，借用酒店的桌子款待自己的客人獲得收益。一家酒店內，有許多同業在相互競爭。

想到媽媽美千惠也曾經在這種環境下奮戰，玲斗的心情就很複雜。這裡的小姐以身為女人作為武器，為男人帶來戀愛的感覺而獲得金錢的報酬，然後靠這些金錢過日子。想到自己也是靠這種錢長大，就覺得也許很適合在這個世界做像僕人一樣的工作。

話說回來，一樣米養百樣人，酒店小姐也有各種不同類型，其中當然有缺乏職業道德的人。玲斗落入了這種人的陷阱。他在小姐的拜託之下送她回家，結果被拉進屋內。對方突然親他，他嚇了一大跳。

「我聽佐佐木說，你還是處男？」

聽到對方直截了當的問題，他驚慌失措，對方看到他的反應似乎感到很滿足。

「那我們來做，我會教你很多招式。」

玲斗大驚失色，六神無主。他剛進這家店時就被再三警告，不能偷吃窩邊草，和店裡的小姐發生關係。他說了這個理由試圖脫身。

「那種規定只是說說而已，只要我們不說，別人不可能知道，還是你不想和我做？」

對方把性感的身體貼了過來，嘴唇幾乎碰到他的臉。

對女人沒什麼經驗的毛頭小子，面對經歷過大風大浪的酒店小姐使出渾身解數勾引，根本無力招架。更何況他對性愛也有濃厚的興趣，結果就輕易上鉤了。

那的確是一次神魂顛倒的經驗，接下來的幾天，他都好像在做夢。每當他回過神，就發現自己的視線一直圍著她打轉。

但他很快就知道那是陷阱。

有一天，佐佐木約他見面。他在咖啡店看到佐佐木，立刻大吃一驚。因為佐佐木理了一個光頭。

「都是你害的。」佐佐木一臉怨恨地說，「你是不是和娜娜上了床？」

玲斗說不出話。佐佐木怎麼會知道？

佐佐木對他說，千萬別相信酒店小姐。

「即使事情曝光，她們也沒有任何損失，只有男生會被趕走。」

佐佐木告訴他，娜娜在社群網站上發文，『難得吃到新鮮貨，口感果然不一樣。』熟悉她的人馬上就知道她和處男上了床，於是當然好奇對方是誰。

「為什麼知道是我？」

佐佐木聽了玲斗的問題，一臉無奈地搖了搖頭。

「只要看你在店裡的樣子，再遲鈍的人也知道。你看娜娜的眼神和以前不一樣了。店長不經意地探了娜娜的口風，她雖然沒有明確承認，但也沒有否認，所以你完蛋了。」

玲斗雙手抓著頭說：

「我只和她上過一次床，今後絕對不會再被勾引了。」

佐佐木搖搖頭說：

「你是不是覺得酒店的工作很輕浮？但你不要小看這個行業，因為你被這個行業認為是不足以信任的人，照理說，我也要負起連帶責任一起辭職。」

佐佐木理了光頭道歉，才免於被開除。

「對不起。」玲斗向佐佐木道歉。

「你要道歉的對象不是我。」佐佐木說，「有哪一家餐廳會把被員工偷吃過的菜端給客人？你背叛了店裡的客人。」

玲斗無言以對，陷入了沉默。

佐佐木嘆口氣說：「今天我請客，但你別指望可以領到這個月的薪水，因為照理說要罰你的錢。」說完，他拿起帳單站了起來。

玲斗深受打擊，一時站不起來。並不是因為被酒店開除，而是被佐佐木說中，他無法反駁，讓他感到很窩囊。

他並沒有小看酒店的工作，但內心深處的確有點自卑。「反正只是酒店的工作」這種想法也不夠敬業，否則不可能抵擋不了娜娜的誘惑。

接下來的兩個月，他整天遊手好閒。為數不多的存款很快就見了底，他付不出房租，房東要他馬上搬家。他之前也曾經多次積欠房租，所以根本沒有藉口。

他很不甘願地開始找工作，最後找到了『豐田工機』的工作。他很慶幸這家公司有員工宿舍，雖然搬進去之後，才發現房間很小。

最後，他也被那家公司開除了。他早就厭倦了在那個缺德的老闆手下做事，所以並不感到後悔，但也因此對未來更感到不安。

岩本律師的話言猶在耳。

「豐井老闆說，有瑕疵的機器無論再怎麼修，都會發生故障。那個傢伙也一樣，終究是瑕疵品，早晚會闖下更大的禍被關進監獄。」

律師又接著對他說：「希望你接下來的生活方式，可以證明他的預言並不正確。」

玲斗聽了之後，喃喃地說：「我該怎麼生活？」無論當時還是現在，他都沒有找到答案。

6

即將正午時，柳澤千舟出現了。她斜揹一個小型肩背包，雙手分別拎了一個黑色托特包和一個紙袋。

「我想和你一起吃午餐。」

千舟遞上的紙袋裡裝著鰻魚飯。他已經好幾年沒吃鰻魚飯了。

「好，太好了。」玲斗拿著紙袋，歡快地走向社務所。

他和千舟面對面坐在桌前吃鰻魚飯，因為實在太好吃，他的眼淚差一點流下來。雖然捨不得吃完，但筷子停不下來，轉眼之間就吃得精光。

千舟見狀，遞上自己的鰻魚飯說：「如果你不嫌棄，這個也給你。」玲斗一看，發現她的份還剩下一大半。

「可以嗎？」

「我已經是老太婆了，吃不下那麼多。」

「那我就不客氣了。」玲斗把裝鰻魚飯的容器拉到自己面前，再度拿起免洗筷。

「筷子！」正當他打算吃時，聽到千舟叫了一聲，他驚訝地抬起頭。

「拿筷子的方法。」千舟瞪著玲斗的右手，「你拿筷子的方法很奇怪。」

「喔，妳說這個嗎？」玲斗動了一下，讓手上的筷子交叉，「有時候會有人說我，竟然可以這麼靈巧地拿筷子。」

「非但不靈巧，而且還很醜，趕快改過來。」

「啊？都這麼大了還要改？」

「美千惠看到你拿筷子的方法這麼奇怪，什麼都沒說嗎？」

「我媽嗎？我不記得她曾經說過，應該說，我們很少一起吃飯，因為我媽以前要上班。」

「富美阿姨呢？」

「外婆很寵我，才不會為我拿筷子的問題罵我。」

「她把你寵壞了。」

「寵壞……嗎？」

「先不說這些，總之，你要改過來。」千舟說完，拿起剛才使用的免洗筷，然後把手伸到玲斗面前，「看好了，要這樣拿。」

「怎樣拿筷子根本不重要啊，我也沒覺得不方便。」

「外觀很重要，誰知道什麼時候會需要在別人面前用筷子。廢話少說，趕快改過來。」千舟上下擺動拿著筷子的手催促著。

玲斗嘆了一口氣，重新拿好筷子。他並不是不知道正確的方法。

「這樣不是很好嗎？」

「但很不順手啊。」

「習慣就好。如果以後再用奇怪的方式拿筷子，就別想再吃鰻魚飯。」

「好、好。」

「只要說一次『好』就夠了。」

「……好。」

玲斗動作彆扭地拿著筷子，再度吃起鰻魚飯。

千舟從肩背包裡拿出一本黃色封面的記事本，翻開記事本，瞥了一眼之後看著玲斗問：「你適應這裡的工作了嗎？」

玲斗把嘴裡的食物吞下去後回答：「算是吧，只是掃落葉很累人。」

「我不是問你白天，而是晚班的事。完全交給你負責差不多兩個星期了，情況怎麼樣？」

剛來這裡的前幾天，玲斗和千舟一起值晚班。首先他在一旁看千舟接待祈念者，在大致學會要領之後，由玲斗負責接待，千舟在一旁督促。如千舟所說，兩個星期前，他才開始獨自值班。

「晚班也沒什麼大問題，雖然有些人發現樟樹的守護人換了，有點不知所措，但我說是妳的親戚，他們也就沒再說什麼。」

「這樣啊。」

「啊啊，對了，趁現在沒有忘記……」玲斗放下筷子，打開桌子的抽屜，拿出一疊裝著蠟燭費的信封放在千舟面前。「這個給妳。」

但是，她並沒有伸手。

「由你保管就好。」

「啊？我嗎？」

「擔任樟樹的守護人，有時候會有一些意想不到的花費，而且你也需要餐費和生活費，所以用這筆錢來支出。」

「我可以用這些錢嗎？」

「可以，但如果不夠用，我也不會資助你。」

玲斗不知如何是好，沒有馬上回答。因為他無法判斷這對自己是不是好事。然後，說了聲「好」，把信封放回了抽屜。

他再度低頭吃鰻魚飯，坐在對面的千舟喝著寶特瓶裝的日本茶。玲斗有點心神不寧，急忙把剩下的飯扒進嘴裡。「謝謝款待。」

千舟沒有反應，雙眼看著半空，好像在想什麼事。

「謝謝款待。」玲斗重複一次。

千舟吃了一驚，眨了眨眼睛看著他。視線左右閃爍之後，拿起剛才放在旁邊的記事本，仔細注視良久，才抬頭看著玲斗。

「你會用電腦嗎？」

「電腦嗎？看要我做什麼，如果是沒用過的軟體，可能需要摸索一段時間才能學會。」

千舟把原本放在地上的黑色托特包拿到桌子上，從裡面拿出一台筆電。

「以前我都一直用手寫的方式記錄，但這樣管理很不方便。如果做成一個檔案，就可以搜尋，整理也比較簡單，我決定輸入電腦。但我太忙了，遲遲沒有進展，所以想請你幫忙。」

玲斗把筆電拿過來，打開一看，桌面上有一個『樟樹祈念紀錄』的文件夾，裡面有好幾個檔案。他打開其中一個，出現一排名字，還有祈念的日期和聯絡方式。

玲斗看向牆邊的櫃子。那裡有整排檔案夾，每一個檔案夾的標籤上都寫著『樟樹祈念紀錄』，下面寫著年份。每一年的紀錄都收在同一個檔案夾內。

「這些全都要輸入電腦嗎？」

「對，可以嗎？」

「輸入電腦本身並不難，只不過——」他再度抬頭看向櫃子，「數量很驚人。」

「這還不是全部，我家裡還保管了更久之前的，有好幾十年份的紀錄。先把最近十年的紀錄輸進去就好，並沒有特別的期限，可以請你幫忙嗎？」

「好，我盡量。」玲斗回答後，看著電腦螢幕，「我可以問一個問題嗎？」

「什麼問題？」

「預約夜間祈念的時間都很集中，通常都是每隔兩個星期有一次高峰，但中間這段時間幾乎沒有人來預約。我看了過去的紀錄，好像一直都這樣。」

「是啊，你知道為什麼嗎？」

「我有猜到一個可能的原因。」

「你說說看。」

「是不是和月亮有關？佐治先生昨晚來祈念時，抬頭看著月亮說，他有美好的預感。昨晚是滿月，我查了一下，發現預約祈念都集中在每個月滿月前後的那幾天，佐治先生也每次都在滿月的夜晚，或是前後的日子來這裡。」

「你終於發現了嗎？」千舟露出試探的眼神看著玲斗，「每個月只有一次滿月，但你剛才說，每兩個星期就會出現預約的高峰，這樣不是不相符嗎？」

「是啊，所以我查了一下另一個高峰時的月相，發現是沒有月亮的夜晚，也就是新月的夜晚。怎麼樣？我是不是說對了？」

千舟滿意地點點頭。

「沒錯，新月和滿月的夜晚最適合祈念，大家都知道這件事，所以都會預約這個時間前後來祈念。」

「適合祈念是什麼意思？」

「就是字面上的意思，這個時候祈念會很有效果。」

「效果……願望會實現嗎？」

千舟停頓一下，點頭說：「也可以這麼認為。」

玲斗低吟一聲，抱著雙臂問：

「他們真的相信嗎？他們真的相信向樟樹祈念，願望就會成真嗎？」

千舟坐直身體，緩緩深呼吸後開口。

「聽你這麼說，你好像不相信。」

玲斗想了一下該怎麼回答，但又覺得沒必要支支吾吾。

「是啊，我覺得是迷信，或者說是唬人的……老實說，我並不相信。因為根本不可能有這種事。即使是神木，終究只是一棵大樹，一般來說怎麼可能認為對它許願，願望就會成真？」雖然他發現千舟的表情越來越嚴肅，但還是繼續說了下去，「我認為宗教就是這麼一回事，就是所謂信者得救。我之前曾經在新年時去神社參拜，也曾經把錢投進功德箱，合起雙手許願，但完全不指望願望會實現。但是，來這裡的人……來向樟樹祈念的人感覺完全不是這樣。不知道該說他們深信不疑，還是太虔誠，總之，他們個個看起來都覺得真有那麼一回事。雖然我是引導人，也許不該說這種話，但有時候我覺得不太妙，感覺心裡有點毛。所以我才問妳，他們真的相信嗎？」

千舟聽完玲斗的話，靠在椅背上，雙眼看著上方。雖然她的表情恢復平靜，但眼神很嚴厲，好像在猶豫是不是該下定決心。

不一會兒，她將視線移回玲斗身上。「你知道為什麼會有兩次嗎？」

「什麼兩次？」

「每個月有兩次向樟樹祈念的高峰。正如你注意到的，分別是新月時和滿月時，你知道有什麼不同嗎？」

玲斗搖了搖頭說：「我不知道，有不同嗎？」

「有。」

「怎麼不同？不都是向樟樹祈念嗎？」

「沒這麼簡單。」

「那些人在幹嘛？」

千舟微微挺起胸膛，揚起鼻尖說：「祈念啊。」

玲斗做出用力垂下肩膀的動作。

「祈念到底是什麼？我想知道他們具體在做什麼。」

「我覺得無論再怎麼向你說明都是白費口舌，因為現在的你不可能相信，但只要你持續當樟樹的守護人，總有一天會瞭解。今天就先這樣吧。」

千舟說完後起身，把手上的記事本放進皮包，但又臨時改變主意，停下動作，再度翻開記事本問：

「今天晚上也有人預約祈念吧？」

「對，我看一下……」玲斗從櫃子裡拿出最新的檔案夾，打開之後，確認了預約表，「是一個名叫大場壯貴的人。」

「大場家是柳澤家認識多年的世家，你有聽過生產和菓子的『巧屋本舖』嗎？」

「啊，好像聽過，招牌商品好像是……奶油銅鑼燒。」

「經營那家公司的就是大場家。」

「這樣啊。」

「三個月前，擔任最高負責人的會長去世了，他生前每年都會來好幾次，說是想要找回初衷。今天晚上是他的家人來祈念，希望你好好接待，不要失禮了。」

「好，我會努力……」

千舟露出冷漠的眼神看著玲斗，臉上露出「交給這傢伙真的沒問題嗎？」的疑問，但把記事本放回肩背包後，說聲「那就拜託了」，然後邁開步伐。

「會哼歌嗎？」

正走向出口的千舟聽到玲斗這麼說，停下腳步問：「哼歌？什麼意思？」

「昨天我聽到從樟樹中傳出哼歌的聲音，所以我在想，祈念時是不是也會哼歌。」

「你，」千舟轉過身問：「去偷窺客人祈念嗎？」

「不，只是、因為剛好——」

「我一開始就曾經告訴你。在祈念時，絕對不可以讓別人靠近樟樹，你也不可以靠近。難道你忘了嗎？」

「我沒忘，我知道這件事。但是……我說了，只是剛好。」

「怎樣剛好？你說說看。」

「因為……」玲斗差一點說出優美的事，但還是把話吞回去。雖然把優美的事說出來，很快就可以解釋清楚，但千舟瞭解狀況後，一定會反對玲斗協助優美。玲斗想要避免這種情況。

「因為我看到了人影。」玲斗考慮之後這麼回答，「在佐治先生祈念時，我看到有人影走向樟樹，我慌忙追上前想要阻止。」

「然後呢？」千舟露出訝異的表情問，「結果怎麼樣？」

「沒有……沒有人。」玲斗舔舔嘴唇，繼續說道，「我以為那個人走去樟樹裡面，於是探頭張望了一下，但裡面只有佐治先生一個人，所以應該是我眼睛的錯覺。當時聽到佐治先生好像在哼歌，所以有點好奇是怎麼回事。」

「佐治先生應該沒有發現吧？」

「這倒不必擔心，因為我又悄悄退回來。」

「唉。」千舟輕輕嘆了一口氣，「真的是這樣嗎？該不會是你對要怎麼祈念產生興趣，所以去偷看吧？」

「沒這回事，沒這回事，絕對沒這回事。」玲斗拚命搖著雙手。

千舟眼神銳利地瞪著他，懷疑的眼神始終沒有消失，但最後還是露出放棄的表情點了點頭。

「好，這次姑且相信你，但之後要小心。這份工作最重要的就是信用，如果有人投訴你在祈念時偷窺，你就無法再當守護人了，到時候我會很傷腦筋，我相信你也會很麻煩。也許你已經忘記了，當初我花了一筆錢，你才獲得釋放，到時候你必須還錢。」

「我知道，我沒有忘記。」玲斗拚命鞠躬。

「而且，」千舟說，「就是因為你沒有專心當樟樹的守護人，眼睛才會產生這樣的錯覺。我猜你當時一定又在玩遊戲。」她指著玲斗放在旁邊的手機說。

「不是——好啦，對啦……」玲斗抓抓頭。雖然千舟誤會了，但如果可以讓她相信自己，這種誤會根本不是問題。

「真受不了你。」千舟沮喪地撇了撇嘴角，再次叮嚀道：「那就拜託你了。」

「我知道，我還可以問一個問題嗎？」

「什麼問題？」

「為什麼是祈念？為什麼不說祈願，或是許願？」

「你不滿意嗎？」

「不是，沒這回事，只是我在想為什麼會用這兩個字，如果沒有特別的意義，那也沒關係——」

「當然有意義。」千舟毫不猶豫地回答，「但現在不要討論這個問題比較好，因為最好由你自己找到解答。」

「喔，是這樣啊。」

「好好做事。」千舟說完這句話，走出了社務所。

7

晚上十點，玲斗等在社務所前，有兩道燈光從院落的入口慢慢向這裡靠近。除了優美擅自跟蹤她父親以外，據玲斗所知，今晚是第一次有不止一個人來這裡。

兩個男人來到玲斗面前，一個是身穿大衣的瘦小老人，另一個是染了一頭金髮的年輕人，年紀大約二十歲左右。可能和玲斗年齡相仿，搞不好比他更小。

「請問是……大場先生嗎？」玲斗輪流看著他們兩個人問。

「對。」老人回答。

玲斗確認手機上記錄的資料。

「資料上顯示是大場壯貴先生要祈念，請問是哪一位？」

金髮的年輕人不耐煩地微微舉起右手。他看著地上，沒有看玲斗一眼。他似乎不太高興。

「我陪他過來。」老人說，「因為時間這麼晚了，而且他還未成年。」

老人遞上名片，名片上印著『巧屋本舖　常務董事　福田守男』。

「如果可以的話，」福田露出諂媚的笑容，「他祈念時，我希望可以陪他。」

玲斗接過名片，搖了搖頭。

「不行。當初申請時，沒有告訴你們嗎？」

「有告訴我們，能不能請你通融一下？因為他還未成年。」

「這是兩回事，不行就是不行。」

千舟曾經嚴格叮嚀，祈念時，只能一個人進入樟樹，不可以有例外。

「你別這麼不近人情，能不能拜託你幫個忙？他也說一個人祈念很不安，如果不能進去樟樹裡面，我可以等在外面。蠟燭費——」福田從大衣內側口袋拿出兩個信封，「你看，我準備了兩人份。」

玲斗有一點動心。因為蠟燭費都歸他，所以這個提議很有吸引力。但是——

「很抱歉，請你打消這個念頭。這是規定。」

福田收起笑容，「無論如何都不行嗎？」

「很抱歉。」玲斗鞠躬。

福田故意重重地嘆口氣，把其中一個信封遞給年輕人說：

「你聽到了，好像真的不行。壯貴，那你就一個人努力。至於步驟，申請的時候，柳澤女士已經教過你了，你應該知道吧？」

那個年輕人意興闌珊地接過信封說：「我會努力，但不知道能不能成功。」

「別這麼說，請你一定要相信自己。壯貴，拜託了。」

那個叫壯貴的年輕人沒有吭氣，只是皺皺鼻子。

玲斗拿起放在旁邊的紙袋，裡面是蠟燭和火柴。他把紙袋交給壯貴，向他說明使用步驟。

「之前申請的是一個小時左右，沒問題嗎？」

壯貴沒有回答玲斗的問題，轉頭看向福田。他似乎無法自行判斷。

「嗯，那就先一個小時，」福田說完，轉頭看著玲斗問：「時間稍微久一點也沒關係嗎？」

「沒關係，只是剛才交給他的蠟燭只能點一個小時，如果希望時間更久一點，我可以準備其他蠟燭。」

「不用，這根就行了。」壯貴拎起紙袋，「一個小時後，無論如何都會結束，這樣總可以了吧？」他不是問玲斗，而是問福田。

「可以。」福田回答。

「那我帶你過去。」玲斗打開手電筒邁開步伐，壯貴和福田跟在他身後。

玲斗走向院落深處，在祈念口前停下了腳步。

「這裡就是入口，你可以看到有一條小徑吧？只要沿著這條小徑往前走，就可以看到樟樹。」

「知道了。」壯貴回答。

「請小心火燭，也請你注意腳下，衷心期望樟樹可以接收到你的心願。」

「請好好祈念，要充滿真心誠意。」福田語帶激勵地說。

大場壯貴板著臉，微微點點頭後走向樹叢，玲斗和福田一起看著他有點駝背的背影。

「真是的。」福田喃喃說道，「希望他有辦法搞定。」

「請問是怎麼回事？」玲斗問，「你剛才說要他一個人努力，又說不知道能不能成功，祈念是這麼回事嗎？」

福田眼神銳利地打量著他。

「我聽柳澤女士說了，樟樹換了守護人。聽說你是她的外甥？」不知道是不是因為壯貴不在，他說話的語氣比剛才粗魯。

「我姓直井，請多指教。」

「柳澤女士再三叮嚀，說她的外甥可能會打聽有關祈念的事，但絕對不能告訴他。當時我覺得很奇怪，沒想到你真的對祈念的事一無所知。」

「因為並沒有告訴我重要的事。」

「是嗎？虧你還是樟樹的守護人。嘿嘿，真是太有趣了。」福田搖晃著肩膀笑了起來，「對了，」他把臉湊到玲斗面前，露出狡猾的眼神，「怎麼樣？要不要做交易？」

「交易？」

「很簡單，如果你對我接下來做的事睜一隻眼，閉一隻眼，我可以把我知道有關祈念的事告訴你。當然也不會告訴柳澤女士，怎麼樣？這個主意不錯吧？」

「你接下來要做的事，是指去樟樹那裡，陪他一起祈念嗎？」

「對，差不多就是這樣。你剛才也看到了，他是個讓人無法放心的小少爺，如果沒有人陪他，他什麼事都做不好。」

「是嗎？不，但這還是……」玲斗偏著頭，在臉旁搖著手說：「這樣不太好。」

「不行嗎？」

「被人知道就慘了。」

「別人怎麼會知道？只有天知地知，你知我知。」

那個小少爺不是也知道嗎？玲斗把這句話吞了下去。

「不好意思，真的不行，我無法同意。」

「那我也不能把祈念的事告訴你。」

玲斗用指尖抓抓眉毛旁，聳聳肩說：「那就沒辦法了。」

福田咂著嘴，摸了摸有點尖的禿頭問：「不能通融一下嗎？」

「很抱歉。」玲斗向他道歉。

「我們回去吧，你可以在社務所等他。」

「那裡可以抽菸嗎？」

「那裡禁菸。」

福田皺著眉頭，「那我去車上等，一個小時後再回來。」

「好。」

福田雙手插在大衣口袋裡離開了。他的身影消失後，玲斗也轉身離開。

他回到社務所前坐在椅子上。雖然應該不太可能，但無法保證福田不會偷偷溜回來。他今天放棄了玩手機打發時間。

他回想著福田和大場壯貴的對話。

聽他們剛才的談話，祈念顯然不只是形式化的儀式而已。福田執意想陪同，顯然有什麼想要達到的目的，擔心壯貴一個人無法完成。

也就是說，祈念可以得到某些東西，而且絕對不是自我滿足或是形式上的東西，而是某些更具體的好處。

願望會實現——真的就是這樣嗎？難道不是迷信，也不是傳說，真的有這種奇蹟嗎？

果真如此的話，蠟燭費只收一萬圓未免太便宜，不要說兩三人份，即使付一百人份的蠟燭費仍然很划算。

如果願望可以實現，自己想要許什麼願——玲斗忍不住思考。最想要的就是錢。想成為有錢人。中樂透彩券？如果只是中獎，那些錢遲早會花光。所以最好有用不盡、花不完的錢，即使不工作，也有源源不斷的錢進來。如果自己有這種能力，那就太棒了。比方說，睡一覺醒來，發現自己變成了天才畫家，拿起筆隨便塗鴉幾下，就可以賣幾十萬、幾百萬。或是突然靈光一現，想到什麼妙計，然後去申請專利，有很多企業要求授權使用，自己什麼事都不用做，每年就會有龐大的專利使用費匯入銀行帳戶——

他的嘴角忍不住露出笑容。這種想法太天真了，簡直就像是阿拉丁的神燈，現實生活中不可能發生這種像童話般的事。

祈念到底是什麼？那個叫壯貴的年輕人到底在樟樹的樹幹內做什麼？

他怔怔地看向樹叢，發現那裡有燈光搖晃。玲斗驚訝地站了起來。他看了手機顯示的時間，還不到一個小時。難道有人試圖靠近樟樹嗎？但是，剛才並沒有人走進神社。

他急急忙忙走過去察看，發現從樹叢中走出一個人影。是大場壯貴。他看到玲斗後停下了腳步。

「呃，已經結束了嗎？時間還沒到。」

壯貴一臉不悅的表情，默默搖頭。這傢伙怎麼回事？不知道該怎麼回話嗎？玲斗忍不住在心裡罵道。

「給你。」壯貴說著，把紙袋交還給他。玲斗接過來之後，打開一看，發現是燒剩的蠟燭和火柴。至少他把燭火熄滅了。

「辛苦了。」玲斗重複了每次該說的話，「祈念還順利嗎？」

壯貴沒有回答。玲斗猜他不想回答，所以準備走去社務所，沒想到聽到壯貴自暴自棄地說：「當然不可能順利。」

「啊？」玲斗忍不住回頭看著他。

壯貴瞥了玲斗一眼嘀咕說：「我這種人怎麼可能嘛。」然後把頭轉到一旁。

玲斗注視著眼前這個年輕人的側臉，思考著這句話是什麼意思，發現視野角落有動靜。福田拿著手電筒，從神社入口走了進來。

「咦？這麼早就結束了嗎？」福田驚訝地問。

壯貴沒有回答，玲斗代替他回答說：「已經結束了。」

「這樣啊——壯貴，情況怎麼樣？」

壯貴仍然沒有吭氣，一臉不悅，不耐煩地搖搖頭。

福田露出失望的眼神，但他嘴角露出微笑，語氣開朗地說：「沒關係，今天晚上就先回去，反正還有下個月。詳細情況我們上車再說。走吧，走吧。」他推著壯貴的後背。

「晚安。」玲斗對著他們遠去的背影說，但福田和壯貴頭也不回地消失在黑暗中。

8

在千舟要求玲斗把祈念紀錄輸入電腦的隔天，他就開始投入這項工作。他決定每天午餐後，花兩個小時左右輸入資料。

他在大致調查過去的紀錄之後，發現每個月的祈念人數大約有十幾人，所以一年有兩百人左右。光是輸入名字就是一項大工程，如果紀錄表上還寫了電話和地址，也必須一起輸入。雖然千舟輕鬆地說，只要先輸入十年的資料，但玲斗難以估計要花多少時間。

玲斗目前正在輸入五年前的紀錄。他挑選這個年份並沒有特別的理由，只是因為剛好從櫃子裡抽出的檔案夾是這個年份的紀錄。

他輸入了兩個小時，打算暫時告一段落時，紀錄上的一個名字吸引了他的目光。

那個名字叫佐治喜久夫。聯絡方式的欄內寫了『來夢園』這個療養所的地址和電話，備註欄內還寫著『由向坂春夫先生介紹』幾個字。

玲斗在意的是佐治這個姓氏。因為這個姓氏並不常見，至少玲斗在成為樟樹的守護人之前，從來沒有遇過姓這個姓氏的人。也就是說，他認識的人中，只有佐治壽明和優美姓這個姓氏。

他又確認一下剛才的紀錄，想知道是否還有其他地方也有這個名字，但都沒有再看到佐治喜久夫的名字。

玲斗抱著雙臂思考片刻，拿起了手機。他決定傳訊息給佐治優美。

『我是直井，請問妳認識一個叫佐治喜久夫的人嗎？我發現這個人曾經在五年前來向樟樹祈念。』

他發出訊息後不一會兒，優美就回了訊息。她說她有點頭緒，要調查一下。

玲斗拿著清潔工具走出社務所，花了一個小時左右打掃樟樹周圍後，手機收到訊息。一看內容，立刻瞪大眼睛。

『佐治喜久夫先生是我爸爸的哥哥，我想瞭解詳細的情況，也有事想和你討論，現在去找你方便嗎？』

玲斗回覆說，他的時間沒問題，只是沒什麼詳細情況可以告訴她。優美很快就回了訊息，說她傍晚五點左右到。玲斗回答沒問題。

「是喔，原來我伯伯曾經在五年前的四月十九日晚上來這裡。」優美托著臉頰，看著彙整了五年前祈念紀錄的檔案夾。

「這個人真的是妳爸爸的哥哥嗎？」

「應該不會錯，在收到你的訊息後，我想到一件事。於是就偷偷溜進我爸爸的房間，翻找了以前的通訊錄和信件，因為我爸爸把這些東西都留著沒丟。」

「結果找到了線索嗎？」

「在奶奶的東西中找到了這個。」優美操作手機後，把螢幕朝向玲斗。

上面是一張卡片，寫著：『媽媽，生日快樂。謝謝妳的不離不棄，我很感謝。喜久夫』。

「原來是生日卡……」

「我之前就曾經聽過爸爸有一個比他大兩三歲的哥哥，但他們好像從小就分開，之後再也沒見過面。但是，聽我媽媽說，這種說法應該是騙人的。因為以前奶奶身體好的時候，好像不時會去和伯伯見面，所以爸爸不可能不知道這件事。爸爸雖然沒有像奶奶那麼頻繁，但應該也有和伯伯見面。」

「既然他們是親兄弟，為什麼從小就分開？」

「不知道，我媽媽說，她完全不瞭解伯伯的情況，因為感覺爸爸不希望別人提起，所以媽媽從來沒問過。爸爸、媽媽結婚時，他並沒來參加，就連爺爺去世時，他也沒出現。」

「所以這是佐治家的禁忌話題嗎？」

「感覺是這樣。」

「那個哥哥現在人在哪裡？目前仍然不知道嗎？」

「應該已經去世了，這也是我媽媽的推測。」

「怎麼回事？」

「我媽媽說，大約四年前，爸爸和奶奶曾經穿著喪服出門。雖然他們當時說，是去參加一個老朋友的葬禮，但媽媽覺得應該是伯伯去世了。而且過了很久之後，有一件事讓我覺得媽媽應該說對了。」

「什麼事？」

「因為我奶奶差不多就是在那個時間開始出問題。說得更清楚一點，就是她開始出現失智的症狀。她經常說一些莫名其妙的話，然後半夜會起來亂走，有時候還會用完全陌生的名字叫我爸爸。我之前完全忘了這件事，剛才看了你傳給我的訊息後才想起來，沒錯，奶奶有時候會叫爸爸喜久夫。」

她在回覆訊息時說有點頭緒，應該就是指這件事。

「不知道喜久夫先生幾歲。」

優美聽了玲斗的問題，偏著頭說：「不知道，你為什麼問這個問題？」

「因為我查了一下那個療養所，」玲斗指著攤在優美面前的紀錄表，「聯絡方式欄內不是寫著『來夢園』嗎？地址在橫須賀，我去查了『來夢園』的網站，發現是療養所，而且不是短期間入住的那種，而是可以照顧到最後，也就是照顧到死的療養所。」

優美拿起放在旁邊的手機，立刻操作起來。她可能要查『來夢園』。她很快查到了官網，露出認真的眼神看著螢幕，滑動著手指。

「真的欸。」她小聲說，「原來喜久夫伯伯生病了。」

「雖然不知道他從什麼時候開始住進這個療養所，但妳奶奶應該是去那裡看他。」

「應該是。」

「佐治先生……妳爸爸幾歲？」

「嗯，我記得是五十八歲。」

「所以如果妳伯伯現在還活著，應該六十多歲。他是在四年前去世，我猜想當時最多五十五、六歲。這年紀就住進療養所，代表他得了頑疾。這也許是他和妳爸爸分開的原因。以前好像常有這種事，因為擔心會傳染給其他孩子，不讓生了病的孩子住在家裡。」

「雖然我也聽過這種事，但都什麼年代了，不可能有這種事吧？我爸爸是在上一次東京奧運前不久才出生的。」

「那不是昭和三十年代嗎？我相信那時候還會有一些想法很傳統的人。」

「是嗎？」優美難以接受地偏著頭。

「否則他們為什麼分開？」

「我怎麼可能知道！」

「妳要不要問妳爸爸？」

「不可能，我剛才不是說了這是我家的禁忌話題嗎？」優美指著紀錄表，「比起這種事，我更想知道爸爸每個月來這裡，和喜久夫伯伯五年前來這裡有沒有關係。你覺得呢？」

玲斗緩緩抱起雙臂說：「妳問我，我也不知道答案。」

「你不是這裡的工作人員嗎？」

「我不是說了好幾次，我只是實習生嗎？就連祈念是怎麼回事都沒人告訴我。」

玲斗又繼續說道：

「不過，我猜想妳爸爸和喜久夫先生的目的，或者說祈念的內容應該不一樣。」

「為什麼？」

「我也不是很清楚，但祈念好像有分兩種。」

玲斗告訴優美，每個月有兩次最適合祈念的時機，分別是滿月和新月的夜晚。

「妳爸爸每個月都在滿月的晚上來祈念，但我上網查了一下佐治喜久夫先生五年前來祈念的四月十九日這個日子，發現那天是新月。」

「也就是說，雖然他們兄弟兩人都來這裡，但也可能只是巧合而已？」

「因為他們是兄弟，所以都知道這裡樟樹的傳說，然後來這裡祈念這件事本身並沒有任何問題，但兩個人的目的未必相同。他們可能為了不同的目的來祈念——更何況中間隔了五年，也許這種可能性反而比較高。」

「有道理。」優美吐了一口氣，「既然這樣，那就不需要把伯伯列入考慮。」她闔起了眼前的紀錄表，「好，那就暫時不考慮，而且狀況也發生了改變。」

優美最後這句話引起了玲斗的好奇。

「發生了什麼變化嗎？對了，妳在訊息中提到，有事情要和我討論。」玲斗問。

優美皺起眉頭，嘟起了嘴，似乎在猶豫該不該說，但最後還是開了口。

「昨天傍晚，我爸爸有了動靜。」

「有動靜？他又去了吉祥寺的那棟公寓嗎？」

「對。」優美點了點頭。

「他前天晚上不是來過這裡嗎？我就猜想他會有動靜。因為我知道他要去的地方，而且有一種預感，所以就去看一下。沒想到被我猜中了。」優美睜大了眼睛。

「是什麼狀況？」玲斗探出身體問。

「我看到我爸爸走出公寓，而且不是一個人。」優美拿起手機，熟練地滑了幾下，把螢幕轉向玲斗。

身穿運動外套的佐治壽明出現在液晶螢幕上，身旁是一個穿著細長線條大衣，感覺很有型的女人。女人一頭長髮，戴著墨鏡，所以看不到她的臉。

一定是美女——玲斗憑直覺確信這一點。

9

優美今天沒有開車，而是搭電車轉公車來到這裡。傍晚六點多時，玲斗要去吃晚餐，所以就一起走了出去，但玲斗有自己專用的「交通工具」。

優美看到他從社務所後方推出來的腳踏車，忍不住噗哧笑了起來。

「也未免太破了，有辦法騎嗎？」

「有什麼辦法，只有這個啊，而且這已經比之前好多了。」

來到這裡的第二天，玲斗在社務所後方的儲藏室內發現了這輛腳踏車。那是像米店常出現的營業用腳踏車，不僅輪胎很粗，腳踏車框和把手也都很粗很重，而且布滿了鐵鏽。他拆開腳踏車除了鏽，加了油之後又重新裝起來。雖然很想換輪胎，但他手頭沒錢，只好忍著不換，再去腳踏車行給輪胎打氣，至少可以騎了。

「缺點就是很重。」玲斗推著腳踏車走下神社內的階梯時說，「下階梯時還好，上階梯時超累，但也不能就這樣丟在階梯下。雖然沒有人會偷這種破腳踏車，但如果繼續生鏽，就真的沒辦法騎了。」

腳踏車把手前有一個籃子，優美看到籃子裡有一個塑膠袋，忍不住問他：「這是什麼？」

「我的洗澡用品。」玲斗回答，「社務所內沒有浴室，所以我晚餐後就會去洗澡。但澡堂洗澡要四百七十圓，花費並不便宜，所以只能隔天享受一下這種奢侈。」

「我沒想到你就住在那裡，會不會很辛苦？」優美問。

「習慣之後就覺得還好，而且不必付房租和水電瓦斯費，晚上也很安靜。」

「你說最近才開始做樟樹的守護人，你為什麼想要做這個工作？」

「說來話長，也算是一種自然發展的結果。不是有些事雖然不想做，但還是必須有人繼承嗎？」

「你是說世襲制？」

「差不多吧。」

他們終於走下階梯，平時玲斗都會在這裡騎上腳踏車，但今天優美也在，所以他推著腳踏車繼續往前走。

來到大馬路，走到公車站。優美一看時間表，發出了失望的叫聲。

「怎麼了？」

「公車好像剛開走，下一班要二十分鐘後才到。真是太不方便了。」

「沒辦法啊，這裡搭車的人很少。這裡畢竟和大城市不一樣。」

優美露出沉思的表情後，看著斜下方問：

「騎腳踏車到車站要多久？」

「應該十分鐘左右……啊！不會吧？」玲斗看著優美的臉問：「妳要我載妳？」

「叮咚！」優美豎起食指說，「你答對了，請送我去車站。」

「等一下，載人不是違反交通規則嗎？」

「呃！」優美的身體向後仰，「這種鄉下地方會有人取締嗎？」

「這……應該沒有。」

「那不就好了嗎？走吧，快上車。」

玲斗在優美的催促下騎上腳踏車，優美側坐在後座椅上。

「妳至少應該跨坐，更何況妳又沒穿裙子。」

「這個座椅太大了，跨坐不舒服。有什麼關係嘛，反正都已經違規了。」

玲斗咂著嘴，「如果被抓到，罰款由妳負責。」

「我說了，不會有問題，出發！」

優美吆喝一聲之後，雙手抱著玲斗的身體。玲斗踩著踏板，後背感受著溫暖和柔軟的感覺。他覺得自己的體溫稍微上升，讀小學之後，應該就沒騎腳踏車載過別人。

因為騎腳踏車的關係，所以可以騎入公車和大型車子無法駛入的小路，或是單行道等禁止進入的路。玲斗用力踩著踏板，沿途沒有遇到紅燈。雖然天色已暗，路上也沒什麼路燈，但因為在民宅之間穿梭，窗戶洩出來的燈光微微照亮了腳下的路。

「這應該是往車站的捷徑，但我絕對記不住。」坐在後方的優美說。

「我也走錯過好幾次，因為這裡的路都沒有規劃，我猜想以前應該是田間道路。」

「這一帶都是民宅，你都在哪裡吃晚餐？」

「車站前的食堂。」

「搞什麼嘛，那你不是本來就要去車站嗎？」

「是沒錯啦。」

穿越住宅區，來到一條大馬路。前方就是這個城鎮最大的路口。

「前面有派出所，我們走路過去。」

優美聽了玲斗的提議，很不甘願地跳下腳踏車。

推著腳踏車走過斑馬路，前方就是車站前的大馬路。馬路對面有許多小型商店，目前在營業的幾乎都是餐廳，其他店都已經拉下了鐵捲門。

玲斗在一家餐廳門口停下腳步，入口的格子門上鑲著玻璃。

「我要去這家。」

優美打量著那家餐廳問：「這家是賣什麼的？」

「普通的定食餐廳，有烤魚或是可樂餅之類的。」

「是喔。」優美雖然表情很冷淡，但似乎很好奇，「好吃嗎？」

「還不錯，要不要一起吃？」

優美摸著臉頰想了一下，搖搖頭說：「今天算了。」

「是嗎？那就路上小心。」

「謝謝你，拜拜。」

優美輕輕搖搖手，邁開步伐。玲斗目送她的背影離去之後，把腳踏車停在人行道上，走進定食餐廳。

餐廳內沒什麼人，他坐在角落的餐桌旁吃著味噌鯖魚定食，回想著優美的話。

優美在吉祥寺看到佐治壽明和那個女人一起走出公寓後，就開始跟蹤他們。不一會兒，那兩個人在停車場坐上佐治的車子，然後就不知道去了哪裡。

「如果是連續劇，就會剛好有一輛計程車經過，然後我就可以攔下計程車，對司機說，追上前面那輛車，但現實沒這麼美好。」

可惜計程車沒有出現，優美只能眼睜睜地看著佐治他們的車子離去。

她無奈之下，只好回家等爸爸回來。藏在車上的GPS追蹤器顯示車子進入了澀谷的立體停車場。

大約兩個小時後，佐治的車子再度有了動靜。又過了一個小時，佐治才回到家。佐治和那個女人在澀谷做了什麼？

她去調查了停車的立體停車場周圍，發現有好幾家城市飯店提供休息房，也就是短時間入住，也有很多傳統的摩鐵。

「不不，我覺得他們應該不會去飯店，如果想做那種事，只要在家裡就好。」玲斗避開了直白的說法。

「這很難說，搞不好想偶爾換一下氣氛環境。」

聽到優美直截了當的話，玲斗忍不住愣了一下。缺乏經驗的自己絕對不會想到這點，所以她這方面的經驗很豐富嗎？

「可能只是去約會，去吃飯或是逛街買東西。」

「那不是吃飯的時間，而且如果在外面吃飽了，回家就會說不吃晚餐，但爸爸回家後，也像平時一樣吃了晚餐。而且我覺得也不太可能去逛街買東西，因為不可能特地在上班時間溜出去逛街，萬一被人看到和情婦在一起也不太好。」

「所以妳認定那個女人是妳爸爸的情婦。」

「如果不是情婦，那是什麼關係？別忘了他蹺班出入女人的公寓，你可以不要說這種安慰的話嗎？」

以目前的狀況來看，的確很難想到其他可能性。玲斗陷入了沉默。

「唉！」優美從喉嚨深處擠出聲音。「雖然我原本不相信，也希望不是這樣，沒想到果然是這樣。外遇喔，那個死老頭在想什麼啊，真是太讓我失望了。」優美用力拍著社務所的桌子。

「如果如妳所說，佐治先生和那個女人外遇，妳覺得和他來祈念有什麼關係嗎？」

「這就是重點，我就是想和你討論這件事。」優美指著玲斗，「事到如今，接下來就要查明那個女人的身分。她到底是誰？你可以協助我調查嗎？」

「調查……我該做什麼？」

「我想了一下，我爸爸是不是為了那個女人向樟樹祈念，或是他和那個女人的事。」

「向樟樹祈念？」玲斗偏著頭，「妳覺得是祈求什麼？」

「比方說，」優美揚起下巴，「和現在的太太離婚，和她結婚之類的。」

「啊？」

「這樣說好了，太太可能會要求贍養費，而且女兒也可能反對爸爸再婚娶別的女人。應該說，我絕對會反對到底，所以最簡單的方法，就是讓太太發生車禍身亡。」優美突然在胸前握起雙手，看著斜上方說：「樟樹神，請你讓我太太出車禍或是其他意外，讓她趕快死——」

玲斗苦笑著說：「怎麼可能有這種荒唐的事？」

優美仍然握著雙手，眼神銳利地瞪著他問：「你憑什麼斷定沒有？」

「因為我覺得，」玲斗微微舉起雙手，「祈念是一件神聖的事，會許願將死的人身體趕快好起來，但不可能許願好端端的人去死。」

「這是人性本善說，並不是每個人都是優等生。既然所有的願望都可以實現，當然會有人希望妨礙自己的人趕快去死。」

優美的話對玲斗產生了不小的衝擊，他從來沒有這麼想過，但又覺得很有說服力，所以想不到反駁的話。

「也許是……但佐治先生看起來不像是這種人。」

「我也希望是這樣，但可惜我現在對爸爸的信任已經低到絕望了。」

優美一臉嚴厲的表情說道，玲斗隱約覺得，原來是這樣啊。他沒有父親，讓美千惠懷孕的男人有家室。對那個家庭的孩子來說，美千惠是奪走他們父親的可恨對象。

「既然這樣，」優美說，「我無論如何都要再去看一下我爸爸祈念時的狀況，我想知道他到底在樟樹內祈求什麼。」

「不不不，」玲斗搖著手，「這可不行，這件事我不能睜一隻眼，閉一隻眼，很抱歉，這件事我幫不上忙。」

「無論如何都不行嗎？」

玲斗的雙手在胸前交叉，比了一個大大的叉。

「妳死心吧，我的工作就是避免閒雜人等在有人祈念時靠近樟樹。」

「那在我爸爸祈念前後，讓我去一下樟樹那裡，這樣總行了吧？」

「祈念前後？」

「沒錯，這樣就不違反規定了吧？」

玲斗注視著優美的一雙大眼睛，「妳為什麼要這麼做？有什麼目的？」

「我認為你沒必要知道。」優美若無其事地回答。

玲斗絞盡腦汁思考。她到底有什麼目的？她應該想瞭解她父親祈念的內容，但她想去樟樹那裡做什麼？從之前和她的談話中知道，她具備了為達到目的不擇手段的大膽，因為她竟然把GPS追蹤器放在車子上。

想到追蹤器，他終於恍然大悟。原來是這樣。他打了一個響指。

「我知道了，妳想裝竊聽器。」

優美露齒一笑說：「被你發現了嗎？其實最好再裝監視器。」

「開什麼玩笑！我怎麼可能同意！」

「為什麼？規定不能裝竊聽器嗎？」

「或許沒有這種規定，但只要想一下不就知道不行了嗎？」

「有什麼關係嘛，反正又不會造成任何人的困擾。」

「萬一被佐治先生發現怎麼辦？」

「他不會發現，現在有很小型的竊聽器。」優美用食指和大拇指比了一公分的大小。

「任何事都可能有萬一，我會被開除。」

「有什麼關係嘛，反正工作多的是。」

「我有債務，如果要離開這裡，就必須還這筆錢。」

「你欠多少錢？」

「一大筆錢，反正是我還不出的金額。」

優美咂著嘴，撇著嘴角說：「怎麼會這樣！」

「所以，這個方法不行，妳死心吧。」

「好吧。」優美說完，露出冷漠的表情，把頭轉到一旁，「不拜託你了，我會自己想辦法。」

「妳想怎麼樣？」

「不告訴你。」

玲斗看著優美的側臉，再度思考起來。她應該並沒有放棄裝竊聽器這件事。

「妳該不會打算偷偷裝吧？」

優美的臉頰抖了一下，「不告訴你。」

「果然是這樣，妳是不是想趁我不備，把竊聽器偷偷裝在樟樹內，在佐治先生祈念之後，再偷偷去拿回來？」

優美轉過臉看著玲斗，原本板著的臉上露出燦爛的笑容。

「這也是方法之一。你知道嗎？現在的竊聽器很厲害，電池可以維持幾十個小時。也就是說，可以在白天時裝上去，到第二天白天再來拿走。白天不是可以自由參觀樟樹嗎？當然，如果要這麼做的話，必須避免被你看到。」

「妳別亂來，我真的拜託妳。如果妳這麼做，萬一被人發現有竊聽器，事情一定會鬧大。」

「也許吧，但這和我沒有關係。如果被人發現，我就只好想其他辦法。」

玲斗皺著眉頭，雙手抱著腦袋，「妳真的別為難我。」

「我面臨家庭遭到破壞的危機，沒辦法選擇手段。」

玲斗放下雙手，抬起頭。

「即使妳竊聽祈念的情況，也未必能夠瞭解什麼。難道妳認為他會說情婦的名字嗎？或是大聲說希望太太趕快死嗎？」

「這我就不知道了，但他的確有發出聲音，你不是也聽到了嗎？」

「雖然聽到他哼奇怪的歌，但並沒有說話。」

「他可能在哼歌之前說了什麼，我想聽聽他會說什麼。拜託你幫我！」優美合起雙手，露出認真的眼神。

玲斗嘆氣。看來似乎很難勸她打消念頭，但無論如何都必須阻止她擅自裝竊聽器。

「那我有一個條件，萬一佐治先生發現竊聽器，必須由妳負責向他說明情況，而且要說服他不要向我的僱主抗議。妳答應這個條件嗎？」

優美想了一下，微微點點頭，「OK，我答應，我可以向你保證，所以交易成立。」她起身向玲斗伸出手，要和他握手。

這算是交易嗎？根本就是恐嚇。雖然玲斗這麼想，但還是和她握了手。

10

從車站前的大馬路一走進旁邊的小路，馬上就可以看到『福之湯』，那是這個城鎮唯一的公共澡堂。雖然鄰町有一間溫泉會館，但大人洗一次要九百圓。不僅路程比較遠，而且價格那麼貴，他就只能三天才洗一次澡。

『福之湯』是傳統的澡堂，沒有三溫暖，也沒有電療浴和淋浴室，不過牆上畫著巨大的富士山。

玲斗洗完身體後泡在浴池內，聽到有人問：「你就是樟樹那裡的人吧？」那是一個乾瘦的老人，在玲斗旁把瘦巴巴的身體沉入水中。

「對。」玲斗在回答時看著老人的臉，之前好像見過，但又想不起他是誰。

「前幾天我上午去向樟樹打招呼，看到一個陌生人在打掃，還覺得有點納悶，原來是你。」

「你好。」玲斗微微欠身，「我姓直井，請多指教。」

「你不姓柳澤嗎？」

「雖然姓氏不同，但我們是親戚。」

「這樣啊，那戶人家的近親越來越少，我原本還擔心接下來該怎麼辦呢。是喔是喔，原來還有像你這樣的親戚。」老人一副了然於心的表情，細瘦的脖子連續前後擺了好幾次。

「你很瞭解柳澤家和樟樹的事嗎？」

「談不上很瞭解，不過我們家好幾代都受到庇佑，不瞞你說，我去年也有去祈念寄託。否則等到腰腿不靈光之後再去，就很不方便，所以覺得時間差不多了。」

老人的話令他感到奇怪。「寄託？寄託什麼？」

「這還用問嗎？寄託給樟樹的還能有什麼？」老人笑著說完後，突然收起了笑容，頻頻打量著他，「你該不會不知道樟樹的力量？」

「我完全不瞭解詳細的情況，據說只要持續當樟樹的守護人，以後就自然會知道了。」

「哈哈哈哈，」老人聽了玲斗的話，開心地大笑起來，「是這樣啊，所以你是樟樹的守護人，卻對祈念一無所知嗎？原來如此，這樣可能也不錯。」

「請問到底是怎麼回事？如果你方便的話，可不可以告訴我？」

「不，既然是這樣，那我就不方便說了。更何況樟樹的事不能隨便告訴不知情的人，據說一旦這麼做，樟樹就會失靈，而且也沒辦法正確說明，即使說了，你八成也不會相信。千舟說得沒錯，只要你繼續當樟樹的守護人，以後自然會知道，你可以期待那一天的到來。」

搞什麼嘛！玲斗在內心憤慨不已。為什麼每個人都說這種故弄玄虛的話？

「可以請教你的大名嗎？」玲斗突然想到一件事，於是問老人。

「沒問題，我姓飯倉。」

老人說，是吃飯的飯，倉庫的倉，名字叫孝吉。

飯倉剛才說，他去年曾經來祈念。玲斗打算回社務所之後去查一下紀錄，至少想要確認一下他是在新月還是滿月的夜晚去祈念。

「飯倉先生，你相信樟樹的傳說嗎？相信只要向樟樹許願，願望就可以成真嗎？」

「我剛才不是說了？不能隨便談論這件事。」飯倉說完笑了起來。

「你不用告訴我祈念的事，我只是問你相不相信。」

「這個嘛，」老人稍微坐直，細瘦的鎖骨從水裡露出來，「我相信樟樹的力量，因為我親身體會過，至於願望是否能夠實現，那就不知道了。因為這不是光憑自己的能力能夠解決的問題。」飯倉斜眼看著玲斗，嘴角露出笑容，「差不多了吧？我不能再多說了。」

他的回答意味深長。他說曾經親身體會過樟樹的力量，這是怎麼回事？但他又說不知道願望是否能夠實現。這就是所謂的禪修問答嗎？但即使再問他這個問題，他應該也不會回答。

「我最後還想請教一個問題。」

「好啊，只是不知道我能不能回答，是什麼問題？」

玲斗環視四周，確認旁邊沒有人聽他們說話後問：

「會不會有人向樟樹許願，希望某個人去死？」

「你說什麼？」飯倉驚訝地瞪大了眼睛。

「祈願討厭的人，或是妨礙自己的人早死——你有沒有聽說過這種事？」

「你為什麼要問這種問題？」

「因為在當樟樹的守護人之後，我有點好奇大家都在祈求什麼……所以就想到，其中會不會有人有這種可怕的想法。」玲斗說到這裡，把右手從熱水中伸出來搖了搖說：「不好意思，我想應該沒有這種人。樟樹是神聖的神木，如果這麼做，感覺會受到懲罰。對不起，請你當我沒問。」

飯倉就像玲斗剛才一樣左顧右盼後，把身體深深沉入水中，連下巴也都浸在水裡，然後稍微移向玲斗說：

「我不瞭解最近的狀況，但聽說以前有這種祈念。」

「是嗎？」

「因為人生並不都是美好的事，尤其是人和人之間的關係很麻煩。如果有人造成自己或是自己家人的痛苦，從某種意義上來說，希望那個人從世界上消失也是理所當然的事。」

「只要向樟樹祈求，這種願望也可以實現嗎？」

「這我就不知道了，應該曾經實現過吧。」飯倉站了起來，「就到此為止，如果說太多話，萬一被千舟知道，她會罵我的。」

玲斗想到他剛才也直接叫千舟的名字。

「你和千舟阿姨很熟嗎？」

「當然熟啊，因為這裡是個小地方，我們都讀同一所小學和中學，我比她大兩屆。而且她從小就很出名，一方面是柳澤家的獨生女，最重要的是她成績很優秀，雖然她是女生，但大家都說，以後柳澤家就靠她了。事實上柳澤集團也是靠她才越做越大，如果沒有她，飯店事業根本不可能這麼成功。」

玲斗聽了飯倉的話感到有點困惑。千舟這麼厲害嗎？雖然已經見過幾次，但之前從來不曾對她在社會上的成就產生興趣，只知道她是媽媽同父異母的姊姊，但之前沒有來往——他覺得這樣就足夠了。

「你姓直井吧？那樟樹就麻煩你照顧了。」飯倉舉起一隻手，離開了浴池。

「謝謝，晚安。」玲斗在浴池內目送他離去。

離開『福之湯』後，他去便利商店買了罐裝氣泡燒酒和洋芋片，和洗澡用品一起放進籃子內，騎著腳踏車回到了月鄉神社。

今天晚上沒有人預約來祈念，他在社務所內喝著氣泡燒酒，用手機查了千舟的經歷。令人驚訝的是，很快就搜尋到相關的資訊，也有詳細介紹千舟經歷的內容。

千舟從本地高中畢業之後，進入知名大學的法學院，畢業後在柳澤集團主力企業的不動產公司任職，在公寓大廈事業方面大顯身手。一九八〇年代後，投入飯店事業。收購現成的飯店後走向集團化經營路線，漸漸成功地在市場上打響知名度。她在集團內多家公司擔任董事，有時候擔任最高經營者，在〇〇年代後期被稱為女王。

從網路上只查到這些資訊，玲斗從抽屜中拿出千舟的名片，上面印著『柳滋股份有限公司　顧問　柳澤千舟』。她目前應該將近七十歲，也許實質上已經退休。

她的經歷太了不起了。飯倉剛才說的話絲毫沒有誇張。

玲斗從櫃子裡拿出去年的檔案夾，調查了祈念紀錄。發現飯倉孝吉的名字出現在八月三十日那一天，他上網確認後，發現那一天是新月。

11

滿月之夜過後，在下一次新月之前，祈念的人逐漸減少。尤其是中間那個星期，幾乎沒有人預約。因此晚上有很多時間，玲斗便埋頭把祈念紀錄輸入電腦。

在輸入幾年份的紀錄後，他發現一件事。經常有某個人祈念之後，隔了一段時間，又有相同姓氏的另一個人來祈念的情況。間隔通常是一年到兩年，雖然有可能只是姓氏剛好相同，但如果是這樣，未免有太多巧合。

玲斗想起了佐治壽明的事。他的親哥哥佐治喜久夫曾經在五年前來這裡祈念，雖然原本認為間隔太久，兩兄弟的祈念應該無關，但果真是這樣嗎？

玲斗怔怔地想著這些事，在院落內打掃時，千舟來到月鄉神社。

「你有見客的行頭嗎？」千舟抬頭看著玲斗問。

「劍客的形投？」玲斗重複一次，「……那是什麼？」

千舟瞪大眼睛，「你不知道什麼是見客的行頭？」

玲斗做出拿武士刀的姿勢問：「和武士有關嗎？」

千舟很受不了，無奈地嘆氣。「你跟我來。」說完，她走向社務所。

一走進社務所，她直接往裡面走，打開房間的門，立刻倒吸了一口氣，轉過頭，怒目看著玲斗問：「怎麼弄得這麼亂？」

「沒有啦，呃，我原本打算晚一點整理……」

也難怪千舟會生氣。因為被子鋪在地上，代替睡衣的T恤和短褲就丟在那裡，榻榻米上還有罐裝氣泡燒酒的空罐，旁邊的洋芋片從袋子裡灑了出來。

「在打掃院落之前，要先把自己的房間整理乾淨。」

「好，我馬上整理。」

他彎下腰，正準備折被子，千舟抓住他的肩膀。

「晚一點再整理，你先把見客的行頭拿出來。」

「劍客的形投。」玲斗嘀咕著。

「對，動作快。」

「不，那個……」

「怎麼了？」

「我剛才也說了，我不知道劍客的形投是什麼。」

「見客的行頭──」千舟原本想繼續說什麼，但改變主意，用力深呼吸，「就是你所有的衣服中最好的衣服，比方說，和女生約會時穿的衣服。」

「喔喔。」玲斗微張著嘴巴，「原來這叫見客的行頭。」

「你以前沒聽人這麼說過嗎？」

「不清楚。」玲斗偏著頭。

「算了，你應該有像樣的衣服吧？」

「不，沒有。我最好的衣服，就是來這裡時穿的T恤和夾克，其他就只有運動衫了。」

「難怪你的行李這麼少。」

「最後被房東趕出來時，我把大部分東西都丟了，因為幾乎都是又舊又破的衣服。」

「你來這裡之後，沒買過新衣服嗎？」

「沒買過，因為有這個，就不必自己買衣服了。」玲斗拉了拉工作服的領子。

這是開始在這裡生活那一天，千舟帶給他的衣服，還有另一套可以換洗。他工作時當然都穿這一件，連去街上時也穿在身上。

千舟雙手扠腰，嘆了一口氣。

「真是拿你沒辦法，好吧，那你做一下出門的準備。這身打扮不行，換件衣服，那件髒夾克也行。」

「要去哪裡？」

「買衣服，」千舟抬頭看著玲斗的臉繼續說道：「為你買見客的行頭。」

離開月鄉神社的兩個小時後，玲斗和千舟一起來到新宿的百貨公司，出現在紳士服裝樓層，不僅走進了玲斗以前從來不曾靠近的高級名牌服飾專櫃區，還試穿了西裝。

玲斗站在鏡子前，千舟從頭到腳打量他一番，用鼻子哼了一聲說：「沒想到穿在你身上還滿好看的。」

「謝謝。」玲斗揚起下巴說道。千舟看到他這個動作，皺起了眉頭。

「既然穿了這身像樣的衣服，看起來人模人樣，就不要做這種低俗的動作。點頭的時候要用力收起下巴，而且要看著對方的眼睛。」

「好，我知道了，像這樣嗎？」玲斗乖乖照做。

「沒錯沒錯，你完全可以做到嘛。以後要注意。」

站在一旁上了年紀的女性店長面帶微笑地說：

「穿在他身上真的很好看，他身材很挺拔，站姿也很好看，果然有柳澤家的血統。」

後半句話是對千舟說的。

柳澤家和這家店似乎有多年的交情，千舟一開始就向對方介紹說，玲斗是她的外甥。

「你以前的工作要穿西裝嗎？我聽說你在被開除的那家公司，是做中古機器的維修。」

「那家公司不穿西裝，但之前工作的地方穿的是類似西裝的制服……」

「原來是這樣，是怎樣的職場？」

「呃……餐飲業。」

「是侍者嗎？」

「嗯，差不多吧。」

他不敢說自己在船橋的酒店當少爺。

「這不重要。怎麼樣，你喜歡這套西裝嗎？」

玲斗再度看向鏡子，他覺得自己穿合身深色西裝看起來英姿煥發。如果頭髮梳整齊，鬍碴刮乾淨，再戴一副眼鏡裝裝樣子，也許看起來像精明的生意人。

「我很喜歡，但妳真的要買給我嗎？」

「我們不是為了這個目的來這裡嗎？好，西裝決定了。」千舟轉身看著店長說：「褲長應該可以在傍晚之前改好吧？」

「沒問題，交給我吧。」店長雙手放在身體前方，恭敬地鞠躬說道。

玲斗在試衣間換好衣服後，走回千舟那裡。「讓妳久等了。」

「呃……」千舟說著，看著玲斗，然後指著他的胸口，似乎想要說什麼。

「我叫玲斗。」玲斗提醒她。他以為千舟忘了他的名字。

「這我知道。」千舟一臉不滿的表情瞪著他，「我在想要叫你玲斗桑呢，還是叫你玲斗君。」

玲斗這才想起，千舟之前都沒有叫過他的名字。

「直接叫我玲斗就好。」

「那就這麼辦。玲斗，我們再去下一個地方，接著要買白襯衫、領帶、皮帶，還有鞋子。」

千舟精神抖擻地走出去，店長在身後說：「謝謝光臨。」玲斗慌忙跟上腳步。

在接下來的一個小時，買好襯衫、領帶和皮帶，然後又花了三十分鐘決定了皮鞋。離褲子改好還有一點時間，他們走進鞋子賣場後方的咖啡店休息。

「哇，太厲害了。」玲斗看著放在旁邊椅子上的紙袋嘆著氣說，「這是我這輩子第一次一口氣買這麼多東西。」

「你有跟你媽媽……美千惠一起去買過東西嗎？」

「沒有。因為她在我讀小學時就死了，外婆從來沒有帶我去逛街買東西，我的衣服都是附近鄰居送的舊衣服。」

千舟拿起茶杯注視著玲斗，「看來你吃了不少苦。」

「那也沒辦法，誰叫我是酒店小姐和外遇男人生下的孩子。」他用開朗的語氣說。

千舟一定早就知道他抬不起頭的身世，他想表示很瞭解自己的身分。

「而且不學無術，連見客的行頭也聽不懂。」

千舟默然不語地喝著紅茶，把茶杯放回茶托後，露出冷漠的眼神看著他說：「這叫做惱羞成怒，或者說是為自己開脫。」

這句話刺進玲斗的心裡。他無言以對，然後發現自己很受傷。

千舟從放在旁邊的肩背包裡拿出黃色記事本，打開之後看了一會兒，抬起頭對他說：「明天晚上六點，柳澤集團要舉辦一場感恩會，招待很多平時關照我們的人，你也一起來參加。」

玲斗大吃一驚，差一點把嘴裡的可樂噴出來。「我嗎？」

「既然派你擔任樟樹的守護人，就必須把你介紹給其他親戚，所以才為你買衣服，還是說，你覺得我是為了好玩，才想要打扮你嗎？」

「不，我猜想應該有什麼原因，只是沒想到是這種事……」

「明天晚上六點，不要忘記了。」

「真突然啊。」

「你有其他事嗎？明天應該沒有人預約要來祈念。」

「雖然沒有，但是，呃，我這種人去那樣的場合沒關係嗎？」

「為什麼不行？你也是我的親戚啊。」

「雖然很高興聽到妳這麼說……」玲斗把可樂喝完，伸手拿起裝水的杯子，喝完之後，抬起頭，發現千舟看著他。

「怎麼了？」玲斗問。

「真的嗎？」千舟問他。

「什麼真的？」

「你說很高興聽到我說你是我的親戚，這句話是出於你的真心嗎？」

「我並沒有……說謊。」玲斗不知道千舟為什麼會懷疑這件事，有點不知所措地繼續說，「因為託妳的福，我才不用坐牢，而且妳還為我安排住宿和工作，我真的很感謝妳，覺得有妳這樣的親戚真好……」

千舟垂下雙眼，雙手撫摸著自己的膝蓋。

「我隱約可以想像到你媽媽很辛苦，因為她為一個有家室的人生下孩子，靠自己一個人把你養大，那不是一件容易的事，但我完全沒有向她伸出援手，相反地，我盡可能避免和她扯上關係，所以我以為你會因此恨我。既然要幫助你，為什麼不更早伸出援手，在你媽媽還活著的時候這麼做。」

玲斗摸了摸人中。

「我相信其中一定有很多隱情，外婆每次提到這件事，總是吞吞吐吐，但我從來沒有恨妳。」

「是嗎？那太好了。」千舟的視線飄忽了一下，好像下定決心似地輕輕點點頭，「你明天要和柳澤家的人見面，完全不瞭解狀況可能有點問題。要不要稍微說明一下你和柳澤家的關係？」

「啊，我很想知道。」玲斗在椅子上重新坐好，坐直了身體。

「但在此之前，需要先說一下我的身世。你知道嗎？老人說起往事往往會滔滔不絕，因為越是以前的事，記得越清楚。」

「沒關係，正合我意。」

「好，既然這樣，就再點杯飲料。」千舟說完，向女服務生招招手。

12

時鐘指向晚上九點多時，玲斗才回到月鄉神社的社務所。他把好幾個紙袋放回房間後，用杯子喝了自來水，然後從冰箱裡拿出一罐氣泡燒酒，坐在社務所的椅子上。

他拉開拉環，喝了一口氣泡燒酒，重重地嘆氣。桌上放著在百貨公司地下食品樓層外帶的散壽司。雖然他肚子很餓，但不想馬上拿來吃。

中午過後離開這裡到現在已經過了八個小時，但其實並沒有走很多路。比起肉體的疲累，精神上的疲勞感更強烈。

千舟真的說了很久。因為說到一半，他們先離開咖啡店，去拿改好褲長的西裝，又走進另一家咖啡店繼續聽她說。千舟說完時已經七點多，她似乎也累壞了，沒有提出要一起吃晚餐。於是兩人一起去百貨公司的地下食品樓層，分別買了各自的晚餐。

因為真的是從頭開始說——玲斗看著氣泡燒酒苦笑著。

千舟的確事先聲明「需要先說一下我的身世」，但玲斗沒想到她從自己出生之前開始說起。

千舟告訴他，柳澤家是這一帶的大地主，原本經營林業，從千舟的祖父彥次郎和他的幾個弟弟那一代開始，向建築業和不動產業發展。

柳澤家幾乎都生女兒，彥次郎和妻子靖代也沒生兒子，只有兩個女兒。彥次郎是長子，為了維持柳澤家的家業，必須由其中一個女兒繼承。

長女恆子招贅的對象，是在都心的高中當老師的直井宗一。直井宗一不是本地人，是公務員家庭的次子，家世清白。他們的父親以前是同學，但宗一的父親在戰爭中不幸陣亡。

恆子和宗一結婚之後生下千舟。恆子向來體弱多病，只生了一個孩子，所以本家再度面臨繼承的問題。

「但年幼的我根本不知道自己身上扛了這麼重大的責任，也完全沒有意識到這件事。只知道家境富裕，家裡讓我學很多才藝，生活在可以充分感受大自然的環境中，每天都過得很悠閑，無憂無慮，也就是典型的在溫室裡長大的千金小姐。」千舟說到這裡，露出自虐的笑容。

「但妳功課不是很好嗎？」玲斗問。

千舟訝異地皺起眉頭問：「你聽誰說的？」

「在澡堂時，有一個妳的學長告訴我的。」

玲斗提到飯倉的名字，千舟「喔」一聲，似乎知道是誰。「和他們家也有多年的交情。」

「聽飯倉先生說，因為妳很優秀，所以即使是女生，誰都覺得妳是理所當然的接班人。」

「這是之後的事，但在面對考驗的時刻之前，我真的完全不懂世故。」

「考驗的時刻？」

「在我十二歲時，我媽媽突然死了。」

千舟說，她媽媽一直有心臟病，但病情突然惡化，在家中昏倒，三天之後，就在醫院離開人世。因為事出突然，千舟直到葬禮出殯前，看到母親的遺體時，內心才感受到悲傷。想到以後再也看不到媽媽，突然悲從中來，淚水好像潰堤般奪眶而出。

「我直到那個時候，才意識到自己必須繼承柳澤家。」千舟說到這裡，露出凝望遠方的眼神，然後繼續說了下去。

父親宗一對千舟的意識造成了影響。

因為外祖父母還健在，千舟一家住在主屋旁的偏屋內。雖說是偏屋，但也是各種生活功能完善的獨棟房子。即使恆子去世之後，千舟仍然和宗一兩個人一起住在那裡。宗一雖然是男人，卻對家事很在行，經常為了千舟下廚。

宗一三不五時對千舟說：「妳以後要繼承這個家。」在親戚聚會時，宗一向來不愛出風頭，總是站在千舟和外祖父母後方，沉默寡言，努力不引起別人的注意。

千舟小時候就覺得父親的處境很為難。宗一和柳澤家沒有血緣關係，恆子死了之後，千舟成為他和柳澤家唯一的交集。

千舟經常受外祖父母的邀請去主屋玩，宗一可能有所顧慮，很少去主屋。雖然外祖父母並沒有對他冷淡，反而很感謝他不僅願意入贅來到柳澤家，還全心照顧身體虛弱的長女到最後。

有一次，當千舟在主屋和外祖父母一起吃晚餐時，「希望宗一可以找到一個好對象。」——彥次郎說，靖代也表示同意。宗一那天應該是晚歸，這種日子，千舟就會和外祖父母一起吃飯。

當時，她已經讀中學，所以知道外祖父母在說什麼。他們在談論宗一再婚的事，只不過千舟不願去想這個問題，因為她希望父親永遠都是她最愛的媽媽的丈夫。

但這也許太殘酷了。在千舟即將從高中畢業時，宗一說，有重要的事情要和她談一談。宗一告訴她，他有喜歡的對象了，考慮要和那個女人再婚。

宗一已經向彥次郎報告了這件事，他們也很贊成。

「千舟，如果妳不喜歡，爸爸會重新考慮。因為妳的想法很重要。」宗一沒有忘記補充這句話。

千舟聽宗一說了詳細情況後大吃一驚。因為對方比宗一小二十二歲，以前是他的學生。對方二十七歲，和千舟相差不到十歲。

千舟在內心很排斥。一方面是因為對方太年輕，更因為得知父親內心還有男人的慾望而受到不小的打擊。宗一將近五十歲，在當時千舟的眼中，已經可說是老人的年紀，她以為對這個年紀的男人來說，男人的慾望早就已經枯竭了。

宗一說，如果再婚，他會改回原來的姓氏直井，而且打算搬離這個家。

「但這只是爸爸而已，我不會要求妳也這麼做。妳可以繼續目前的生活，仍可以用媽媽的戶籍，不必改姓氏，當然也可以繼續住在這裡。」

千舟聽了宗一的話，瞭解到他的再婚有兩個意義。一是他希望和心愛的女人結合，另一個意義就是他想要擺脫柳澤家的束縛。

千舟知道宗一在柳澤家抬不起頭。如果他能夠藉由再婚獲得解脫，千舟就不能反對。因為在目前的狀況下，宗一沒有可以寄託心靈的對象和依歸，在宗一的父母離開人世之後，他和直井家的親戚也變得疏遠。

「好，」千舟回答，「爸爸，只要你喜歡就好。」

「真的嗎？妳不用急著回答，可以好好考慮之後再告訴我答案。」

「沒必要，我不會反對。」

「真的沒問題嗎？妳老實告訴我。」宗一再三確認。

「真的沒問題，我覺得這樣對爸爸也比較好。」連千舟也不知道，後面補充的這句話是否出自真心，也許只是因為逞強而說的話，但她的確希望父親能夠幸福。

不久之後，她就見到了父親打算再婚的對象。對方名叫富美，是一個身材苗條，典型的日本美女。不知道是否因為穿了和服的關係，看起來比二十七歲的實際年齡更穩重，千舟覺得她溫柔婉約的個性應該可以療癒爸爸的心，所以覺得父親找到了好對象。

宗一在年輕的未婚妻面前展現出男人的一面，千舟聽到父親稱呼自己的方式從「私（watashi）」改成了「僕（boku）」，知道父親將邁向和之前完全不同的人生。同時也做好心理準備，有一天，這個人將不再是我的父親。

他們沒有舉辦婚禮，在結婚登記的那天晚上，只有宗一、富美和千舟，還有富美的父母一起吃飯慶祝。雖然知道彥次郎和靖代當然不會出席，但總覺得那是父親和柳澤家斷絕關係的象徵，千舟內心感到很難過。

宗一在任職的高中附近租房子，和富美一起展開新生活。千舟搬離偏屋的獨棟房子，和外祖父母一起住在主屋。

高中畢業後，她就讀法學院。彥次郎問她是不是想當律師，她回答說，並不是想當律師，而是希望運用在工作上。

「以後做生意不能再用以前的老一套，歐美國家已經是合約社會，合約支配了所有的生意。口頭約定、習慣、默契、過去的交情——如果繼續仰賴這些做生意就會落伍。雖然也許我不該這麼說，但目前柳澤家族中有法律方面很強的人嗎？如果不趕快提高警覺，不知道哪天被人賣了還在幫別人數鈔票。為了預防這種情況，需要有法律作為武器，所以我打算取得這個武器。」

彥次郎聽了她的主張後拍了拍自己的後腦勺，苦笑著說他心服口服，無話可說。然後立刻露出嚴肅的表情說：「千舟，柳澤家就交給妳了。」

「放心交給我吧。」千舟用力說道。

她幾乎沒有去父親的新居。一方面是因為大學的生活很充實，所以根本沒有時間，更因為她不願打擾他們的新婚生活。雖然她並不討厭富美，但不知道富美怎麼看自己，也許覺得自己很礙眼。

宗一也沒有主動和千舟見面。千舟能夠理解父親的心情，他當然不想去前妻的娘家。

不久之後，彥次郎因為蜘蛛膜下腔出血病倒，然後就離開人世。那時候剛好放暑假，守靈夜來了很多親戚朋友，宗一也有出席。千舟已經好久沒見到父親了。

弔唁者離開之後，父女兩人看著外祖父的遺照，相互報告了近況。宗一得知她在大學的生活很充實，滿意地瞇起了眼睛。

「爸爸，你過得好嗎？和富美阿姨的生活順利嗎？」千舟問。

「很好。」宗一簡短回答後，露出欲言又止的表情。

「怎麼了？」

「不，沒事。妳要好好照顧外婆。」

「我知道，沒問題，你不用擔心，爸爸，你要讓你的家庭幸福。」

宗一聽到女兒這麼說，露出有點受傷的表情。

「妳不打算和我們一起生活嗎？」

「不可能啦，我覺得還是不要這麼做，這樣對我們彼此都比較好。」

「是嗎？」父親回答這句話時，露出灰心的表情。

在彥次郎做完尾七後，千舟得知宗一的家庭有了新的成員。當只剩下他們父女兩人時，宗一親口告訴她，富美已經懷孕三個月。

因為太出乎意料，所以千舟受到了不小的衝擊。雖然合乎情理，但她完全沒有想過這件事，或者說是因為她努力不去思考父親和年輕太太之間的夫妻生活。

千舟想起宗一在守靈夜時曾經欲言又止，應該就是為了這件事。因為彥次郎剛去世，所以他可能覺得提起這事不是時候。

「雖然是同父異母，但還是妳的弟弟或是妹妹。」宗一有點尷尬地說。

千舟沒有真實感，也並不感到高興。弟弟或妹妹又怎麼樣？但她知道宗一希望她說什麼。

「恭喜你，太好了。」她說了父親期待的話，連她自己都覺得並非出於真心。

沒想到宗一露出心滿意足的笑容向她道謝。當她看到父親的表情，頓時領悟，之前預感宗一將不再是自己父親的那一天終於來臨。

那天晚上，她把宗一他們即將生孩子的事告訴靖代。

「我會告訴自己，爸爸的家庭和我已經沒有關係了，因為對他們來說，我只是一個礙眼的人。我以後也會一直住在這裡，外婆，可以嗎？」

「我覺得妳爸爸絕對不可能認為妳礙眼，但如果妳想住在這裡，當然沒有問題，我也很高興。」

靖代說完之後，突然露出嚴肅的表情說：「那就趁這個機會告訴妳一件重要的事。」

那是關於月鄉神社樟樹的事。千舟在小時候就知道只要向樟樹許願，願望就會成真的傳說，也知道由柳澤家負責管理神社，外祖父母照顧那棵樟樹。

「外公已經死了，以後必須由我照顧。目前當然沒問題，但我早晚也會離開，到時候希望可以交給妳，妳願意嗎？」

原來是這件事。千舟心想。因為原本以為是更重大的話題，所以有點洩氣。她立刻答應外婆：「沒問題。只是偶爾去打掃一下，對嗎？這點小事，我現在就可以幫忙做。」

靖代頻頻點頭。

「謝謝妳，謝謝妳願意幫忙，但照顧樟樹並不是只有打掃而已，還有更重要的事。」向樟樹正式祈念必須在夜晚進行，尤其適合在新月和滿月的夜晚進行，必須由樟樹守護人安排一切。

外婆說，希望她接下這個任務。

終於等到這一刻了。玲斗探出身體，他以為終於有機會瞭解向樟樹祈念的詳細情況了。

「很抱歉，讓你失望了，我並不會向你說明這件事。」沒想到千舟一臉冷淡的表情明確告訴他，「只是因為要交代事情的發展，不得不提到樟樹的事。我已經說過好幾次，你必須靠自己瞭解向樟樹祈念是怎麼一回事，但是你不必擔心，你總有一天會瞭解。之前也從來沒有人用言語向我說明，我也是靠自己理解。不過有一句話必須告訴你，樟樹的守護人需要肩負重大的責任和決心，因此並不是任何人都能夠勝任，在那一天到來之前，你必須記住這句話，知道了嗎？」

「喔。」玲斗揚起下巴，千舟立刻皺起眉頭，拍著桌子說：「我不是說過，不要再做這種低俗的動作嗎？這麼快就忘了嗎？」

「啊，對不起，我不小心……」

「言歸正傳。」千舟無奈地嘆了一口氣，又繼續說下去。

在千舟升上大二那一年的四月，接到宗一的電話，說孩子出生了，是女兒。

「恭喜。」她這麼說。雖然她並沒有感到高興，但如果孩子死了，心裡應該會有陰影，所以聽到孩子順利生下來，的確覺得是一件好事。

「妳最近有沒有時間來看看？雖然妳們相差很多歲，但她是妳的妹妹。」

「好，我改天去看看。」

千舟掛上電話後，有一種奇妙的感覺，完全沒有難得和父親聊天的感覺。

兩個月後，千舟才第一次見到同父異母的妹妹。宗一多次邀請，再加上靖代也催促，認為她還是去看一下比較好。雖然不是很願意，但還是去了父親的新家。

和她相差十九歲的同父異母妹妹一身粉紅色的皮膚，是個大眼睛的可愛嬰兒。千舟確認她和自己完全不像，暗自鬆一口氣。因為她認為考慮到今後的事，最好不要覺得她是自己的親人比較好。

宗一再三邀她一起吃晚餐，但千舟堅定地拒絕，離開了直井家。她直到最後，都沒有和富美多聊。

大約六年後，千舟再次見到取名為美千惠的同父異母妹妹。因為宗一希望她去為美千惠讀小學慶祝，她不太想去，但靖代又推了她一把。

「時間雖然沒有很長，但宗一畢竟曾是柳澤家的人，即使他改回原來的姓氏，妳也不可以這麼寡情，不去參加他家的喜事。而且瞭解親戚過著怎樣的生活，也是柳澤家戶長的重要任務。當對方發生狀況時，即使想撇清說和柳澤家沒有關係，輿論也不會接受，更何況和妳有血緣關係。」

千舟協助樟樹守護人的工作已經有一段時間，外祖母開始慢慢傳承給千舟。

事實上，千舟在親戚之間的立場和責任亦漸漸發生改變。大學畢業後，她進入柳澤集團旗下的不動產公司，從事公寓大廈事業的工作，所以一方面也是因為工作忙碌，所以抽不出時間和宗一見面。

宗一全家在新宿的一家中餐廳慶祝美千惠入學，六歲的妹妹是眉清目秀的美少女。千舟很緊張，但對美千惠來說，等於是第一次見到千舟，可以感覺到她繃緊了全身。

宗一問了千舟的近況，得知她參與大規模的公寓大廈開發計畫，露出驚訝的表情。他可能覺得千舟雖然靠柳澤家的關係進入公司，但應該只是做倒茶、接待之類的工作。

宗一說，他在四月換了工作。有一家大型升學補習班要在上野開新的分校，校長找宗一去那裡幫忙。他們在江戶川區買了一棟二手的獨棟房子，已經搬了家，美千惠就讀附近的公立小學。

「因為我快六十歲了，如果要轉換跑道就得趁早。」

「是喔，不錯啊，加油喔。」

「嗯。」宗一把裝了紹興酒的酒杯舉到嘴邊。

雖然不難預料彼此的關係會越來越疏遠，但父女兩人都沒有提這件事。

千舟仍然不知道要和富美聊什麼，但看到她協助六歲的女兒吃飯，在宗一說話時不時為他補充說明、為他夾菜，覺得她是父親建立的新家庭中的主婦。在這樣的家庭中，當然不可能有前妻女兒的容身之處。

之後每隔一兩年，都會和宗一全家人見面。千舟覺得只要和宗一見面就好，所以希望約在外面吃飯，但宗一希望她去家裡，她在無奈之下只能前往。富美每次都在家裡，但美千惠似乎上好幾堂才藝課，有時在家，有時不在家。

即使見了面，這對同父異母的姊妹也幾乎沒有交談。美千惠從來沒有叫千舟「姊姊」，每次都叫她「千舟小姐」。在上中學時，開始用敬語對她說話。

時間飛逝，日本迎接了前所未有的經濟繁榮時代，公司的業績也蒸蒸日上。千舟無論工作和私生活都很忙碌，每天都忙得不可開交。轉眼之間就三十多歲，同世代的朋友幾乎都已經結婚。千舟並不是不想結婚，也曾經交過幾個男朋友，只是始終沒有遇到讓她願意下定決心走入婚姻的男人。

當時樟樹的守護人工作完全交給年邁的靖代，沒想到靖代病倒了。有一天晚上，當千舟回家時，看到靖代蹲在廚房。靖代說，她感到頭暈，然後就站不起來了。

原本以為只是貧血，但那天之後，外祖母的健康每況愈下。她的食慾越來越差，無法正常飲食，動作也變得緩慢，經常躺在床上。去醫院檢查之後，醫生說，並沒有特別的疾病，只是所有器官的機能衰退。靖代已經超過八十五歲，所以算是自然衰老。

一個月後，靖代離開人世，死亡診斷書上寫著「壽終」。在她辭世兩天前，用氣若游絲的聲音說的那句「樟樹就交給妳了」，是千舟聽到外祖母最後說的話。

葬禮結束後，千舟在火葬場時隱約覺得，自己可能會孤獨一生。

很遺憾的是，她的預感成真了。千舟在之後也沒有遇到命中註定的人，始終維持單身。但她沒有絲毫後悔，因為她覺得比起追求身為女人的幸福，自己更適合承擔起柳澤家的戶長，以及完成樟樹守護人的使命。

在千舟邁入四十多歲時，和宗一家的關係發生巨大的變化。因為宗一生了病。他罹患食道癌，雖然接受了手術，但預後並不理想，必須再接受藥物治療。

宗一的病情惡化，需要住院。在這種狀況下，千舟無法再袖手旁觀。除了去醫院探視以外，還必須和富美母女討論治療方針和費用問題。已經成人的美千惠也一起加入，這是第一次在沒有宗一陪同的情況下和她們母女談話。

在談話之後發現，他們的生活並不富裕，也沒有太多存款。宗一已經辭職，靠年金和美千惠賺錢養活一家三口。

美千惠在高中畢業後，進入一家家電量販店工作，但光靠那份薪水無法生活，所以晚上去酒店打工。

千舟問她在哪裡打工，美千惠吞吞吐吐地回答說是銀座。

原來是這樣。千舟覺得可以理解。既然在銀座，應該是高級酒店，至少和那種酒家不一樣。美千惠的氣質出眾，容貌秀美，在那種地方應該也很受歡迎。

千舟比較自己和美千惠的外貌後發現，母親不同，長相竟然可以有這麼大的差異。但因為年齡相差懸殊，所以完全沒有產生嫉妒心。

千舟明確提出，自己將全額負擔宗一的治療費和住院費等所有金錢方面的支出。因為她確信富美和美千惠今後會繼續全心照顧宗一，既然自己無法在這一部分參與，身為宗一的親生女兒，當然應該出錢。

她每個月去探視宗一兩三次，宗一一次比一次更瘦了，他顯然察覺到自己的死期不遠，但從來沒有嘆息或是慌亂。每次見到千舟，就用無力的聲音說：「不好意思，一直讓妳費心。」

宗一最後離開人世，臨終時，千舟無法在場。她在出差前往仙台時接到了通知。

守靈夜、葬禮和尾七等法事結束後，也就沒什麼機會和富美、美千惠見面。在宗一去世滿兩週年的法事時，才又再度見到她們母女。前一年因為工作太忙，千舟無法前往參加。在滿兩週年法事的前夕，接到富美的聯絡，說因為有事要和千舟談，所以希望她能夠稍微提早前往。

她抵達祭祀的地點，一如預期見到了美千惠和富美，但沒想到美千惠手上還抱著嬰兒。

「這是怎麼回事？是誰的孩子？」千舟問。

「是我生的孩子。」

千舟聽到美千惠小聲回答，忍不住心浮氣躁。

「我當然知道，我是問對方是誰？登記結婚了？」

「沒有……登記。因為有各種因素……」美千惠尷尬地說。

富美在一旁痛苦地沉默不語。千舟見狀，恍然大悟。

「對方該不會……有家室？」

美千惠輕輕點點頭，抱緊了手上的嬰兒。

「他是做什麼的？是妳在銀座店裡的客人嗎？」

美千惠再度點頭。千舟感到一陣暈眩，轉頭看著富美問：「妳為什麼沒有反對？」

「我知道時，已經不是可以反對的階段了，而且她堅持說要生下來……」富美越說越小聲。

千舟事先並不知道，在宗一離世不久，美千惠就搬離了江戶川區的家獨自生活。雖然母女經常通電話，但很少有機會見面，當富美發現女兒身體的變化時，美千惠已經懷孕四個月了。

對方是四十八歲的餐飲業老闆，在東京都內經營好幾家餐廳。有一個讀高中的女兒，一家三口住在世田谷的透天厝。但這只是他本人說法，無法瞭解是不是事實。美千惠不知道他家的住址，向來都是用手機和他聯絡。

美千惠告訴對方懷孕後，對方並不贊成她生下來。他說自己並不打算拋棄家庭，所以這樣對生下來的孩子不公平。如果美千惠堅持要生下來，他不會阻止，也會盡力援助她，但再三強調，他不會認領孩子。

千舟問美千惠，為什麼不和別人商量之後再決定？美千惠的回答很單純，因為她覺得一定會遭到反對。

「妳這麼想要生下來嗎？」千舟問。

「對。」美千惠回答，「即使問我為什麼這麼想生下來，我也說不出原因。雖然得知懷孕時，我曾經煩惱該怎麼辦，但一天比一天更愛肚子裡的孩子，完全無法想像要拿掉這個孩子。而且……」美千惠猶豫了一下之後，又繼續說道：「他說會疼愛孩子，他說雖然無法認領，但等孩子生下來，他一定會疼愛孩子。」

美千惠說，他們開始交往之後，她就接受了對方在經濟上的援助，目前仍然持續著。

「他前幾天也有來看孩子，還幫我為孩子換尿布，就像孩子出生前所說的那樣，他真的很疼愛這個孩子。」

美千惠為兒子取名為玲斗。

千舟為同父異母的妹妹完全缺乏危機感的天真感到心浮氣躁。

妳對孩子的未來有沒有什麼規劃？妳打算一輩子讓那個男人養妳嗎？妳如何保證對方會一直援助妳？千舟一口氣問道。

「我知道妳會擔心。」富美開口，「雖然妳們同父異母，但看到妹妹和別人的丈夫生了孩子，也許會造成妳的困擾。正因為考慮到這個問題，所以今天告訴妳的同時，也想討論一下之後的事。」

「之後的事？」

富美看著美千惠，似乎示意她自己說清楚。

「在生下這個孩子時，我就做好了心理準備。」美千惠說，「我知道妳一定會罵我，也會說不想要我這種親戚，所以我想和妳斷絕關係。」

「斷絕關係？」

「對。」美千惠明確回答，「請妳忘了有我這個人，妳可以當我已經死了，即使我還活著，妳也可以認為和我完全沒有關係。千舟小姐以前就不覺得我是妳的妹妹，不是嗎？不是覺得我只是搶走妳爸爸的女人所生的孩子嗎？我覺得這也是無可奈何的事，妳沒有恨我，我已經很感激了。但我這樣擅自生下孩子，而且是私生子，妳一定很受不了，不想再和我有什麼牽扯也很正常，所以我主動提出斷絕關係。我相信斷絕關係對彼此都比較好。」

千舟聽她這麼一說，終於瞭解她的想法。

雖然她應該的確覺得給同父異母的姊姊添了麻煩，但大概更覺得彼此的關係並沒有那麼密切，沒必要讓千舟對她的生活說三道四。美千惠真正想說的是，妳不要再管我，我和妳已經沒有關係了。

既然美千惠表達得這麼清楚，千舟也沒理由要求她改變心意。

「好，既然妳有這樣的決心，我就不再說什麼。以後我不會和妳聯絡，也不會干涉妳，這樣可以嗎？」千舟說。

「可以，對不起。」美千惠聽了之後回答，抱著嬰兒鞠躬。

之後舉行了滿兩週年的法事。只有富美的幾個親戚參加，他們即使看到美千惠的兒子，也都沒說什麼。千舟不知道富美怎麼向他們說明。

那天之後，千舟幾乎和富美、美千惠斷絕了聯絡。雖然偶爾會因為宗一的事和富美聯絡，但從來不會談及美千惠。

千舟也很忙，她兼任柳澤集團旗下好幾家企業的董事，根本沒有時間好好休息。她雖僱人管理月鄉神社和樟樹，但夜晚的祈念無法假手他人，必須由她親自擔任守護人陪同，只不過有時候因為工作的關係實在抽不出身前往，這種時候就只能毅然婉拒預約。

就這樣八年過去，從富美那裡得知了意想不到的消息。

美千惠死了。富美說，守靈夜和葬禮一起舉辦，所以她立刻趕過去。

富美滿臉憔悴，雖然才六十多歲，但已老態龍鍾。

美千惠的死因是乳癌。發現得太晚，病情已經惡化。雖然進行了各種治療，但都只能稍微延長她的生命。

千舟問了富美這八年的情況，果然不出所料，美千惠這個單親媽媽的人生並不平靜。玲斗的父親很快就不再提供援助。雖然在玲斗剛出生時他經常去看他們母子，但之後頻率越來越低，最後終於不再現身。不久之後，也不再匯生活費。那時候，玲斗還不滿三歲。

也許當初應該告上法院。只要鑑定DNA，就可以證明親子關係。一旦證明親子關係，無論對方是否認領，都可以請求養育費。只不過美千惠並不知道這些，她認為當初是自己不顧男方不願認領，堅持要生下孩子，事到如今，沒有權利提出任何要求。

但是，即使當初提告，也可能是白忙一場。幾年之後得知，玲斗的父親經營餐廳失敗，賠上了所有的財產，帶著家人不知去向。即使找到這種人，恐怕也很難得到什麼。

總之，美千惠必須獨力養育玲斗。她搬回富美家，白天打工，晚上去酒店上班。她不在家的時候，富美負責照顧玲斗。

母女兩人齊心協力照顧孩子長大——富美說，這樣的生活雖然辛苦，但也算是幸福。

美千惠的身體在一年前左右開始出問題，也許她自己更早之前就發現了。因為她突然暴瘦，不過她說是減肥的關係。

「我猜想，」富美說，「她應該不想切除胸部。」

美千惠雖然臉很小，但身材很性感，即使隔著衣服，也看得出來她胸部豐滿。不難想像，這成為她在聲色場所打滾的重要武器。一旦確診是乳癌，醫生應該會建議她切除乳房，她為了避免這種情況，所以一直拖延，不願去醫院檢查。在確診是乳癌後，她也堅持拒絕手術。

「她可能覺得自己沒有任何可取之處，為了能夠把玲斗養大，至少不能放棄自己身為女人的魅力。」富美說完，露出了寂寞的笑容。

相隔八年見到的玲斗，已經成為調皮的小學生。也許是因為目睹了母親抗病的過程，所以對母親的死並沒有感到不知所措。富美向他介紹千舟時說：「這位是以前很照顧媽媽和外婆的人。」玲斗鞠了一躬，眼尾微微下垂的樣子很像美千惠。

這輩子恐怕再也不會見到這個孩子了——千舟當時這麼想。

13

隔天下午，玲斗正在整理房間，接到了千舟的電話，指示他去理髮。

「昨天原本打算在回家之前告訴你，但後來聊了很多事，就一下子忘記。好不容易張羅見客的行頭，但你那頭凌亂的頭髮太不相襯，另外，還要記得把鬍子刮乾淨。」

「喔，我知道了。」玲斗摸著自己的腦袋側面說。

「你應該記得今天的安排吧？」

「對，應該記得。」

「什麼應該記得？聽起來真不放心，你說說看。」

「呃……」玲斗確認自己的記憶，「四點半和妳約在車站見面，然後一起搭快車到新宿，去晚上六點舉行感恩會的飯店……應該就是這樣。」

電話中傳來吐了一口氣的聲音。

「到新宿車站的時間可能有點早，但時間充裕一點比較好。」

「因為萬一遲到，讓柳澤家的人對我留下不好的第一印象就慘了。」

「你很瞭解狀況嘛，沒錯，那就下午四點半見。」

「麻煩妳了。」玲斗說完，掛上電話。

恐怕會是充滿緊張的一天。玲斗忍不住有點憂鬱。他完全不想去參加柳澤集團的感恩會，但無法違抗千舟的命令，因為千舟為了今天的感恩會，特地為他買了這套西裝。

三個小時後，玲斗穿上白襯衫，和已經成為他見客行頭的西裝，繫上皮帶和領帶，穿上嶄新的皮鞋走出社務所。他在皮夾裡放了兩萬圓以防萬一。

他推著那輛破腳踏車下了神社的階梯，騎上車後踩著踏板。當他把腳踏車停在車站前的停車場走向驗票口時，時鐘指向下午四點二十五分。一切都按照計畫進行。

身穿駝色大衣的千舟坐在候車室的長椅上，玲斗走過去向她打招呼。她抬頭看著玲斗，連續眨了好幾次眼睛。

「佛要金裝，人要衣裝——這句話還真是說對了，你穿起來很好看，清爽的髮型也很好。」

「謝謝。」

千舟捂著嘴倒吸了一口氣。

「慘了，忘了幫你買大衣。你會不會冷？」

「沒關係，不會覺得冷。」

「原本想好要幫你買……」

「真的沒關係，如果還要妳買大衣，就真的太過意不去了。」

「派對會場內擠滿了人，有時候會很熱，但走在路上時要小心，如果因為怕冷而縮著腦袋，看起來就很寒酸。」

「我知道。」

「那我們走吧。」千舟站了起來。

往新宿方向的快車沒什麼人，玲斗和千舟坐在一起。

「昨天真的很感謝妳。」玲斗再度向她道謝。

「你是說買衣服的事嗎？總不能帶一身邋遢的人去見柳澤家的成員。」

「衣服的事當然很感謝，但我很高興妳告訴我很多事，有很多關於我媽的事，我也是第一次聽說。」

「是嗎？我還擔心你會覺得聽老人嘮叨這種陳年往事很煩。」

「沒這回事。也許不該這麼說，但我覺得很有趣。像是外公……宗一外公和年齡相差很大的學生再婚，而且妳有一個比妳小將近二十歲的妹妹，從妳的角度來看，真的很有戲劇性。」

「你說得好像事不關己，明明你自己就是這齣戲的終點。」

「不，」玲斗偏著頭說，「我對這些很沒有真實感，好像在聽別人的故事。」

「完完全全就是你的故事，所以我才告訴你。」

「我知道，但我還是對妳的事比較有興趣，妳和親生父親分開生活，而且還接手成為樟樹的守護人。」

「別怪我囉嗦，我不會告訴你關於祈念的事。」千舟豎起食指搖了搖。

「我知道，但我最近對祈念的事有了新發現。」

「喔？什麼新發現？」

「在新月祈念的人，和在滿月祈念的人之間，是不是有什麼關係？」

玲斗在把祈念紀錄輸入電腦時發現——有些人在新月的夜晚祈念之後，經過一陣子，有和他們相同姓氏的人在滿月的夜晚祈念。他把這件事告訴千舟。

「我在仔細調查之後發現，幾乎都是這種情況。相同姓氏的兩個人，其中一個人在新月的夜晚，另一個人在滿月的夜晚祈念。也就是說，這兩個人不是家人就是親戚，彼此的祈念有交集……這個推理怎麼樣？是不是說中了？」

「嗯。」千舟故弄玄虛地停頓一下才開口說：「關於這件事，我暫時不發表意見，但我可以告訴你，你發現了重點，關鍵在於新月夜晚的祈念和滿月夜晚的祈念有什麼不同。新月和滿月有什麼關係？陰和陽？正和負？善和惡？希望你可以憑自己的力量瞭解答案是不是這麼簡單。」

「我會努力。」玲斗回答。他發現自己的推理並非毫無道理，忍不住有點高興。

「對了對了，有一樣東西要先給你。」千舟說著，從皮包裡拿出一個藍色扁平的皮革夾，「你把這個帶在身上。」

玲斗接過來一看，裡面裝的是名片。看到名片上印的字，他大吃一驚。名片上印著『月鄉神社　社務所管理主任　直井玲斗』。

「主任……明明只有我一個人。」

「有很多公司就只有老闆一個人。你是社務所的負責人，當然需要有相應的頭銜。」

「啊？我是負責人嗎？」

「沒錯，你都不知道嗎？那你以為自己是什麼？」

「不，我以為只是實習生之類……」

「即使是實習生，負責人還是負責人，你必須有這樣的自覺。」

「好。」玲斗說完，把名片夾微微舉起後放進內側口袋。千舟這一陣子經常激勵他。

快速電車抵達了新宿車站。走出車站，發現外面真的有點冷，但玲斗並不光是因為寒冷的關係，才會不自覺地渾身緊張。

「千舟阿姨，有點不妙。」

「怎麼了？」

「我開始有點緊張了。」

「啊？怎麼會這樣？真沒出息。」千舟停下腳步，抬頭露出嚴厲的眼神看著他，「振作點！」

「因為我第一次去這種場合。」

「沒必要緊張，你就相信自己理所當然應該出現在那裡，大大方方就好，但千萬別虛張聲勢。因為不虛張聲勢的人反而會令人心生畏懼，一定要保持自然，知道了嗎？」

「我盡量。」

「比起這件事，你先把手伸出來，手放在口袋裡太難看了。」

「啊，對不起。」玲斗縮了縮脖子，慌忙把手從口袋裡抽出來。

感恩會的會場設在頂級飯店內，雖然玲斗忍不住想縮頭縮腦，但想起千舟的話，努力抬頭挺胸。仔細想了一下就發現，今天的服裝完全配得上這家飯店。

許多人聚集在宴會廳前，那些人一看就知道很有身分地位，就連站著說話的樣子也都瀟灑不凡。

「我先去報到，這個給你。」千舟脫下大衣，交給玲斗。

「好。」玲斗接過大衣，再次打量周圍，千舟對他說：「你在幹嘛？趕快去寄放。」

「啊？寄放在哪裡？」

「當然是寄物處啊。」

「寄物處？」

「那裡。」順著千舟手指的方向看去，那裡有一個櫃檯，賓客都把衣物交給櫃檯內的員工。

原來是這樣。玲斗終於瞭解了。原本他以為千舟只是要他拿一下。

寄放好大衣，回到千舟身邊時，她正在和一個福態的男人說話。

「玲斗，我來給你介紹一下。這位是勝重先生，是我的再從兄。」

「再從兄……」

玲斗之前曾經聽過這個名詞，但不知道正確的意思。

「千舟的媽媽是我爸爸的堂姊，大了兩歲。」那個男人說完，遞上名片，「你好。」

「你好。」玲斗接過名片，看著上面印的『柳滋股份有限公司　專務董事　柳澤勝重』這些字，聽到千舟在一旁咳了一下。玲斗轉頭看著她，她皺著眉頭，看著玲斗的胸口。玲斗這才知道她的意思，慌忙拿出藍色名片夾，抽出一張自己的名片。

「請多指教。」說完，他把名片遞到對方面前。

柳澤勝重揚起左側嘴唇露出冷笑，接過名片，然後帶著那表情瞥了名片一眼，大聲唸出來：「社務所管理主任，了不起的頭銜啊。」

雖然明知道是挖苦，玲斗還是鞠了一躬說：「請多指教。」

「他知道擔任樟樹守護人的真正意義嗎？」勝重問千舟。

「我還沒有告訴他，你也知道，這件事根本沒辦法用言語表達。」

「所以要讓他自己慢慢理解嗎？這樣沒問題嗎？雖然他和妳有血緣關係，但妳也是直到最近才和他見面，不是嗎？」

「所以我現在帶著他啊。」

「妳認為這樣就足夠了嗎？要成為樟樹的守護人應該沒這麼簡單吧？」

「我比任何人都更清楚這一點。」千舟不假辭色地說，「謝謝你的關心。」

勝重垂下嘴角，對玲斗說：「那你就好好加油。」說完就轉身準備離開。

「勝重，」千舟叫住了他，「聽說派對之後要舉行非正式的高階主管會議？」

勝重轉過頭時微微皺著眉頭，「妳聽誰說的？」

「我是顧問，可以從很多地方得到消息。會議的主題是什麼？」

「是有關一個度假村的開發計畫，只是確認已經決定的事項，不需要妳特地參加。」

「據我聽到的消息，是要討論如何處理『柳澤飯店』，真的是這樣嗎？」

勝重用指尖抓抓眉頭說：「嗯，應該也會包括這件事。」

「既然這樣，為什麼沒找我一起參加？那家飯店開業時，由我負責一切指揮工作。」

「那不是四十年前的事嗎？」

「三十八年。即使已經事隔多年，那又怎麼樣呢？」

勝重板著臉注視千舟，似乎要說什麼難聽的話，但他停頓一下後，臉上露出無奈的表情：「好吧，八點半在地下一樓的主酒吧，已經訂了包廂，只要在門口說是柳澤的人，就會有人帶妳進去。」

「邊喝酒邊開高階主管會議？還真是優雅。」

「因為是非正式的高階主管會議。」勝重說完，輕輕舉起一隻手離去。

「只要一有機會就想排擠我。」千舟看著他福態的背影說道，「他們把我視為眼中釘，覺得我很礙事。」

「『柳澤飯店』是？」

「那家飯店位在箱根，是成為柳澤集團進軍飯店業契機的第一家飯店。就像我剛才對他說的，當初由我主導一切。雖然規模並不大，但以高品質的服務為賣點，是一家很有格調的飯店，有很多政商界大老是老主顧，當然也很受一般民眾的喜愛。曾經有一段時間，提前半年也很難預約，但他們竟然想要讓那家飯店歇業。」

「啊？為什麼？我聽說現在有很多外國觀光客，每家飯店的生意都很好。」

「這是指大都市的商務飯店和都會型飯店，所以從十年前開始，『柳滋股份有限公司』

也改變經營方針，開始在大都市拓展飯店。你應該聽過『柳滋飯店』的名稱吧。」

「在很多地方都看到過。沒想到做生意也很辛苦。」

「但『柳澤飯店』的經營狀態並不差，因為是在知名的觀光勝地箱根。雖然現在有許多外國遊客，只不過箱根的客人大部分都是住在首都圈。日本的人口以後會逐漸減少，但據說首都圈的人口並沒有太大變化，所以箱根仍然大有可為。」

「既然這樣，為什麼要放棄……」

「剛好相反，『柳滋股份有限公司』正計畫在箱根興建大規模的度假村。」

「啊，所以是改建嗎？」

千舟聽了玲斗的問題，一臉冷淡地搖搖頭。

「目前買的土地和『柳澤飯店』的地點不同，所以並不是改建，而是另外興建，這樣一來就面臨如何解決『柳澤飯店』的問題，柳澤集團的高層逐漸有了讓那家飯店歇業的共識。太愚蠢了，那飯店是目前柳澤集團的原點。」

「所以妳打算堅決反對嗎？」

「雖然我現在美其名為顧問，其實已經是退休的人了，不知道他們是否願意聽我這種人的意見，但該說的我還是要說。」

當千舟露出充滿堅定決心的眼神看著半空時，宴會廳的門打開了。

周圍的人同時動了起來，玲斗也和千舟一起隨著人潮走進會場。飯店的工作人員站在兩側，為進場的賓客提供飲料。玲斗發現似乎不用付錢就可以拿兌水的威士忌、杯裝的白酒、紅酒還有烏龍茶，他不知道該選什麼飲料。

「你在磨蹭什麼？趕快拿一杯。」千舟斥責道，她拿了一杯烏龍茶。

「沒有啦，我在想喝什麼比較划算……」

「你可以盡情地喝，所以沒有划不划算的問題。你一直站在這裡會擋住後面的人，這個給你。」千舟把手上的杯子塞給玲斗，玲斗接過杯子後，她又拿了一杯烏龍茶，「好，走吧。」

玲斗跟在千舟身後，環視著會場內，忍不住驚嘆。他這才知道，原來這種地方才叫做富麗堂皇。首先他被巨大的空間震懾，這裡簡直可以打少棒了。豪華水晶燈的燈光璀璨，水晶燈下是潔白的圓桌。身穿高級服裝、佩戴華麗首飾的紳士、淑女聚集在桌子周圍。

牆邊是放了很多餐點的桌子和攤位，攤位上有壽司、蕎麥麵和鰻魚，玲斗看在眼裡，就覺得肚子咕咕叫。

「各位來賓，」會場內響起一個男人響亮的聲音，他似乎是主持人，「讓大家久等了，柳澤集團對支持旗下各家公司的各位，充滿感恩心情所舉辦的感恩派對現在開始。雖然派對的時間不長，但希望各位能夠玩得開心。首先有請『柳滋股份有限公司』的柳澤將和董事長代表集團為大家致詞。」

一個雖然個子不高，但姿勢挺拔，氣宇軒昂的男人走上台。一頭黑髮可能是染的，不過造型很成功，讓他看起來很年輕。玲斗在剛才千舟搭電車時給他看的邀請函上，看到了柳澤將和的名字。

「各位來賓，感謝各位在百忙之中抽空來參加本集團的感恩會。時間過得真快，今年剛好是第三十屆感恩會，這麼多年來能夠持續舉辦，全都是拜各位的支持所賜。」

玲斗不由得佩服他完全不看稿，就可以滔滔不絕。雖然對公司的老闆來說，這或許是稀鬆平常的事，換作自己面對數百個人，恐怕連話都說不出來。

「他是我剛才介紹你認識的勝重的哥哥，」千舟在一旁向他說明，「大家都說他是對柳澤集團正式進軍都會型飯店業界大有貢獻，並且獲得成功的人，還說他是柳澤集團內的坂本龍馬，能夠不受現有的常識束縛，不斷挑戰禁忌。」

「是喔，」玲斗發出感嘆的聲音，「太厲害了。」

「他的確很有創意，也很擅長談判，而且能言善道，但我認為光靠這些，無法獲得目前的成功。」

玲斗覺得千舟這番話似乎有言外之意，忍不住看著她的側臉問：「什麼意思？」

「沒什麼意思。」她繼續看著講台，輕輕搖搖頭，「只是自言自語，你忘了吧。」

「——所以也在今天的派對上發揮款待的精神，請各位用自己的眼睛、耳朵和舌頭去發現，好好享受一番。原本只想簡單說幾句，沒想到一上台就欲罷不能，很抱歉，感謝各位的聆聽。」柳澤將和的致詞結束，在掌聲中走下講台。他的舉手投足都充滿自信。

一個不知道是什麼頭銜的老人接著站上講台，帶領大家一起乾杯，然後大家才終於開始吃喝。

玲斗把烏龍茶的杯子放在旁邊桌上，正準備走去牆邊的攤位，千舟叫住他。「你要去哪裡？」

「呃，我想先去吃壽司……我也幫妳拿一些，妳喜歡吃什麼？」

千舟皺起眉頭。

「壽司這種東西，我隨時可以請你吃。先別吃了，跟我來。」說完，她轉身邁開步伐。

她走向圍在桌子周圍的那群人。剛才在台上致詞的柳澤將和也在那裡，站在他身旁那個氣質高雅的女人可能是他太太。柳澤勝重也在，一樣帶著像是他太太的女人。他們都單手拿著飲料和許多人打招呼，但沒有人在吃東西。

千舟毫無懼色地走向正在和別的男士談笑的柳澤將和，將和似乎察覺了動靜，轉頭看往她的方向。有點驚訝地微微睜大眼睛後，嘴角露出笑容。

「真熱鬧啊。」千舟說。

「託妳的福。」將和回答，「剛才聽勝重說了，妳要參加等一下的會議？不好意思，不是什麼重要的事，還驚動妳來參加。」

「要消滅柳澤集團發展的象徵，不算是重要的事嗎？看來我們之間的認知有很大的落差，雖然我無意干涉公司的經營方針，但我身為瞭解柳澤集團草創時期的人，打算表達一些參考意見。」

「真是太感謝了，我會洗耳恭聽。對了——」將和把視線移向玲斗，「這位就是妳的外甥？」

「對，剛才已經介紹給勝重認識了，我還想介紹給大家認識一下。」千舟轉過頭說：「玲斗，你自我介紹一下。」

「好。」玲斗在回答的同時，從懷裡拿出藍色名片夾，抽出一張，走到將和面前，鞠了一躬，遞上名片。

「我叫直井玲斗，請多指教。」

將和接過名片，縮著嘴唇「喔」了一聲。

「我剛才也拿到了名片，」勝重在一旁說，「他的頭銜很了不起吧。」

「的確。」原本看著名片的將和抬起雙眼，好像觀察般看了玲斗的臉後問千舟：「我忘了妳爸爸叫什麼名字。」

「宗一。」千舟回答。

「沒錯。」將和聽了之後點點頭，再度將視線移回玲斗身上，「我至今仍然記得宗一堂姑丈的長相，我記得最後一次見到他，是在伯公的葬禮上。嗯，你的確有宗一堂姑丈的影子。」

即使聽到將和這麼說，玲斗也無法回答「是這樣啊」。因為他沒見過外公宗一，只看過千舟出示的照片。

「那棵樟樹是柳澤家的寶貝，以後就拜託你好好照顧。」

將和把名片放進口袋，他說這句話時臉上帶著笑容，但眼神很銳利。

「是。」玲斗在回答時的聲音有點沙啞。

「我來為你介紹一下。」將和把手放在身旁的女人肩上，「這是我太太元子——元子，這就是千舟的外甥，上次向妳提過。妳剛才應該聽到了，他叫直井玲斗。」

名叫元子的女人有點年紀，笑著向他打招呼：「很高興認識你。」

「請多指教。」玲斗回答說。

接著又向勝重的妻子和旁邊的其他親戚打了招呼。所有男人都在柳澤集團內擔任要職，雖然介紹了每個人的頭銜，但玲斗完全記不住。

「玲斗，你讀哪一所大學？」將和問他。

玲斗用力縮起肛門，告訴自己千萬不能自卑。

「我沒讀大學，只有高中畢業。」

周圍有幾個人臉上的表情變了，但將和不為所動。

「是嗎？學歷不是什麼大問題，你在高中畢業之後做了哪些工作？」

「做了很多，先進入食品公司，之後又在餐飲店工作……」

「也就是說，並沒有固定在某個地方好好鑽研什麼。」

「這……」

玲斗無言以對。

「沒關係，」將和輕輕舉起一隻手，「過去不重要，關鍵在於對未來有什麼展望。你對以後有什麼打算？應該不會就這樣一輩子守護樟樹吧？」

「……是。」

「我想聽聽你對將來有什麼想法？」

玲斗吸氣，看了身旁的千舟一眼，但她望著前方，表情似乎在說自己並不會出手幫忙。

玲斗吐了一口氣，將視線移回將和身上。

「老實說，我對將來並沒有什麼具體的打算。」他發現將和單側臉頰抖了一下，繼續說，「我只對機器維修略懂一點皮毛，沒有學識，也沒有優點，沒有任何可以打仗的武器。我一直以來都是這樣，出生時就一無所有，當我懂事的時候，就沒有父親，母親也很早就死了，我一直生活在一無所有的環境中，必須靠自己保護自己。既然今天以前是這樣，我相信明天之後還是這樣。但我已經做好了心理準備，因為我沒有任何可以失去的東西，所以也就無所畏懼，珍惜每一個瞬間，如果前面有石頭滾過來，就趕快閃開；如果有小溪就跳過去，如果跳不過去，就跳進水裡游過去，有時候甚至可以隨波逐流。我打算這樣走未來的路，只要死的時候有一樣屬於自己的東西就好。不一定是錢，也不一定是房子或是土地這種大筆財產，即使只是一件破衣服，或是一只破錶也沒關係。因為我來到這個世界時一無所有，所以只要死的時候有一樣東西，我就贏了。」

玲斗一口氣說完平時一直在思考的內容，重重地吐了一口氣後問：「這樣可以嗎？」

將和再度注視著玲斗的臉，他已經收起了臉上的笑容。

「你這是在表明身為浮萍的生存決心嗎？很值得一聽，你很能言善道。」

「……謝謝。」

「我想問你一個問題，如果你前進的路是一條死胡同時該怎麼辦？你原本要直直往前走，只不過前方有一道高牆，但你可以向左或是向右轉，到底該向左還是向右？你會如何做出決定？憑直覺嗎？還是像時下的年輕人一樣，在社群網站上發問，等待陌生人給你建議？」

「不，這種時候——」

他原本想說丟硬幣決定，但想起了岩本律師說的話。下次要做重大決定時，要用自己的腦袋思考，在明確意志的基礎上做決定，不要再依靠硬幣——

「怎麼了？在岔路前不知所措嗎？」將和說完，表情緩和了些，看著周圍人的反應。有幾個人露出諂媚的笑容。

玲斗舔了舔嘴唇，好不容易擠出回答：「我會根據自己以往的經驗，在思考之後做出決定。」

將和揚起單側嘴角。

「經驗嗎？浮萍能夠累積多少經驗呢？」

玲斗說不出話。雖然很屈辱，但他無法反駁。將和說中了要害。

「我來分享一下我的回答，」將和說，「在以自己的智慧和經驗為基礎思考這一點，基本上和你差不多。這樣說或許太直白，但你和我的背景大不相同，而且如果有必要，我還會徵求周圍人的意見，我有這樣的智囊團，在做好這些充分的準備之後，再來尋找答案，但我不會向左走或是向右走。」他指著玲斗的胸口繼續說下去，「我會思考是否能夠設法在前面的牆上打洞，在正中央開一條路。」

玲斗想不到該說什麼，只能愣在那裡。他完全被將和的氣勢壓倒。

將和露齒一笑，用右手手指敲敲手錶說：

「我好像說太多話了，派對才剛開始，還有充足的時間，你好好玩。」說完，他轉身離開。

14

「我果然不該來這種地方。」離開將和他們那張桌子，玲斗嘀咕說。

「怎麼可以因為這點小事就沮喪？對他們來說，剛才的事就像是拳擊中的刺拳，你給我振作一點。」

「啊……」

只是刺拳，那如果挨一記直拳，不就被擊倒了。玲斗心想。

「不管怎麼說，把你介紹給柳澤家親戚的目的已經達到了。」

「那我可以去吃東西了嗎？」

「可以，但不要狼吞虎嚥，太難看了。」

「我知道。呃，先吃什麼呢？」他還是想先吃壽司，看向攤位時，忍不住「啊！」地叫了一聲。因為他在人群中看到熟悉的臉。

「怎麼了？」

「我看到了熟面孔，是時常來神社的人，我可以去打聲招呼嗎？」

「當然沒問題。接下來分頭行動，我也看到了幾個想去打聲招呼的人。」

「啊，這樣應該比較好。」

反正派對結束後，千舟要參加高階主管會議。玲斗不可能一起去，本來就要各自回家。

「對了，既然這樣，這個先給妳。」玲斗從口袋裡拿出刻有號碼的塑膠牌子。那是寄物處的號碼牌。

「小心別喝太多。」千舟把號碼牌收進皮包，說完這句，轉身走開。

玲斗走向壽司攤位。佐治優美正在攤位前接過綜合壽司。她穿了一件腰上綁著蝴蝶結的苔綠色洋裝，玲斗第一次看到她穿裙子，感到很新鮮。

優美轉過頭時，剛好和他四目交接，但她似乎沒有馬上發現是玲斗。露出納悶的表情之後，才倒吸一口氣，停下腳步，用力眨著眼睛。

「嗨！」玲斗向她打招呼，「我沒想到妳會來。」

「嚇我一跳，你怎麼會在這裡？」她打量著玲斗全身。她之前只看過玲斗穿工作服的樣子。

「雖然很難解釋清楚，但我也算是柳澤家的親戚。」

「喔，是這樣啊。」

「妳一個人來嗎？」

「怎麼可能？陪我爸爸一起來。原本我媽要陪他來，但我媽感冒，沒辦法出席，所以我爸爸就帶我來。」

「原來是這樣。」

他們走到旁邊的桌子旁。優美把裝壽司的容器放在桌上，桌子正中央放著啤酒瓶和杯子，於是他們倒了啤酒乾杯。冰冷的啤酒流進空空的肚子。

「妳爸爸的公司也和柳澤集團有業務往來嗎？」

「以前沒有，應該說是沒太多關係，所以想來這裡建立一些人脈。」

玲斗偏著頭問：「什麼意思？」

「聽我爸爸說，剛好認識柳澤集團的顧問，從顧問口中得知這場感恩會，就拜託務必讓他也參加，所以我們並不是受邀的賓客，而是付了參加費。」

玲斗聽了優美的話，打了個響指說：

「那個顧問就是我阿姨。原來是這樣啊，他們是經由樟樹祈念認識的。」

玲斗向優美說明，辦理樟樹祈念手續的人就是他的阿姨。

「原來是這樣啊，所以我爸透過祈念認識了你阿姨，想趁機打進柳澤集團，他做生意還真積極啊。」

「妳爸爸在哪裡？」

「應該就在附近，八成拿著啤酒瓶到處敬酒，然後四處發名片。」

玲斗看向那個方向，的確看到拿著啤酒瓶的佐治，他滿面笑容，拚命鞠著躬，正在和一位男士說話。

「慘了，」玲斗小聲說道，「如果被妳爸爸看到我和妳在一起，一定會納悶我們怎麼會認識。因為妳爸爸並不知道妳常來神社。」

「啊！對喔，他可能會猜到我跟蹤他去神社。」

「那我們就假裝不認識。」玲斗稍微和優美保持距離，然後把臉轉到一旁問她：「妳派對結束之後要去哪裡？和妳爸爸一起回家嗎？」

「爸爸好像要和客人應酬，他叫我自己回家。」

「那就剛好，我等一下也一個人。如果妳時間方便，要不要找一個地方討論接下來的作戰計畫？」

「好啊！去哪裡比較好？這家飯店的咖啡店嗎？」

「去那裡太浪費錢了，這家飯店旁邊有一家咖啡店，要不要去那裡？」玲斗說了店名。

「好，沒問題，那就一會兒見。」

「瞭解。」玲斗說完，離開優美身旁，走向放了很多料理的桌子。

他吃了幾個好像甜點般色彩繽紛的開胃小點心後，又吃了綜合壽司、抹茶蕎麥麵和鰻魚飯，接著一口氣喝完兌水的威士忌，再度打量會場內，又發現了兩個認識的人。

他們是『巧屋本舖』的大場壯貴和福田。福田的頭銜是常務董事，聽千舟說，大場家和柳澤家有多年的交情，也許在生意上也有合作關係。

大場壯貴和福田兩個人拜訪了一桌又一桌，福田向鎖定的目標打招呼後，又把壯貴介紹給對方。壯貴今天也穿了一身西裝，但顯然很不自在。他原本的一頭金髮染成黑色，愁眉苦臉，很不甘願地向那些人打招呼。

玲斗同情地嘆了口氣。看來歷史悠久的和菓子店少爺也不好當。

正當他這麼想時，旁邊有人叫住他：「咦？我記得你是……」他看向聲音的方向，忍不住一驚。是佐治壽明。他已經向想要結識的對象發完名片了嗎？

「果然是你。你是月鄉神社的樟樹守護人，我記得……」

「我姓直井。」玲斗說完，鞠了一躬，「佐治先生，你好。」

「沒錯，就是直井。我想起來了，你之前就說是柳澤女士的親戚。」他立刻想到玲斗出現在這裡的原因。

「謝謝你一直以來的照顧。」

「我也該謝謝你的照顧，下個月我也預約了滿月晚上和之前一天，就再拜託你了。」

「我瞭解了，我會恭候你的光臨。」

「嗯。」佐治點了點頭後，環視派對會場。

「真是盛況空前，不愧是柳澤集團。我因為樟樹的關係認識了柳澤女士，她告訴我有今天這場派對，真是太幸運了。」佐治小聲嘀咕著，證實優美剛才說的話。

玲斗突然浮現一個疑問。

「呃……很抱歉。請問你最初是因為什麼契機知道向樟樹祈念的事？」

「契機？」正準備喝白酒的佐治露出意外的表情，「那可以稱為契機嗎？我是滿月祈念，所以是很常見的情況。看了像是遺囑的東西，就很自然地決定去祈念。」

「遺囑？」佐治說了玲斗意想不到的話，「誰的遺囑？」

「誰的遺囑？就是……」佐治困惑地吞吞吐吐起來。

「啊，不好意思，你不用回答我。」玲斗慌忙說。因為千舟禁止他問有關祈念的事。

「你這麼一說我想起來了，」佐治用另一隻手摸著下巴，「上次預約祈念時，柳澤女士說，目前由實習生擔任樟樹的守護人，但並沒有把祈念的事告訴他，或許可能會造成不便，敬請諒解。原來如此，你不瞭解祈念的事。」

「嗯，是啊。」玲斗縮縮脖子。

「太有意思了，像我這種在滿月夜晚祈念的人，不管願不願意，都會親身感受到祈念是怎麼一回事，所以你還沒有祈念過嗎？」

「對，還沒有。」

「是嗎？那你的父母呢？」

「都不在了，他們都在我很小的時候就死了。」

「那還真悲慘，那你的祖父母呢？」

「外公已經死了，但外婆還健在。」

「你外婆是柳澤家的人嗎？」

「不是，和柳澤家完全沒有任何關係。」

「是嗎？如果是這樣，那你可能不太有機會祈念。」

聽到這句令人好奇的話，玲斗很想問是怎麼回事，但還是把衝到喉嚨的話吞下。佐治似乎也想到些什麼，露出尷尬的表情。

「我可能說了不該說的話，因為柳澤女士叮嚀我，不要告訴你關於祈念的事，請你當作沒聽到剛才那些話，至少不要說是聽我說的。」

「我知道了。」

「那就下個月見。」佐治喝完葡萄酒，把空杯子放在桌子上後離去。

玲斗目送他的背影，回想剛才聽到的話。有好幾個地方令他感到不解。

佐治剛才那番話的意思是說，只要祈念過一次，就馬上可以瞭解是怎麼一回事，但玲斗可能不會有這個機會。

到底是怎麼回事——每個人說話都故弄玄虛，讓他感到心浮氣躁。

「各位來賓，很高興看到大家都聊得很開心。」不一會兒，就聽到會場內響起主持人的聲音，宣告派對即將結束，接下來要一起拍手祝賀派對圓滿成功。主持人介紹由一位頭銜很長、八成是柳澤集團也有參與的某協會會長帶頭。一位白頭髮的乾瘦老人站上講台，他用高亢的聲音說：「接下來拍手賀成，請大家用力拍手。」聽到「喲噢！」的吆喝聲後，拍了一次手。玲斗有生以來第一次做這種事，覺得派對真麻煩。

主持人說：「還有很多酒菜，歡迎各位來賓好好享受到最後。」但賓客已都紛紛走向出口。玲斗也隨著人潮移動，同時尋找千舟和優美的身影。

他看到優美正站著和佐治說話，但兩個人立刻分別走向不同的方向。正如優美所說，佐治之後可能要去應酬。

玲斗沒有看到千舟。剛才聽說要在地下樓層的主酒吧舉行高階主管會議，她可能已經去那裡了。

玲斗和其他賓客一起離開會場後有尿意，於是走向廁所，可能很多人都在相同的時間點意識到這個生理現象，所以廁所內很擁擠。

之後玲斗正在洗手台前洗手，在前方的鏡子中看到了認識的臉。大場壯貴站在玲斗的左側。壯貴似乎也發現了他，嘴微微張開。

「你好。」玲斗向他打招呼，壯貴也回答說：「你好。」

「你今晚也一直和福田先生在一起，因為我看到你們很忙，所以沒過去打招呼。」

壯貴撇著嘴角，微微聳聳肩。

「我跟他說，即使把我介紹給那些有頭有臉的人也沒用，那個老頭根本搞不清楚狀況。」

「那個老頭」似乎是指福田。

走出廁所後，玲斗問他：「我不太瞭解詳細的情況，聽說你是『巧屋本舖』的接班人？」

壯貴停下腳步，雙手插在口袋裡，偏著頭回答：

「姑且算是這麼回事，所以很煩啊。」

「姑且？」

「反正就是很複雜。」壯貴的言下之意，就是希望他不要多問。

「聽起來很辛苦，而且還要向樟樹祈念。」

壯貴咂著嘴，皺起了眉頭，「下個月還要再去，真是煩死了。」

「這麼痛苦嗎？」

「當然痛苦啊，因為被逼著做我根本做不到的事。」

「你怎麼知道自己做不到？」

「我當然知道啊，雖然不方便說理由。」壯貴從口袋裡抽出右手，摳著耳朵，看著玲斗說：「我覺得那個手續根本有漏洞。」

「漏洞？」

「申請祈念的手續，雖然會確認戶籍謄本，但我覺得那種做法有問題。」

玲斗完全不知道他在說什麼，但還是問他：「那種做法哪裡有問題？」

「因為戶籍這種東西——」壯貴說到這裡，看向玲斗的背後打住。

玲斗隨即聽到身後傳來有人叫壯貴的聲音，回頭一看，福田跑了過來。

「原來你在這裡，我們快走吧，對方已經出發去續攤了，不能讓老主顧久等。」

他們似乎接下來也要去和老主顧應酬。

壯貴皺起眉頭說：「我不去了，全都交給你處理。」

「你在說什麼啊，今天是為了把你介紹給對方，才特別安排飯局，拜託你了，快走、快走吧。」

「哼，好啦。」壯貴抓了抓頭。

「下個月等待兩位的蒞臨。」玲斗輪流看著他們兩個人說道。

福田瞥了玲斗一眼，可能覺得沒時間和他閒聊，對他點點頭，就推著壯貴的背離開了。

差一點就問到了。玲斗輕輕咬著嘴唇。大場壯貴似乎並不覺得不能輕易和他人聊祈念的事，如果下一次巧妙地套話，也許可以打聽到更多消息。

他剛才提到的戶籍到底是怎麼回事？壯貴說，在申請祈念時要確認戶籍謄本，當然是由千舟確認，但為什麼要這麼做？而且壯貴說這種做法有漏洞。

即使絞盡腦汁，也完全搞不懂。他帶著納悶走出飯店。

走向和優美相約見面的咖啡店路上，玲斗發現自己心跳加速。想到即將見到優美，腳步就很輕盈。理由很清楚，那就是他有點喜歡她。之前因為偷窺佐治壽明的祈念遭到千舟責備時，也是因為這樣，所以在辯解時沒有提優美的名字。他的確很好奇佐治的秘密，但他更希望可以拉長和優美相處的時間。

因為她很漂亮啊。玲斗努力讓自己的想法正當化，但也同時做好了放棄的心理準備。她一定有男朋友，而且她是大學生，本來絕對不可能理會只有高中畢業的自己，因為自己是樟樹的守護人，她才願意和自己見面。

走進咖啡店，發現優美已經坐在後方的桌前正低頭滑手機，她沒有發現玲斗，於是玲斗先去吧檯點了飲料。

他拿著大杯拿鐵走向桌子，時間有點晚，所以客人並不多。優美坐的那張桌子周圍沒其他人，說話不必有顧慮。

優美似乎察覺到玲斗，抬起頭說：「嗨，辛苦了。」

「辛苦了。」玲斗說著，拉開對面的椅子坐下。剛才一直站著，的確有點累。

「那種派對到底有什麼好玩？雖然菜色不錯，但要站著吃，根本靜不下心，還要向陌生人打招呼，從頭到尾都要繃緊神經，而且站得腰痠背痛。」

「沒有人參加這種派對是為了去吃東西，大部分都和我爸爸一樣，想要建立一些人脈關係，這就是所謂的社交。」優美用輕鬆的語氣說道。她看起來有一種成熟的感覺，應該不光是因為服裝的關係。

「妳經常參加那種派對嗎？」

「沒有，但是我知道，因為我爸爸滿腦子都只想著做生意的事。」優美用吸管攪動著杯子。

「但現在除了生意以外，不是還在考慮其他事嗎？像是樟樹的事。」

「對了對了，就是這件事。」優美放下杯子，伸出右手食指上下甩動著，「現在我爸爸的腦袋裡應該有不少百分比被那個情婦佔據了。我今天乖乖跟他來這裡，也是期待或許可以找到相關的線索，可惜落空了。」

「之後有什麼進展嗎？」

「雖然不知道能不能稱為進展，但之後爸爸又有了動靜，這次還是去澀谷。和上次一樣，把車子停在立體停車場，不知道去了哪裡，兩個小時後又回到停車場，但奇怪的是這次沒有去吉祥寺，我猜想應該是和那個女人約在澀谷見面。」

「又去澀谷的飯店？而不是去情婦家裡？看來真的很喜歡。」

他把「在飯店上床」最後這幾個字吞了下去。

「嗯。」優美露出陷入沉思的表情，用吸管喝著杯中的飲料。

「其實還有另一件令人在意的事。」

「什麼事？」

「我不太清楚是從什麼時候開始，但我爸爸這一陣子經常聽音樂，戴著耳機聽手機的音樂，然後好像在那裡發呆。我問他在聽什麼，他說在聽昭和年代的老歌，只不過我以前從來沒有看過他聽音樂，當然也可以說他最近突然想聽，但你不覺得很奇怪嗎？」

「昭和的老歌嗎？妳要不要問他，可不可以也讓妳聽一下？」

「我當然說了啊，他竟然說不行，還說這樣是侵犯他的隱私。」

「隱私？」

「他說聲音和圖片、影片一樣，也是重要的個資，即使是自己的女兒，也不能隨便透露個人的興趣愛好，這根本是歪理，你不覺得很奇怪嗎？」

「嗯。」玲斗發出低吟，「有點合理，又好像不太合理……」

「所以我就說，其實不是在聽什麼音樂，而是在聽見不得人的色情內容，你猜他說什麼？」

「不知道，他說什麼？」

「他回答說，妳竟然這麼看自己的爸爸，如果妳要這麼想，隨妳的便。」

「這根本是惱羞成怒。」

優美說的情況的確很可疑，如果只是音樂，讓女兒聽應該不是什麼問題。玲斗表達了這個意見，優美嘟著嘴：「對不對？是不是有問題？」

「會不會和那個有關？就是佐治先生哼的歌，他在祈念時不是哼了歌嗎？」

「啊！」優美點點頭之後又偏著頭說：「我也不知道。」

「另外，我也有一件在意的事，就是上次向妳提的，佐治先生的哥哥——佐治喜久夫先生的事。」

「上次不是說，先暫時不考慮這件事嗎？」

「我當時只是說，很可能沒有關係，但在那次之後，我又發現了一件事。」

玲斗告訴優美，他發現看起來像是家人或是親戚的兩個人，其中一個人在新月的晚上祈念之後，隔了一段時間，另一個人就在滿月的晚上祈念。

「我在仔細調查之後，發現幾乎都屬於這種情況。雖然目前並沒有發現像佐治先生和喜久夫先生那樣，相隔了五年，但有好幾組人都是相隔兩三年，於是我就問了我阿姨，她沒有告訴我詳細的情況，但說我發現了重點，所以我認為佐治先生的祈念一定和他哥哥的祈念有關係。」

優美抱著手臂，皺起了鼻子。

「即使你這麼說……我對伯伯一無所知，不能問我爸爸，奶奶又失智了。」

「有沒有辦法調查？比方說有沒有舊相簿之類的。」

「我可以試試，但你覺得可以從相簿中發現什麼？」

「這……就不清楚了。啊，對了，不知道有沒有遺囑之類的。」

「遺囑？」

「剛才佐治先生對我說，他祈念的契機，是因為看了遺囑之類的東西——會不會是他哥哥的遺囑？」

「遺囑嗎？我奶奶還活著，爺爺很久之前就死了，如果有人留了什麼遺囑給爸爸，應該只有他哥哥。」

「對不對？所以我覺得也許有遺囑。」

「好，那我找找看。」優美拿起桌上的手機操作，應該正把這件事輸入記事本，以免忘記。

玲斗看到優美放下手機後說：「我還想到另一件事，妳還記得『來夢園』嗎？」

「來孟元……那是什麼？」

「就是佐治喜久夫先生住的療養所，好像在橫須賀。」

「喔喔，」優美似乎想起來了，「那裡怎麼了嗎？」

「要不要去那裡看看？如果喜久夫先生是四年前去世，應該有職員還記得當時的事，也許可以打聽到喜久夫先生是怎樣的人，生的是什麼病，是在怎樣的狀況下去世之類的各種情況。」

「原來如此，也許有可能，只不過橫須賀太遠了。」優美一臉愁容，似乎並不太想去。

「既然這樣，我可以一個人去嗎？」

「你？一個人去嗎？」優美瞪大眼睛，不停地眨了好幾次，「為什麼特地去？而且不是和你沒有關係嗎？」

「佐治先生的問題本身的確和我沒關係，但調查佐治喜久夫先生的事，可能有助於瞭解祈念是怎麼回事，這麼一來，就和我有關了。」玲斗用大拇指指向自己的胸口，「不瞞妳說，我並不完全覺得不關我的事，因為在以前從來沒有見過的親戚，突然和自己的人生產生了交集這件事上，我比妳更資深，只不過我的情況不是伯伯，而是阿姨。」

優美皺起了眉頭問：「什麼意思？」

「我不久之前才見到阿姨。」

玲斗告訴她，有一個自稱是阿姨的女人有一天突然出現，命令他擔任樟樹的守護人，但他隱瞞了被警察抓的事，只說了阿姨代替他還清債務。

「原來還有這樣的隱情，你上次的確提過債務的事，看來你也有很多煩惱。」

「其實也不至於是煩惱這麼嚴重，現在剛好是滿月和新月之間的時期，沒有人來祈念，即使我一天不在神社也沒問題，但我和佐治家完全沒有關係，即使去了『來夢園』，那裡的職員也會覺得奇怪，所以我打算這麼說明，佐治喜久夫先生有一個姪女，這個姪女最近對從來沒有見過的伯父產生了興趣，但因為學校很忙，抽不出空，所以託我來瞭解情況——妳覺得這種說法怎麼樣？」

「我不知道，」優美露出懷疑的表情偏著頭，「我覺得聽起來很不自然，而且要怎麼證明你認識我？」

優美指出的問題很尖銳，玲斗一時答不上來，但隨即用右拳打在左手手掌上說：

「對了，只要有我們一起拍的照片就好，然後我出示給對方看。」

雖然臨時想到這個主意，但玲斗為有理由和優美合影感到竊喜。

「你為什麼覺得這樣就可以？那裡的職員又不知道我長什麼樣子，根本無法證明和你合影的年輕女生就是佐治喜久夫的姪女。」優美冷靜地說出了疑問。

「那就再拍一下妳的學生證或是駕照，佐治這個姓氏很罕見，對方應該會相信。」

「不行，照片可以加工，而且現在照片根本無法成為任何證明，這已經是常識了。」的確是這樣。優美的意見極其合理，玲斗完全無法反駁，陷入了沉默。雖然他努力思考替代方案，但想不出任何妙計。

優美似乎想到什麼，拿起手機滑了幾下，注視著螢幕陷入沉思。

「如果……」她看著手機螢幕說，「如果你要去，會打算什麼時候去？」

「去哪裡？『來夢園』嗎？」

「當然啊。」

「我剛才也說了，最近這幾天比較理想，應該是這兩三天……」

「明天或後天嗎？」

「是啊，但明天可能不行，因為今天出門，明天會有些工作要做。」

優美抬起頭說：「那就後天去。」

「啊？」

「我也去，後天一起去。」

「妳真的要去嗎？」玲斗感到身體發熱，「但妳剛才說很遠。」

「正因為很遠，所以我覺得無法假手他人，更何況這是我的事，不，應該說是我家的事。爸爸明明有一個哥哥，我竟然對那個人一無所知，這有點奇怪，而且我去那裡出示身分證明，那裡的人應該會相信。」

「那倒是，嗯，好，那就這麼辦。」

玲斗喝了一口有點冷掉的咖啡，雖然他假裝平靜，但其實心情很激動，因為意外有了兩人出遠門的機會。

討論細節之後，他們決定租車去『來夢園』。優美在住家附近租車，然後去接玲斗。他們查了一下，發現走高速公路也要將近一個半小時，於是選在中午過後出發。

「希望可以有收穫，太期待了。」

「雖然我也很好奇伯伯的事，」優美露出思考的表情把手機放在桌子上，「但我還是想查清楚那個女人和爸爸之間的關係，他們去了澀谷哪裡，又做了什麼。如果去飯店，我必須當場逮到他們。」

除了關心佐治喜久夫的事以外，她對父親可能外遇的懷疑並沒有消除。玲斗非常能夠體會她的心情。

「要不要乾脆在佐治先生的手機裡偷偷裝定位追蹤的應用程式？」

優美噗哧一聲笑了起來。

「這根本是犯罪，萬一被發現就慘了。這個方法行不通，而且你忘了我剛才說的嗎？我爸爸連音樂都不給我聽，我怎麼可能碰他的手機？」

「那要不要用妳之前查到吉祥寺公寓時使用的方法？妳先在澀谷那一帶等，等佐治先生有動靜，就先去停車場。」

「當初是大致知道爸爸可能會有行動的時間，就是星期四或是星期五的傍晚，所以才能用這種方法，但最近他有動靜的日子很不固定，而且那時候學校放暑假，我有充足的時間。」

「一直在澀谷監視的確有困難。」

「別看我這樣，我也很忙啊。」

「約會嗎？」玲斗不經意地試探了一下。

「這也是原因之一。」

優美很乾脆地回答，玲斗暗暗感到失望。她果然有男朋友。剛才的喜悅減少了一半。

走出咖啡廳，他們一起走去新宿車站，沒想到經過剛才那家飯店前時，玲斗不經意地看向大門，不禁倒吸一口氣。因為千舟站在那裡。她只穿著套裝，沒有穿大衣。玲斗忍不住停下了腳步。

「怎麼了？」優美問他。

「我阿姨站在飯店門口，可能發生了什麼事，我過去看看。」

「好，那我就先走了。」

「嗯，後天見。」

「既然要出門，希望是好天氣。」優美露出微笑，輕輕搖了搖手邁開步伐離去。

玲斗將視線從她的背影移向千舟，快步跑了過去。

千舟站在那裡，看著翻開的記事本，看起來不像平時那麼從容不迫。

「千舟阿姨。」玲斗叫了一聲。

正在看記事本的千舟抬起頭，看著玲斗。她的表情有點恍惚，眼神略略飄忽。

「玲斗……你剛才在哪裡？在做什麼？」

「我和在會場遇到的熟人一起喝咖啡。已經開完高階主管會議了嗎？剛才不是在地下樓層的酒吧討論『柳澤飯店』的事嗎？妳說了想說的話嗎？」

千舟聽了玲斗的話，臉頰抽搐一下，眼神恢復活力。她的眼神聚焦，看著半空，重重地吐了一口氣之後說：「我果然已經是過氣的人，所以遭到無視了。」

「無視？這是怎麼回事？」

「我去了酒吧，而且比約定的時間提早，沒想到等半天都沒有人來。我搞不清楚是怎麼回事，打電話一問，結果說今天的會議臨時取消。我問說，既然取消，為什麼沒有通知我，他竟然說以為別人會通知我。雖然嘴上道了歉，但誰知道他心裡想什麼。」

「太過分了，簡直欺人太甚。」

「雖說是顧問，但他們根本沒把我放在眼裡，覺得我已經過氣了，為這種事生氣也很空虛，所以我決定忘了，趕快回家吧。」千舟說著，把手上的記事本放回皮包。

「好，那我去幫妳拿大衣，妳把號碼牌給我。」玲斗伸出右手。

「喔，對喔，拜託你了。」千舟從皮包裡拿出寄物處的號碼牌，放在玲斗手上，「麻煩一下。」

「外面很冷，妳進來裡面等，我馬上就回來。」玲斗一走進飯店，立刻跑著穿越大廳，走向電梯廳。宴會廳在三樓。

他在寄物處拿了千舟的駝色大衣，走去等電梯。電梯門很快就打開了，幾個男人走出來。玲斗一看到他們，立刻愣了一下。因為走在最前面的是柳澤勝重，將和跟在他後面。

他們也發現玲斗，勝重露出嚴厲的表情。

「你還沒走嗎？」將和問他。

「我聽阿姨說，高階主管會議取消了。」

勝重想要說什麼，將和抓住他的肩膀制止了他，「是啊，有什麼問題嗎？和你有什麼關係？」

「真的取消了嗎？你們剛才在其他地方做什麼？」

「喂！」勝重叫了一聲，將和再度拍了拍他弟弟的肩膀。

「有些是大人的事，」將和露出冷峻的眼神，「你以後就會知道了，但要等你成為真正大人的那一天。我們趕時間，那就先告辭了，代我向千舟問好。」

將和不等玲斗回答，就催促著勝重一起離開，甚至沒有回頭。

玲斗回到大廳，把大衣交給千舟。「謝謝。」千舟穿起大衣，「那我們回家吧。」

「好。」玲斗說完，跟在千舟身後。他猶豫著要不要把剛才遇到將和他們的事告訴她，但最後決定不說。

他們在新宿車站搭上和來時相反方向的快速電車，電車內很擁擠，他們無法坐在一起。玲斗從乘客的縫隙之間看著坐在博愛座上的千舟，和去程搭電車時相比，千舟好像縮小了一圈。

15

玲斗穿上前一天在附近購物中心買的登山連帽上衣，正在盥洗室的鏡子前看自己的背影，放在口袋裡的手機發出電子聲響。是優美傳來的訊息，上面寫著『我快到了』。玲斗回覆『瞭解，我馬上出門』之後，把皮夾放進牛仔褲的口袋，拿了社務所的鑰匙。

今天早晨，正在打掃院落時還有陽光，但當他走出社務所，抬頭仰望天空時，發現灰色厚實的烏雲籠罩天空。優美前天臨別時說「希望是好天氣」，但上天似乎沒有聽到她的願望。

沿著神社的階梯往下走，在公車站等待幾分鐘後，一輛深藍色的小轎車停在玲斗面前，優美戴著墨鏡，坐在駕駛座上。

玲斗打開副駕駛座旁的門，「妳好。」

「你好。」優美面帶笑容地向他打招呼，她今天穿著黑色針織衫和粉紅色棉長褲，玲斗坐上車時，視線努力避開她豐滿的胸部。

優美把車子穩穩地開了出去，她已經在衛星導航系統中輸入目的地。

「麻煩妳開車可以嗎？」

「沒問題，我喜歡開車，之前還開車送我媽去成田機場。」優美游刃有餘地說，而且開車也的確很穩。

玲斗為不需要自己開車鬆了一口氣。雖然他在當初進公司之前去考了駕照，但對開車沒什麼自信。之前在酒店當少爺時，必須開公司的車子送小姐回家，每次都因為太緊張，腋下流了很多汗。

優美操作著車上音響的開關，不一會兒，汽車音響內播出的既不是日本的流行歌曲，也不是韓國歌，或是西洋歌曲。雖然不知道樂曲名，但玲斗知道是古典音樂。

「妳喜歡這種音樂嗎？果然是千金小姐。」

「我才不是千金小姐，」優美立刻否定，「雖然喜歡，但也是為了學習。」

「學習？妳讀音大嗎？」

「答錯了。」優美嘟著嘴說，「我不是讀音大，你別看我這樣，我讀的是建築系。」

「建築？喔，對喔，妳爸爸開工程行，所以妳以後要繼承。」

「那就不知道了，但我正在學的和我爸爸的工作完全不一樣。」

「妳學的是什麼？」

「建築音響工程……你知道嗎？」

「喔，我知道，就是如何有效防止建築的噪音和隔音，還有如何提升音響效果。」玲斗想起了以前在工業高中時學過的內容。

「沒錯，就是那個，」優美說，「我的夢想是設計音樂廳，即使不是大型的音樂廳也沒關係，希望有機會設計一個有高品質音響效果的音樂廳。你有去那種巨蛋球場聽過現場音樂會嗎？那根本不是聽音樂的環境，到處都是反射的回聲，不管三七二十一，只要能夠招徠更多觀眾就好的想法真的很過分，無論演奏的人或是聽演奏的人都很可憐，我希望設計一個能夠讓國內外知名的藝術家，都想要去那裡演奏的真正音樂廳。」

「是喔，妳也玩音樂嗎？有參加樂團嗎？」

「我沒有參加樂團，但在中學之前曾經學鋼琴，正確地說，是大人要我學鋼琴，只不過在中學二年級那一年就中斷了。你知道嗎？聽說學樂器的人大部分會在中學二年級時遇到瓶頸。如果到中學二年級都沒有中斷，通常就會繼續學下去，但大部分人無法跨越這個障礙。我也一樣，因為中學二年級之後，開始有玩樂或是打扮之類太多誘惑，覺得鋼琴根本不重要。不過更重要的是知道自己並沒有這方面的才華。」

「只有極少部分人在鋼琴方面有才華吧？」

「我也這麼認為，但反正我爸媽當時覺得別人家的小孩都在學鋼琴，所以就叫我也去學。雖然我的鋼琴彈得不怎麼樣，但我對自己的耳朵頗有自信。」優美的左手鬆開方向盤，用指尖彈彈自己的耳朵，「我能夠聽出樂器音色的不同，所以如果混入了奇怪的聲音，就會覺得很不舒服。」

「最具代表性的就是在巨蛋球場的音樂會。」

「那根本太離譜了，簡直糟透了。」優美用左手拍了拍方向盤。

玲斗偷瞄著她的樣子，發自內心慶幸能夠和她一起去『來夢園』。出發至今沒多久，就已經瞭解不少關於優美的事。光這一點，就是重大的收穫。

車子駛上高速公路，幸好路上車子並不多，優美輕快地加了速。

「對了，妳有沒有找到那個？」玲斗問，「就是佐治喜久夫先生的遺囑之類的東西。」

「關於這件事，目前有點困難。」優美的聲音有點沮喪，「上次我不是為了調查伯父的事，偷偷溜進爸爸的房間翻找奶奶的東西嗎？我爸爸好像發現了。」

「啊？被他發現了嗎？」

「他應該沒有十足的把握，但好像在懷疑。他似乎有質問我媽，為什麼去動他房間裡的東西。我媽當然回答說，她根本沒動過，所以爸爸就懷疑我，但他又覺得女兒應該不至於去查他什麼，目前有點半信半疑。基於這個原因，我覺得最近還是不要去他房間比較安全。」

「如果是這樣，的確不太妙。」

「對不對？我想過一段時間，等事情平靜之後再說，所以再等一下。」

「我當然沒問題，因為這是妳家的問題。」

「我家的問題……這次的事情讓我忍不住想，家庭到底是什麼。即使爸爸真的外遇，如果他不打算破壞家庭，我覺得好像也沒什麼。如果家人對目前的生活並沒有什麼不滿，也許多管閒事造成風波反而不太好。」

「對於這個意見，我一半贊成，一半反對。即使男方的家屬對目前的生活並沒有任何不滿，情婦方面另當別論，更何況如果有孩子的話就更難說了。」

「你是說，我爸爸和他的情婦之間可能有孩子？」

「我只是打個比方而已，如果他們一直維持目前的關係，不是有可能發生嗎？」

「也許吧，但我不願想像這種事。」優美咬住上唇，微微搖著頭。

玲斗猶豫不決，不知道該不該告訴優美，自己就是情婦生下的孩子。他覺得現在可以輕鬆說出口，但同時也感到不安，不知道一旦說出實情之後，優美看自己的眼神會不會和之前不一樣。好不容易拉近彼此的關係，沒必要特地破壞。玲斗在猶豫半天之後，決定暫時不說。

不一會兒，優美開的車子駛入神奈川縣內，行駛在縱貫三浦半島的高速公路上。她根據衛星導航系統的指示，在離目的地最近的交流道下了高速公路，之後不到十五分鐘就抵達了。沿著小山而上的道路中途有一塊招牌，沿著坡道繼續往上行駛，有一座至少可以停二十輛車子的停車場，前方是一棟米色的建築。

他們停好車，一起走進玻璃大門，裡面是一座像醫院候診室的大廳，左側櫃檯內有一名身穿白衣的中年女人，一看到玲斗他們，立刻笑著向他們打招呼說：「午安。」她胸前的名牌上寫著『池田』的名字，可能以為他們是來探視住在這裡的人。

「我想打聽一個人，」優美說著，走了過去，「就是以前曾經住在這裡的一位佐治喜久夫先生，請問有誰瞭解他的情況嗎？」

「佐治先生……」

「我是他的姪女。」優美從皮夾裡拿出駕照出示在對方面前，「佐治這兩個字這樣寫。」

姓池田的櫃檯人員瞥了駕照一眼，立刻露出了然於胸的表情，微微張著嘴，然後小心謹慎地問──

「請問妳想瞭解哪方面的事？」也許是因為涉及個資，所以工作人員格外小心謹慎。

「我想知道伯伯住在這裡時的事，他當時是怎樣的情況。因為──」優美停頓一下後，繼續說了下去，「因為我奶奶失智了，一直說伯伯的事，但我對伯伯一無所知，沒辦法陪奶奶聊天，讓我覺得很著急……所以我在想，也許可以來這裡打聽到一些有助於參考的事。」

這個理由很自然，也很有說服力，玲斗在一旁聽著，不由得感到佩服。優美來這裡之前，應該做了相應的準備。

池田似乎相信了，說聲「請等一下」，然後走去後方。

「妳剛才的理由太棒了。」玲斗在優美的耳邊說道，「妳從昨天就開始想嗎？」

「沒有啊，我剛才臨時想到的。」

聽到優美泰然自若的回答，玲斗說不出話。女人太可怕了。

池田走了回來。

「之前負責照顧佐治先生的職員目前剛好外出，應該很快就回來了，兩位要等她嗎？」

「好，那我們等她。」優美馬上回答。

「請在那裡稍坐一下。」池田指著旁邊的長椅說道。

玲斗和優美一起坐在長椅上，環視著室內，但他很快就站了起來。因為他發現周圍的牆上掛了許多照片和繪畫作品。他走過去欣賞，照片幾乎都是拍風景，繪畫大部分以植物為主題，作品下方都貼著寫了攝影者和繪畫者名字的卡片，應該都是住在這裡的人。玲斗覺得似乎看到了這裡的人平靜地迎接人生的終點。

大廳深處的電梯門打開，幾個看起來像是一家人的男女走出電梯。因為有一個女人手上抱著嬰兒，所以猜想他們應該是一家人。

他們有說有笑地走向玄關，其中那個男人和抱著嬰兒的女人應該是夫妻，另一個女人看起來比千舟年輕，可能六十歲左右。她穿了一件漂亮的灰色毛衣，臉上化著淡妝，衣著整齊，腳步穩健，臉上的表情也很開朗。玲斗猜想可能是這個女人的丈夫住在這裡，一家人來這裡探視。

「你真的要小心別喝太多酒，不要以為不喝啤酒就沒問題。我上次看書上說，不管是燒酒還是威士忌，只要喝酒，尿酸值就會增加，知道了嗎？」上了年紀的女人對男人說，他們應該是母子。

「我知道。」

「慶子，那就麻煩妳了。只要稍不注意他，他就會喝太多。」

「好，我會注意。」

「媽，妳自己身體要小心，聽說最近感冒流行。」

「我沒問題，而且也不會去人多的地方。」

玲斗聽了他們的對話，發現自己猜錯了。原來是這位上了年紀的女人住在這裡，正在送探視她的兒子一家人離開。

那對年輕的夫妻把原本別在身上的徽章交還給櫃檯。

「那我們下個月再來看妳。」男人對母親說。

「好，我等你們。啊，對了對了，我差點忘了說，」那位母親說，「我上次看書上說，不管是燒酒還是威士忌，只要喝酒，尿酸值就會增加，所以你要小心。」

男人聽了她的話，露出不知所措的表情，但馬上點點頭說：「喔，這我也知道，我會小心。」

「一定要注意。」母親再三叮嚀。

「媽媽，那我們走了。」看起來像媳婦的女人說。

「好，再見。」

那對帶著嬰兒的夫妻離開了，男人的母親目送他們離開後，轉身走了進來，看到玲斗他們，微微欠身笑了笑。玲斗也向她欠身打招呼。

她一臉心滿意足的表情走向電梯，她的背影看起來很歡快，簡直可以聽到她哼歌的聲音。

不一會兒，池田從櫃檯內走出來。「當時負責佐治先生的職員很快就到了。」

「謝謝。請問……剛才那位年長的女士也住在這裡嗎？」優美看著電梯的方向問。她和玲斗一樣，都對這件事感到好奇。

「對，是啊。」

「但她看起來很健康……」

「是啊，不過你們應該已經發現了吧？」池田小聲地說。

「她說了兩次同樣的話，雖然她自己完全沒發現。」

池田點了點頭說：

「她發生車禍之後，腦部留下後遺症，如果是像剛才那樣的記憶障礙，還不是太大的問題，但她會突然有一些奇怪的舉動，而且自己完全沒有意識。」

「是這樣啊。」

「如果身邊隨時有人盯著，應該可以解決這個問題，但在家裡不可能隨時有人陪她。聽說以前她一個人住在家裡時，曾經想把飼養的貓放進微波爐。」

「啊！」玲斗忍不住發出叫聲。

「幸好她媳婦剛好回家，才避免一場悲劇，即使她兒子告訴她這件事，她也完全不記得。」

「這很危險啊。」優美說。

「據說這件事成為她下決心住進這裡的關鍵，當時她告訴我們，可以把她的病情告訴任何人。因為她無法控制自己的行為，所以希望周圍的人也瞭解她的狀況。」池田似乎藉此表示，因為病人同意，她才能夠把這些情況告訴他們。

玲斗聽了，忍不住感到難過。沒想到剛才那位老婦人平靜的表情下隱藏了這種悲慘的想法。

「原來有各種不同的人。」

池田聽了優美的話，輕輕點點頭說：「這裡就是這種地方。」

「我伯伯也有什麼嚴重的疾病嗎？」

池田稍微想了一下後回答說：「還是請教當時負責的職員比較好。」她可能認為不能隨便透露病人的情況。

不一會兒，曾經負責照顧佐治喜久夫的職員就回來了。她姓楢崎，圓圓的臉讓人有一種安心的感覺。因為個子嬌小，所以看起來比較年輕，年紀大約四十歲左右。

楢崎說，二樓有可以安靜談話的地方，他們一起搭電梯上樓後，跟著楢崎走進一間有會議桌的房間。那裡是職員開會的地方，也經常在這裡辦理入住手續。

「聽說你們想瞭解佐治喜久夫先生的情況，請問具體想瞭解哪些事？」楢崎問。

「什麼事都可以。」優美回答，「無論是大事、小事，只要是關於伯伯的事都好。我從來沒有見過伯伯，不知道他為什麼和家人疏遠，甚至沒有人告訴我他去世的事。妳不覺得這樣很奇怪嗎？」

楢崎露出有點困惑，又有點猶豫的表情，垂下雙眼之後，再度注視著優美。

「我剛才聽池田說，妳奶奶失智了？」

「對，所以我也沒辦法向奶奶打聽伯伯的事。」

「妳父親呢？」

「爸爸什麼都不告訴我，所以我只好來這裡。」

「原來是這樣啊……」楢崎露出為難的表情，「如果是這樣，我們也不方便回答妳的問題，因為妳父親之後可能因為我對妳說明情況而抗議。」

「我會非常小心，絕對不會發生這種情況，我願意負起所有的責任，所以請妳告訴我，拜託了。」優美語氣真誠地低頭拜託。玲斗也在一旁鞠躬拜託。

「唉。」楢崎嘆了一口氣，「好吧，既然妳這麼說，我就把我所知道的告訴妳。」

「謝謝。」優美抬起頭道謝。

楢崎打開放在一旁的筆電，用熟練的動作敲打著鍵盤。

「佐治喜久夫先生是在十年前的九月入住這裡，他在入住的兩個月之前過了生日，我猜想應該是滿五十歲了，所以來申請。因為這裡必須滿五十歲才能入住。」

如果他還活著，今年是六十歲。之前優美曾經說，佐治壽明今年五十八歲，所以他哥哥比他大兩歲。喜久夫在四年前去世，才五十六歲，應該算是早逝。

「我伯伯當時的狀態如何？」

「佐治喜久夫先生當時有好幾種疾病，但最需要注意的是嚴重的酒精依存症。」

玲斗聽到優美發出倒吸一口氣的聲音，她瞥了玲斗一眼，再度看著梢崎說：「原來是這樣。」

「他患的所有病都可以說是酒精依存症引起的。在專業機構接受治療，來我們這裡時，雖然已經戒了酒，但身體有許多部分已經受損了。糖尿病和肝硬化很嚴重，而且聽覺也有異常。」

「聽覺……所以他耳朵聽不到嗎？」

「他來這裡時，幾乎已經聽不到了。」

那不是代表身體狀況已經很糟了嗎？玲斗在一旁聽到，忍不住這麼想。

「還有其他疾病嗎？」優美面無表情地問，不知道是否努力克制著內心的慌亂。

「也有精神疾病，畢竟他有酒精依存症。」

「但不是已經在專業的機構治好了嗎？」

梢崎聽到優美的疑問，露出難過的表情搖搖頭。

「酒精依存症無法治好，因為大腦已經記住只要喝酒，就可以得到快樂，所以回不去了。和毒品、安非他命一樣，即使接受治療，也不可能治好，只能接受心理諮商，擺脫喝酒的習慣，只要喝一滴酒，就馬上打回原形，所以我們的重要工作之一，就是要監視他，絕對不能讓他喝酒。」

玲斗聽了楢崎的話，漸漸懷疑向優美提議來這裡是不是正確的決定。因為楢崎說了很多她難以承受的事。

「所以……我伯伯在這裡情況怎麼樣？有沒有吵著要喝酒？」

「完全沒有。」楢崎輕輕搖搖手，「完全沒有這種事，佐治先生非但沒有吵鬧，他在這裡的生活很平靜。我相信一方面是因為他聽不到自己聲音的關係，所以很少說話，一個人的時候，都會看有字幕的電影或是看書。」

「有誰來探視他嗎？」

「有，他的母親會來，應該就是妳奶奶。」

「大約多久來一次？」

「差不多一個月一兩次左右，他母親來的時候，他們母子就會去庭院。」

「看起來怎麼樣？」

「嗯，因為他們都有一定的年紀，所以不會像年輕人一樣喧譁，但兩個人看起來心情都很愉快，會用一塊小白板筆談。」

「我爸爸有沒有來過？」

「妳父親……」楢崎微微偏著頭，「佐治先生……佐治喜久夫先生活著的時候應該沒來過。我是在喜久夫先生去世的時候見到妳父親，他針對喜久夫先生在這裡生活的狀況問了我幾個問題，就像妳現在一樣，所以當時我也像這樣回答。」

「我爸爸當時的態度怎麼樣？有沒有很難過？」

楢崎聽了優美的問題，露出複雜的微笑。

「自己的哥哥死了，怎麼可能不難過呢？葬禮是在附近的殯儀館舉行，我也去參加了，妳父親和妳奶奶一樣，表情都很難過。」

「既然這樣，為什麼之前從沒來探視伯伯呢？」

「這我也……」楢崎帶著歉意搖了搖頭。

優美閉上眼睛，把手伸向頭頂，撥著頭髮，似乎要消除內心的煩躁。

「但是，」楢崎說，「喜久夫先生曾經對我說過這樣的話。那是在他母親來探視他離開之後，我在白板上寫，家人果然最好。喜久夫先生想了一下之後說，其實除了媽媽以外，還有其他家人，只是一直沒見面，這也是無可奈何的事，他沒有這種資格——他臉上露出淡淡的笑容，凝望著遠方。我假裝沒有聽到，轉身離開，因為我覺得似乎碰觸了禁忌的話題。」

玲斗看著優美，她的手不再撥弄頭髮，注視著斜下方。

「我知道有關佐治喜久夫先生的情況差不多就只有這些了。還有什麼問題嗎？」楢崎問。

優美看著玲斗，她似乎想不到還有什麼問題。

「佐治喜久夫先生有沒有向妳提過樟樹的事？」

梢崎聽了玲斗的問題驚訝地皺起眉頭問：「樟樹？你是說樹木的樟樹嗎？」

「對，月鄉神社有一棵知名的樟樹，關於這棵樟樹，有一個傳說，只要向樟樹祈念，願望就可以實現。妳有沒有聽佐治喜久夫先生提過這件事？」

「不，我沒聽說，完全不知道這件事。」

玲斗拿起手機，確認了事先寫好的內容。

「五年前的四月十九日，有沒有佐治喜久夫先生外出的紀錄？」

「五年前？」梢崎把筆電拉了過來，「四月……」

「十九日。他應該曾經外出。」

「請等一下，你這麼一說……」梢崎俐落地操作鍵盤，看著螢幕頻頻點頭，「你說得沒錯，他那天外出，而且還外宿。你這麼一說，我想起的確有這件事。」

「外宿……所以他那天晚上沒有回來嗎？」

「住在這裡的人要外出或外宿時，每次都需要申請，佐治喜久夫先生外出只有這一次，所以我記得很清楚，覺得很難得。」

「他沒有告訴妳要去哪裡吧？」

「對，紀錄上並沒有寫，我也不記得曾經聽他提過。那天晚上的緊急聯絡電話是佐治喜久夫先生的手機，但並不是電話號碼，而是電子郵件信箱，可能是因為他耳朵不方便。」

玲斗確信，佐治喜久夫的確在那天晚上去了月鄉神社，然後進入樟樹內祈念。之後又搭電車回到東京，不知道在哪裡住了一晚。

「我還想確認一件事，」玲斗再次低頭看手機，「請問妳認識向坂先生嗎？一位叫向坂春夫的先生？」

佐治喜久夫祈念時的紀錄上留下這個名字，在備註欄內寫著『由向坂春夫先生介紹』。

「向坂先生……」楢崎喃喃重複著這個名字，操作著筆電，注視著螢幕後點點頭。「有的，向坂春夫先生以前也住在這裡。」

聽到楢崎的回答，玲斗大致已經猜到。

「所以目前……」

但他還是確認一下。楢崎微微閉上眼睛，搖搖頭說：

「他去世了，在六年前的年底。」

所以是在佐治喜久夫祈念的半年前。

「請問他是怎樣的人？」

楢崎聽了玲斗的問題，雖然嘴角露出笑容，但還是問他：「為什麼要問向坂先生的事？」

「我剛才也提到，佐治喜久夫先生那次外宿時去了月鄉神社，但紀錄上顯示，是向坂先生介紹他去那裡。」

楢崎聽了他的解釋，恍然大悟地用力點點頭。

「向坂先生之前是公司的高階主管，因為生病導致下半身癱瘓，他不想給家人添麻煩，所以就來這裡療養。我認為佐治喜久夫先生在這裡應該和向坂先生關係最密切。」

「他們有什麼共同的興趣嗎？」優美問。

「那我就不知道了，但向坂先生上了年紀，耳朵不好，我們和他說話很吃力。因為他說助聽器聽不清楚，所以他不喜歡戴上助聽器，我們和他說重要的事時都用筆談的方式。他們可能在用筆談聊天這件事上，彼此都不需要有任何顧慮，因此變得親近起來。」

楢崎的推論很合理，也很有說服力。玲斗彷彿看到聽力有障礙的老人和另一個邁向高齡的男人看著白板，談笑風生的樣子。

「我伯伯有沒有提起他年輕時的事？像是做過什麼工作，或是有什麼興趣愛好之類的。」

「這個嘛，」楢崎似乎在努力回想，「他提過以前曾經演戲，但不知道是不是他以前做的工作。」

「演戲？怎樣的戲？」

「我沒有聽他說詳細的情況，他剛來這裡不久的時候，這裡曾經舉辦聖誕晚會，佐治先生當時即興演了聖誕老人，沒有台詞，也沒有任何道具，他用啞劇的方式表演聖誕老人準備出門，坐上麋鹿雪橇送禮物給孩子的過程。因為他演得唯妙唯肖，我問他是否有相關經驗，他很害羞地說，年輕時曾經演過戲，但只是街頭藝人。」

「他參加了什麼劇團嗎？」

「這我就不知道了，他並沒有說，而且那是他第一次，也是最後一次和我聊這件事，但他真的演得很好，大家都樂在其中。」楢崎說著，露出懷念的神情。

楢崎的話聽起來不像是說謊或是客套，雖然喜久夫和玲斗完全沒有關係，但他也忍不住感到高興。

他們想不到還有什麼問題，於是道謝後離開了。

玲斗和優美兩人一起走去電梯廳，玲斗按下電梯按鈕，但按鈕不亮。他正感到奇怪，楢崎跑了過來。

「不好意思，剛才忘了向你們說明，要搭電梯下樓時，必須這麼做。」她在說話的同時，用左手按著不遠處的另一個按鈕，然後右手按了電梯按鈕，按鈕立刻亮了。

楢崎說，這是為了預防判斷力衰退的入住者不小心外出的情況。這也意味著這裡住了很多無法記住這個步驟的人。

玲斗再次意識到，這裡對楢崎和其他工作人員來說，是必須隨時繃緊神經的職場。

走出建築物時，外面淅淅瀝瀝下起了雨。

「佐治喜久夫先生感覺不像是壞人，至少在楢崎小姐口中，他不是壞人。」玲斗走向停車場時說。

「我有同感，但也有在意的事。」

「是不是關於家人的事？」

「嗯，」優美點頭，「他說雖然有其他家人，但一直沒有見面，我想應該是說我爸爸。」

「這也無可奈何，喜久夫先生不是也說，自己沒有那個資格嗎？從他這句話判斷，兄弟鬩牆的原因應該在他身上。」

「不知道喜久夫伯伯做了什麼。」

來到停車場後，他們上了車。回程也由優美開車。

「總之，我只知道妳爸爸的祈念和佐治喜久夫先生有關，和外遇沒有關係。」

「所以那個女人是怎麼回事？她不是我爸爸的情婦嗎？」

「這我就不知道了，只覺得是兩件不同的事。」

優美重重地嘆口氣，發動了引擎。

「下一次的祈念之夜是決戰時刻，我必須確認爸爸到底在樟樹內做什麼。」

「妳真的要竊聽嗎？」

「當然啊，你該不會說沒興趣吧？」

如果沒有興趣，就不可能來這種地方。玲斗無言以對，只好抓著耳朵後方。

16

優美開車送玲斗回到月鄉神社時已經晚上了，玲斗原本希望可以和優美一起晚餐，但因為沒到吃飯時間，他還來不及開口，就已經回到神社附近。

他喝著罐裝氣泡燒酒，吃著用微波爐加熱的冷凍抓飯，手機響了。是千舟打來的。

「你人在哪裡？」千舟劈頭就咄咄逼人地問。

「在社務所。」

「你白天不在吧？去了哪裡？」

「呃，我去看了一場電影。」他臨時編了個謊。

「這種時候，希望你可以向我打一聲招呼。因為我沒想到你會出去，以為你在神社，害我找了半天。」

「啊，妳今天有來這裡嗎？」

「光臨。」

「啊？」

「不是『妳今天有來這裡嗎？』而是要說：『今天是否曾經光臨這裡』，或者可以說

『是否曾經造訪這裡』。你已經老大不小了，說話要懂得用敬語。」

「啊，對不起。」

每次和千舟說話，都一定會挨罵。

「我白天去了神社，因為有事找你。」

「是這樣啊，但如果妳來……妳造訪這裡的話，可以事先打電話告訴……可以事先打電話吩咐我。」

「我沒想到你會擅自離開，後來才發現你應該出門了，但我想偶爾讓你放鬆一下，所以就沒打電話給你。」

「這……太感謝了。」玲斗雖然覺得道謝好像很奇怪，但還是道了謝。

「你明天有什麼事嗎？」

「明天嗎？不，沒什麼事，也沒有人預約祈念。」

「那明天要去兩天一夜的旅行，你準備一下。」

「啊？旅行？我也要去嗎？」

「當然啊，所以才打電話給你。」

「要去哪裡？」

「並不是什麼太遠的地方，是箱根。」

「箱根……」玲斗想起最近在哪裡聽過，努力回想了一下，「啊！」地叫一聲，「該不會是去『柳澤飯店』吧？」

「啊喲，」千舟發出意外的聲音，「你記得真清楚，沒錯，就是要去『柳澤飯店』。」

「我這種人也可以去嗎？」

「什麼意思？」

「因為上次聽妳說，客人都是政商界大老，那不是我這種人可以出入的場所吧。」

「不要這麼自卑，因為我想讓你看看，所以才帶你去。明天下午一點在車站的候車室見，不要遲到了。」

「啊，呃……要穿什麼衣服？」

「衣服？你自己決定就好。」

「因為要去飯店，所以要穿上次的西裝嗎？」

電話中傳來噗哧的笑聲。

「明天要去的不是像上次的那種都會型飯店，而是觀光飯店。當然是不能穿得太邋遢，不過也只要休閒的衣服就可以了。箱根很冷，要多帶一件，還有別忘了名片。」

「我知道了。」

玲斗掛上電話後忍不住納悶。為什麼樟樹的守護人要了解飯店？他完全猜不透其中的原因。

今天去橫須賀，明天去箱根，一下子變得經常出遠門。不久之前，很少離開半徑五公里的範圍，但仔細一想就發現，一個月前生活的地方離這裡也好幾十公里。

玲斗覺得有什麼不一樣了。也許稱之為「人生的齒輪開始轉動」有點太誇張。

隔天是晴朗的好天氣，萬里無雲，一大早就是湛藍晴空。不知道是否因為好天氣的關係，來神社的人比平時更多。雖然是平日，但一群看起來像小學生的人在院落內跑來跑去。玲斗問他們為什麼今天不上學，原來是那所學校的建校紀念日。玲斗暗自希望他們去別的地方玩。小孩子神經很大條，會把神聖的樟樹周圍當成玩樂的地方。不僅會跑進樹幹的空洞內，稍不留神，還會爬上樹枝，光是要注意他們會不會亂塗鴉或是會不會把口香糖黏在樹上就很累人。

他為這些事忙得團團轉，一下子就到了正午。他吃了泡麵當午餐，急急忙忙做出門的準備。他很久沒有旅行了，不知道該帶什麼出門。

玲斗在離下午一點還有五分鐘時抵達車站的候車室，千舟已經來了。她穿著和那天相同的駝色大衣，裡面還有厚毛衣。千舟抬頭看著玲斗說：「你的行頭變多了。」

玲斗穿著和昨天去『來夢園』時幾乎相同的衣服，剛買的登山連帽外套出場率很高。

他拉著衣服的袖子說：「這是休閒版的見客行頭。」

去箱根有很多種交通方式，在千舟的提議下，他們決定去新宿搭小田急線。雖然有點繞遠路，但千舟說，不希望換太多趟車，以免太勞累。玲斗沒出一毛錢，當然沒有權利說不。

小田急的浪漫列車沒什麼人，因為前面的座位沒有人，所以玲斗把椅子轉過來，和千舟面對面，如果等一下那個座位的乘客上車，再把座椅轉回去就好。行李放在空位上，坐得很舒適。

「你第一次去箱根嗎？」電車出發後不久，千舟問他。

「小學生時，學校旅行曾經去過，但完全沒有任何記憶，只是隱約記得好像看過一個像關卡的地方，然後還是富士山。」

「也許吧，小學生去箱根簡直就是浪費，因為那是大人去的地方。」

「喔，是喔，是大人去的地方。」

他想起前幾天柳澤將和在派對後對他說的話。

有些是大人的事，你以後就會知道了，但要等你成為真正大人的那一天——

難道我還不是真正的大人嗎？既然這樣，是不是去箱根還太早了？他腦海中閃過這個念頭。

「你經常和媽媽去旅行嗎？」

「我媽？不，我們沒有一起去旅行過。」玲斗偏著頭，「她平時每天都上班，週末一整天都在睡覺，而且她在我讀小學時就死了。」

「美千惠喜歡的活動是什麼？她有沒有什麼興趣愛好？」

「興趣嗎？我也不太清楚。」玲斗抱著雙臂，「說實話，我不太記得了，我只記得她睡覺的樣子和化妝時的樣子。」

這句話並不是說謊。玲斗每天早上起床時，美千惠都在他身旁呼呼大睡，呼吸中帶著酒味。當他放學回家時，美千惠就坐在梳妝台前，把很多東西抹在臉上。對玲斗來說，這就是母親的一切。

「她的廚藝好不好？」

「我媽的廚藝？不，她完全不會下廚，因為很少看到她走進廚房，即使偶爾下廚，也只是用微波爐熱一下剩菜，或是把調理包加熱一下，而且真的只有幾次而已，幾乎都是外婆下廚煮飯。」

「所以你沒有味噌湯或是造型飯糰這種媽媽味道的記憶嗎？」

「沒有。啊，如果硬要說的話，就是炒麵泡麵。」

「炒麵泡麵？」千舟皺著眉頭問：「什麼意思？」

「媽媽買了很多炒麵泡麵，半夜回家時經常吃。我想她應該很喜歡。開水燒開時，熱水壺不是會嗶嗶叫嗎？我有時候會被這個聲音吵醒，因為我就睡在廚房旁邊的房間，然後就發現媽媽又要吃炒麵泡麵了，於是就打開拉門。媽媽看到我，會皺著眉頭說，為什麼要起來？乖乖睡覺。雖然她嘴上這麼說，但還是會分一點泡好的炒麵給我吃，真的很好吃。」

這是有關媽媽為數不多的回憶之一，而且不是不好的回憶。玲斗閉上眼睛，在腦海中回想著用塑膠叉子撈炒麵的景象，似乎可以聞到濃濃的醬汁味。

當他睜開眼睛，發現千舟一臉沉痛的表情垂著視線，玲斗問她：「怎麼了？」

「不，沒事。」千舟露出微笑，搖搖頭，「每個人媽媽的味道都不一樣，很美好的回憶。」

「喔……謝謝。」雖然他覺得這不是什麼值得稱讚的事，但還是道了謝。

下午四點多，列車抵達了箱根湯本。經過使用大量木材的天橋，走下階梯，來到寬敞的站前廣場。玲斗環視周圍，看到遊客中心和登山公車服務中心的招牌。遠處是紅色欄杆的橋，立刻有了來到溫泉勝地的真實感。

旁邊就是計程車招呼站。千舟走向招呼站，玲斗也跟上去。千舟一坐上車，就說要去『柳澤飯店』，司機馬上就知道了。

玲斗看著車窗外，道路兩旁是各式各樣的商店。雖然是平日，路上有很多行人，禮品店和餐廳也都很熱鬧，感覺大部分都是上了年紀的女人三五成群結伴旅行。

計程車行駛了十多分鐘，就來到『柳澤飯店』門口。雖然稱為『飯店』，但正面玄關裝設格子門，玲斗覺得更像旅館。至少和之前柳澤集團舉辦感恩會的新宿都會型飯店完全不一樣。

走進建築物，大廳的燈光適度調暗，打造出沉著穩重的氣氛。千舟走向右側櫃檯，和女性員工說了幾句話。千舟沒有辦理入住，就有人帶他們來到旁邊的沙發上休息。

不一會兒，一個矮小的男人過來。男人的年紀和千舟相仿，一頭灰白的頭髮向後梳。千舟站了起來，玲斗也跟著起身。

「好久不見，歡迎光臨。」男人面帶笑容走向千舟，恭敬地鞠躬。

「真的好久沒來了，雖然一直想趕快來看看這裡的情況，結果還是一拖再拖。」

「因為妳很忙，那也是無可奈何的事，請坐。」

「我先向你介紹一下我的外甥。他就是我在電話中向你提過的，是我同父異母妹妹的兒子。」

「喔，幸會幸會。」

玲斗看到男人把手伸向上衣內側，也慌忙在旅行袋裡摸索。

「很高興認識你，我姓直井，請多指教。」他總算比對方先遞上名片。

「是嗎？我聽說了，我姓桑原。」

男人也遞上名片。名片上寫著『柳澤飯店　總經理　桑原義彥』。

他們和桑原隔著桌子，面對面坐下，女性員工立刻送上熱茶。

「前幾天的感恩會還順利嗎？」桑原問，「很遺憾，因為我有其他事，所以沒辦法參加，應該盛況空前吧？」

「那我就姑且說託你的福，的確很成功。將和擅長邀請很多人去那種地方，但你說有事沒辦法參加是說謊吧？你是怕將和他們難堪，所以才沒去，對不對？」

「不，這……」桑原苦笑著搓著雙手，「那我就姑且回答沒這回事，那天的確有很多事情要處理。」

「我真的對你們感到很抱歉，對不起，我無法幫上忙。雖說是顧問，但只是裝飾品，真的很窩囊，我也感到很空虛。」

「發展的趨勢仍然沒有改變的跡象嗎？」桑原露出嚴肅的表情。

「很遺憾，我認為很難讓將和他們改變主意，但是你不用擔心，我絕對會避免你們生活沒有著落。」

「我倒是無所謂，如果能夠安排其他員工的後路，真的很感謝。」

他們似乎已經為這家飯店即將結束營業做好了心理準備，也就是說，千舟此行的目的，是向桑原和其他人道歉，同時也是最後的告別。

「歡迎光臨，感謝您的蒞臨。」背後傳來女性員工的聲音，玲斗回頭一看，剛好看到幾名有點年紀的女性客人走進來，後方還有好幾位外國客人。

「今天生意真不錯，」玲斗問桑原，「是不是什麼特別的日子？」

「不，並不是什麼特別的日子。」桑原搖了搖頭，低頭看著手錶，「每天這個時間差不多都這樣。」

「喔，是喔……」

「怎麼了嗎？」

「不，我不知道該不該這麼說，只是有點好奇，既然這裡生意這麼好，為什麼要結束營業？聽說要在其他地方建造新的度假村，可以那裡歸那裡，這裡歸這裡繼續做生意啊。」

桑原露出錯愕的表情看著千舟。

「呵呵呵，」千舟輕輕笑了笑，「我還沒把一些麻煩事告訴他。」

「原來是這樣，」桑原恍然大悟地看向玲斗，「企業裡有很多光看外表無法瞭解的事。」

玲斗不知道該怎麼回答，只能默不作聲，不置可否地點點頭。這就是所謂大人的事情嗎？所以無法向還沒有成為真正大人的自己說清楚，講明白嗎？

「那我就先去忙了，」桑原站了起來，「兩位好好休息，有什麼事請隨時吩咐。」

「謝謝。」千舟向他道謝。

桑原離開後，一名女性員工立刻走過來，帶玲斗和千舟去房間。他們搭電梯來到五樓。千舟和玲斗住在相鄰的不同房間。

「晚餐從六點開始，我已經預約了二樓的日式餐廳。你在晚餐之前先休息一下。」千舟說完，走進自己房間。

玲斗也打開自己房間的門，一走進室內，立刻大吃一驚。前面的房間有兩張床，後方是一個可以容納好幾個人的榻榻米房間，放著和室椅和桌子。牆上的液晶電視應該超過五十吋。

他繼續往裡走，眼睛瞪得更大了。因為隔著落地窗，看到了露天溫泉池。所有的房間都有露天溫泉池嗎？

他脫了鞋子，也脫掉登山連帽外套，在榻榻米房間躺成了大字。雖然這裡是飯店，但這種日式的空間很有溫泉勝地的感覺，太棒了。遊客一走進飯店的房間，真的會很想在榻榻米上躺平。他仔細一看，發現天花板是木紋圖案，柱子也是木材，而且舊舊的感覺恰到好處。

為什麼要結束營業？他再度感到奇怪。他在思考各種可能的理由後，漸漸產生了睡意。

當他醒來時，發現窗外已經一片漆黑。他拿起手機一看時間，整個人跳起來。已經快六點半了。他慌忙打電話給千舟，電話馬上接通，千舟淡淡地「喂」了一聲。

「不好意思，我不小心睡著，醒過來已經這麼晚了。我馬上過去。」

「我猜想你應該睡著了，不忍心叫醒你，而且你看起來似乎很累。」

「我現在沒事了。」

玲斗掛上電話，急急忙忙穿上鞋，拿了鑰匙走出房間。隔壁的門也打開，千舟走出來，語帶挖苦地說：「早安。」

「真的很抱歉。」

「沒關係，不瞞你說，我也打了瞌睡。每次來這裡，心情就格外放鬆。」

「我也有同感，那個榻榻米的房間簡直太棒了。」

「那個格局的房間自從開幕以來，就一直很受歡迎，從來沒有人不滿意。」從千舟的話中可以感受到她的驕傲和自信。

「每次來這裡，心情就格外放鬆」這句話也讓玲斗留下了深刻的印象。千舟在那天的感恩會上說，這家飯店是柳澤集團的原點，但玲斗覺得可能也是她自己的原點。

走進日式餐廳，餐廳為他們準備了包廂。光是這件事，就讓玲斗興奮不已，當他看到送上來的料理，更加樂不可支。因為料理中有很多他從來沒有吃過的食物，也有很多連名字都沒聽過的食材，他根本猜不透烹飪的方法，甚至分不清到底是食物還是裝飾。可見廚師的手藝多麼精湛。

「千舟阿姨，這是什麼？」玲斗用筷子夾起烤魚旁的白色棒狀物問道。

「你連這個也不知道？這是矢生薑——一種薑。」

「可以吃嗎？」

「當然，但只吃白色柔軟的部分，莖的部分要留下來。」

「好。」玲斗乖乖吃了起來，發現酸酸甜甜的很好吃。

「怎麼樣？」

「好吃，我第一次吃。」

「接下來會吃到好幾次，矢生薑通常都附在烤魚旁，有時候也會附在肉類料理上，主要目的是清口，所以吃完那道料理後再吃，你要記住。」

「好。」

玲斗驚訝地知道，原來這種食物也有規矩。

「我可以請教一個問題嗎？」玲斗戰戰兢兢地問，「這裡住一晚要多少錢？」

千舟停下了拿著筷子的手，微微偏著頭回答：

「你住的房間……附早晚餐的話，差不多四萬圓。」

玲斗聽了千舟的輕鬆回答，幾乎無法呼吸。他無法想像只住一晚，四萬圓就不見了。

「妳住的房間應該比我的更高級吧？」

「對啊，不行嗎？」

「不不，完全沒這回事，妳的房間要多少錢？」

「嗯，要看吃什麼料理，差不多這樣吧。」千舟伸出一根手指。

當然不可能是一萬圓，所以兩個房間總共要十四萬圓，比他之前在『豐田工機』時的月薪更高。

他看著留在盤子裡的矢生薑的莖，漸漸覺得丟掉似乎太可惜了。

「雖然你很驚訝，但箱根在觀光顛峰時期的情況更誇張。因為在泡沫經濟時期，總共有超過兩千兩百萬人造訪這個地方。」

即使聽到這個數字，玲斗也完全沒有真實感。「當時是怎樣的情況？」

「當時流行打高爾夫兼旅行，企業經常包下附近知名的高爾夫球場，招待超過一百名的老主顧，所以我整天忙著和這些高爾夫球場建立關係。因為能夠預約到球場的飯店才受客人歡迎。當時一整年都被團體客人預訂，宴會場舉辦的宴會也有很多伴遊小姐穿梭，一個晚上就有超過一千萬圓的營業額。」

就是所謂「日本錢淹腳目」的年代嗎？雖然玲斗完全沒有真實感。

「泡沫經濟崩潰之後的情況怎麼樣？」

「狀況當然和以前不一樣了，許多企業業績衰退，也無法再接待團體的客人。不，團體旅行本身就大為減少，我們也無法再像以前那樣輕鬆做生意，但來箱根旅行的人數並沒有減少太多，目前仍然維持顛峰時期的九成左右，只是當天來回和在低價旅館純住宿的人增加，所以住在像這家飯店一樣的高級飯店來客量的確減少了。於是我認為找回初心很重要。」

「初心是什麼？」

「雖然在泡沫經濟時期，曾經做了不少花天酒地的生意，但其實這裡原本並不是這種性質的飯店，而是希望能夠針對每一個客人的需求，提供最好的服務，可以成為客人想要再度光臨，每年都來住一次的飯店。即使沒有團體客人上門也沒關係，如果能夠維持一定數量的回頭客最理想。在這一點上，與將和他們目前正在計畫推出的大型度假村概念有微妙的差異。」

柳澤將和他們的目標似乎是更大規模的生意。

「所以要讓這家飯店歇業嗎？」

千舟聽到這個問題之後，露出思考的表情，然後回答說：「這也是重要原因之一。」雖然這番話似乎意味深長，但她好像不想說明詳細的情況。

吃完晚餐，確認了隔天早晨的安排後，千舟說要去泡房間裡的露天溫泉，所以就先回房了。玲斗雖然對那個露天溫泉也很有興趣，但決定晚一點再享受這個樂趣，先在飯店內參觀一下。

他原本打算搭電梯，但看到有一座緩和的下坡道，那座下坡道通往一樓和二樓之間的夾層。他緩緩走在下坡道上，發現旁邊有窗戶，可以看到外面的風景。燈光下的樹枝在風中搖曳。

夾層有禮品店，他進去逛了一下。箱根名產的日式點心和西點琳琅滿目，玲斗雖然聽過饅頭的名字，但大部分都是第一次看到的食品。有鬆餅、年輪蛋糕、豆沙麵包和布丁，他忍不住驚訝，原來箱根有這麼多名產。

在不同於名產的另一個區域陳列著飯店的獨家商品。除了肥皂、洗髮精等盥洗用品，甚至還有浴袍。可以感受到這家飯店對自家商品很有自信，認為客人一旦曾經在這裡住宿，也會想要在家中使用。

其中有一樣東西吸引了玲斗的注意。那就是咖哩即食調理包。包裝上印著『柳澤飯店早起咖哩』幾個字，貨架上貼著『敬請在自家享受早晨自助餐最受歡迎之餐點』的牌子。

明天早上一定要吃咖哩。玲斗這麼想著，把商品放回貨架。

從夾層到一樓也有一座緩坡道。玲斗沿著坡道走下去時，看到桑原從相反方向走來。桑原也看到了他，兩人同時停下腳步。

「在散步嗎？」桑原笑著問他。

「我正在參觀飯店。」

「歡迎歡迎，敬請慢慢參觀。」

「不好意思，打擾一下，」桑原正準備離去，玲斗叫住他，「可以請你把剛才沒說完的話告訴我嗎？」

「剛才沒說完的話？你是指什麼？」

「就是這家飯店歇業的原因，希望你告訴我那些光是外表無法瞭解的事。」

桑原微微皺起眉頭，把食指放在嘴邊說：「太大聲了。」

「啊，對不起，我忍不住……」玲斗環視周圍，雖然旁邊沒有人，但視線可及的範圍有不少住宿的客人。

「請跟我來。」桑原走向夾層的角落。

「我想千舟顧問應該不希望把你捲入麻煩的事，既然這樣，我就不能無視顧問的想法。」

玲斗聽了桑原的話，用力搖著頭表達內心的焦急。

「你剛才那樣說，我怎麼可能不好奇？如果什麼都搞不清楚，跟著千舟阿姨來這裡根本就失去了意義。」

「關於這件事，我相信千舟顧問有她的考量。」

「我當然也有自己的想法，我想進一步瞭解千舟阿姨和柳澤家的事。拜託你告訴我。」他鞠躬拜託。

「請你不要這樣，其他客人會看到。好，那我就向你說明一下大致的情況。」桑原看了周圍一眼後，向玲斗的方向走近一步，「這家飯店之所以要歇業，是因為——」他降低音量後繼續說道，「是為了完全消除千舟顧問的色彩。」

「色彩？」

「對，」桑原直視著玲斗，「你應該知道，這家飯店當初開業時，是由千舟顧問擔任總指揮吧？」

「我聽說了，還知道成為柳澤集團投入飯店經營的契機。」

「既然你知道，說明起來就簡單多了。千舟顧問擔任總指揮，並不只是負責各部門之間的調整工作，當初由她決定了飯店的概念，在這個基礎上，親自發揮很多創意。比方說——」桑原指著地板說，「我們目前所在的位置是夾層，你知道為什麼這家飯店會有夾層嗎？」

「呃，這……」玲斗回頭看向後方的店家，「是不是為了設置禮品店？」

「不對，情況剛好相反，是因為有了夾層，為了妥善利用這個空間，所以設置了禮品店。正確的答案是為了設置緩坡道。」

「啊？」玲斗看向緩坡道。

「這家飯店的餐廳都在二樓，早餐的自助餐會場也在二樓。請你想像一下，當客人吃完飯之後會做什麼？不是外出，就是回房間，對不對？無論是哪一種情況，基本上都會去電梯廳，人當然都會集中在那裡，早上的時間尤其會擁擠。如果其中有坐輪椅的人會怎麼樣？現在大家都會考慮到身心障礙者，但四十年前不一樣，身心障礙者往往會覺得抬不起頭。於是，千舟顧問想到了設置緩坡道，不搭電梯就可以去一樓，即使在擁擠的早上，也可以在吃完早餐後順利離開。但是有一個問題，如果在二樓和一樓之間設置緩坡道，就會變得很長。於是就想到夾層，中間增加一個樓層，就可以讓坡道在中間繞回來，所以才會有這個空間。」桑原再度指著地板說。

「原來是這樣。」玲斗也看著腳下。

「我剛才提過，四十年前，根本沒有人想到所謂的無障礙空間，很多人都表示反對，認為是浪費空間，但千舟顧問執意這麼做。她說要重視上了年紀和行動不便的客人，在這件事上絲毫不讓步。」

「這種客人很多嗎？」

桑原露出平靜的笑容，緩緩搖了搖頭說：

「當時的客人幾乎都是在企業內戰力很強的人士，即使有退休人士來住宿，幾乎也都是對腰腿很有自信的人。因為箱根這個地方的屬性關係，所以都是這種客人。這些人根本不需要緩坡道，但千舟顧問看得更遠。」

「更遠？」

「她看到了二十年、三十年後。她希望當時光顧的客人，在上了年紀，對自己體力沒有自信，必須坐輪椅時，仍然能夠在這家飯店過得很舒服。這就是千舟顧問的心願。」

玲斗聽了桑原的話，想到了千舟剛才的話。希望能夠針對每一個客人的需求，提供最好的服務，可以成為客人想要再度光臨，每年都來住一次的飯店——

「千舟顧問這種想法之後始終沒有改變，這種概念也是柳澤集團進軍飯店業的支柱。我剛才說的色彩就是指這件事。」

玲斗想起之前在網路上看到有關千舟的報導，報導中說，她以前曾經被稱為女王。

「但是現任董事長他們不喜歡這種色彩。」

「也不是說不喜歡，他們似乎認為要革新。任何組織的高層都一樣，當然想要消除之前擔任指揮角色的人所留下的色彩，恢復成白色後，再染上自己喜歡的。反過來說，如果不是有這種野心的人，根本無法擔任高層。將和董事長並不是不講道理的人，我相信他重視客人的想法並不輸給千舟顧問，只不過兩個人的想法不一樣。比方說，在款待身障的客人時，將和董事長認為比起設置無障礙坡道，可以設置一座方便輪椅搭乘的電梯。這的確更合理，也是將和董事長的色彩。只要不符合這種色彩，就會重新更換為自己的，如果無法更換，就徹底排除，就這麼簡單。」

玲斗聽了桑原的話，想起柳澤將和之前在感恩會上說的話。如果前進的路被一道牆擋住的話該怎麼辦？要向左走，還是向右走？將和當時說，設法在前面的牆上打洞，在正中央開一條路。他不會走別人打造的路，而是會開拓自己的路——柳澤將和就是這樣的人。

「將和董事長認為這家飯店無法更換成自己的色彩，所以只能排除嗎？」

「因為這家飯店是千舟顧問的努力和熱情的結晶，更換色彩並不是一件簡單的事。將和董事長認為可以提供讓身心障礙的客人方便輪椅搭乘的電梯，這種想法和千舟顧問希望客人沿著坡道下來時，可以享受窗外風景的想法不一樣。」

玲斗看著設置在坡道旁的窗戶。

「原來這些窗戶有這樣的意義……」

「原本只是想說明大致的情況，沒想到講了那麼多。」桑原看向手錶確認時間，「這樣可以嗎？」

「你們已經放棄了嗎？認為這裡歇業也無可奈何嗎？」

「我們只是被僱用的員工，無法違抗高層的指示。而且你剛才應該已經發現，千舟顧問似乎也對這家飯店繼續經營不抱希望了。我原本期待她這次造訪的目的，是來告訴我們她會堅持下去，鼓勵我們不要放棄……」桑原垂下雙眼自言自語後，抬起頭，輕輕搖搖手說：「不好意思，請忘了我這些話，我知道，千舟顧問已經為我們盡了最大的努力。」

「是……」

玲斗思考著要不要把之前感恩會後發生的事告訴桑原。千舟原本打算在高階主管會議上表達反對意見，卻被人用卑鄙的方法奪走這個機會，但最後覺得不應該把連千舟也不知道的事告訴桑原。

「你泡了房間內的露天溫泉嗎？」桑原用開朗的語氣問道。

「還沒有，我打算之後再泡。」

「是嗎？今晚天氣很好，完全沒有雲，夜晚的天空應該很漂亮，希望你可以好好放鬆。」

「謝謝。」

「那我就先去忙了。」桑原微微欠身後，沿著坡道走上去。

玲斗參觀完整家飯店後回到房間，脫了衣服，在淋浴室把身體洗乾淨後，走去露天溫泉。檜木浴槽內是滿滿的溫泉水。

他把腳慢慢伸進去，讓肩膀以下都泡在水中，靠在浴槽上仰望著天空。桑原說得沒錯，今晚的天氣很不錯，雖然沒有看到星星，但看到了像眉毛般的月亮。四天後就是新月。明天晚上開始的一週，都有人預約祈念。

我要好好努力——他在水中握緊了右拳。

17

隔天早晨，他走進自助餐餐廳後四處張望，發現千舟坐在窗邊那排四人座的桌子旁。他走過去打招呼。

「早安。」

「早安，昨晚睡得好嗎？」

「我泡完房間內的露天溫泉，結果一躺到床上就睡著了。」

「是嗎？真羨慕年輕人。」千舟說話時有氣無力，她昨晚可能沒睡好。

玲斗決定先去拿菜。他雙手拿著托盤，看著大盤子和保溫容器內的食物。有各種日式、西式和中式料理，每一樣看起來都很好吃。他挑了自己想吃的食物，一下子就裝滿一大盤。正打算到此為止時，看到了一鍋咖哩。就是『早起咖哩』。這絕對不能錯過，於是就在小盤子內裝了白飯，淋上咖哩醬汁後放進托盤。

回到餐桌時，千舟看到玲斗的托盤，立刻瞪大了眼睛。「你拿了這麼多，吃得完嗎？」

「即使硬撐，也要把這些食物吃完。」

他坐下來，拿起叉子，正準備插進歐姆蛋，不經意地看向千舟面前的盤子，忍不住

「啊！」了一聲。

「怎麼了？」

「不，那個……妳拿了咖哩。」

千舟的盤子角落有一小團咖哩飯。

「不行嗎？」

「不，當然沒這回事，只是感覺和妳很不搭。」

千舟放鬆了臉上的表情，用湯匙把咖哩飯送進嘴裡。

「我對這個咖哩飯有特殊的回憶，是這家飯店開業之前的回憶。」

「喔？是什麼回憶？」玲斗放下叉子，坐直身體。

「那時候忙於進行包括教育員工在內的各項準備工作，從早到晚都有忙不完的事，有再多時間也不夠，吃飯也覺得很浪費時間。於是就準備了這款咖哩飯。咖哩飯吃起來很快，洗碗也很輕鬆。當時的主廚親自在味道和材料方面下了不少工夫，製作了每天吃也不會膩，而且營養很均衡的咖哩，員工都讚不絕口，在飯店開始營業之後，大家仍然說想繼續吃。於是就有人提議可以加入為客人準備的早餐中，沒想到一試之後非常成功，很受客人歡迎，幾乎每天都吃光光。之後幾十年來，這裡的咖哩都持續受到客人的喜愛。」

「原來是這樣。」玲斗看著自己面前的咖哩飯，沒想到自助餐的菜色背後也有故事。

「這件事帶給我很大的啟示。」千舟繼續說道，「可以把自己想吃的食物提供給客人，也就是把自己期待得到的服務提供給客人，我重新體會到，這就是服務的基本。那次之後，每當我舉棋不定時，就會把這件事放在最優先。」

玲斗聽了千舟的話，不由得想起和桑原昨晚的對話。這應該就是柳澤千舟的色彩。

「怎麼了？你對我剛才說的話有什麼不滿意嗎？」千舟訝異地問。

「不，我只是覺得很值得參考。」

玲斗拿起湯匙，把咖哩飯送進嘴裡。這款咖哩飯的辛香刺激不容易吃膩，可以同時感受到既新鮮又帶點懷舊這兩種相反的元素融合在一起。

「怎麼樣？」千舟問他。

「很好吃。每天吃這種咖哩飯也沒問題。」

「對不對？我就說嘛。」千舟滿意地點頭。

吃完早餐後，千舟把咖啡放在一旁，打開記事本。

「今天晚上又要開始祈念了，你瞭解預約狀況嗎？」

「我瞭解。」玲斗說完，從口袋裡拿出手機。

「今天晚上是津島先生，津島秀次先生。」

「他家也和柳澤家有好幾代交情，有個注意事項。津島先生的腿不方便，他沒辦法獨自去樟樹那裡，你要協助他。如果有人陪他一起來，也可以請陪同他的人協助，但有一個條件，這個協助的人必須和他沒有血緣關係。如果是他太太，當然沒有問題，如果是他兒女或兄弟就不行。我之前已經向他們說明了，你也要記得確認，以防萬一。」

「我知道了。有沒有血緣關係似乎很重要。」

千舟沒有回答，繼續看著記事本。玲斗聳了聳肩。

「還有另一件事，這個星期六的祈念由我代替你協助客人，那天晚上，你要去其他地方。」

「其他地方？哪裡？」

「到時候會告訴你，這次不會太遠，就在東京都內。」

「星期六晚上是新月的日子。」

玲斗看著手機確認行事曆，看到在新月晚上預約祈念者的名字，忍不住吃了一驚。因為是飯倉孝吉。一定就是之前在澡堂遇到的那個老人。飯倉在去年八月曾經祈念過，不知道是因為什麼原因要再度造訪。

「有什麼問題嗎？」千舟問。

「沒問題。我知道了，星期六晚上就聽妳的安排。」

「很好。」

「對了，」玲斗開口問：「等一下有什麼安排？」

「像平時一樣，退房之後就回東京。」

「啊？是這樣嗎？」

「因為今天也要處理很多事，你不是要打掃神社嗎？今天晚上有人祈念，所以你也得做準備，還是你原本期待要在箱根觀光嗎？」

「沒有啦……」玲斗不置可否，因為他無法老實回答，內心其實很期待。

一個小時後，玲斗和千舟一起坐在浪漫號列車上。他看著窗外漸漸遠去的風景，心想以後如果有人問自己有沒有去過箱根，恐怕也沒辦法回答去過。

但是這次旅行並非完全沒有收穫，至少稍微瞭解了千舟，而且他的旅行袋裡裝了在禮品店買的『早起咖哩』即食調理包。

這天晚上，來祈念的津島秀次是瘦得像枯樹般的老人。他原本的個子並不矮，但因為有點駝背，所以看起來比較矮小。正如千舟所說，他的腿不方便，如果沒有拐杖就無法走路。看起來像他太太的女人陪在一旁，他用沒有拿拐杖的手抓住太太的手臂。他太太出示了護照證明是他的妻子，上頭的照片看起來比較年輕，但應該是同一人。

津島太太希望可以陪他去樟樹那裡，其實應該不是她，而是津島希望她這麼做。

玲斗走在前面帶路。津島夫婦走得很慢，玲斗不時停下腳步等他們。

他們終於來到了通往樟樹的祈念口。

「啊，就是這裡，就是這裡，好懷念啊。」津島一走進樹叢，立刻說道。

「你之前也來過嗎？」玲斗問。

「年輕時來過幾次。我爸爸死了之後，我立刻來祈念，但只來一次根本搞不清楚狀況。一方面是因為我爸爸這個人很古怪，最主要還是因為我太笨了，我都忘了自己到底來了幾次，最後才終於完全瞭解。」津島說完之後，發出了嘿嘿嘿的乾笑聲。

「你之前是在滿月的夜晚來的吧？」

「對、對，這是我第一次在新月祈念，真有點緊張。」

「老公，柳澤女士不是叮嚀，不要說不必要的話嗎？」

「這種事應該沒問題，對不對？」

津島徵求玲斗的同意，玲斗回答說：「對。」

「喔喔。」來到樟樹前時，津島叫了起來，然後得意地對妻子說：「果然很高大，怎麼樣？我沒說錯吧？」

「對，真的很高大。」

樟樹的根在地面起伏，津島走起來更加辛苦。玲斗和他太太分別在兩側扶著他，總算讓他走進樹幹的空洞，坐在燭台前。

玲斗把蠟燭放在燭台上，點了火。

「你預約祈念一個小時，可以嗎？」

「可以，沒問題。」

「時間快到時，我會在附近等，結束時，請你拉一下這根繩子搖響鈴聲。」玲斗拿起垂在旁邊的繩子。

繩子上方繫了鈴，只要一拉繩子，就會響起鈴聲。這個鈴平時都放在社務所內，像今天晚上這樣，有身障的人來祈念時，就必須在空洞內設置這個鈴。那一天，千舟在從箱根回來的浪漫號上告訴他這件事，並指示他把鈴裝上去。

把津島留在樟樹內後，玲斗和他太太一起走回院落。因為外面很冷，所以讓他太太在社務所內等待。他在茶壺內泡了焙茶倒進杯子，放在津島太太面前，她恭敬地道謝。

「妳先生腿雖然不方便，但身體看起來很健康。」

「是嗎？他如果聽到你這麼說，應該會很高興。」

「他應該會長命百歲。」

「希望是這樣……」津島太太露出淡淡的笑容，雙手拿起杯子舉到嘴邊。

「你們有幾個孩子？」

「有兩個，一男一女，怎麼了嗎？」

「不，只是覺得家人多很熱鬧……因為我沒有父母，也沒有兄弟姊妹。」

「這樣啊。」津島太太露出同情的眼神，眨了好幾次眼睛。

玲斗走出社務所，坐在椅子上。平時他都會用手機看影片，或是玩遊戲，但今天晚上沒有這個心情，而是坐在那裡想事情。

五十分鐘後，他和津島太太一起走去樟樹附近，不一會兒，就聽到噹噹噹噹的鈴聲。走近樟樹一看，津島單膝跪在那裡，他似乎無法自行站起來。

「辛苦了，祈念順利結束了嗎？」

「嗯，算是吧。」津島的臉上有一種如釋重負的表情。

玲斗吹熄蠟燭之後，和津島太太一起扶著津島站起來，然後用手電筒照著腳下，小心翼翼地走出空洞。「接下來我一個人扶他就可以了。」津島太太說，玲斗獨自走在前面。

「情況怎麼樣？」身後傳來津島太太小聲詢問的聲音。

「嗯，我已經全力祈念了。」

「能夠傳達給他們嗎？」

「這就不知道了。」

「你要讓誰來？果然是勝人嗎？」

「當然要勝人來，但我希望美代子也來。」

「什麼時候？」

「這就由他們自己決定，反正都要等我死了之後，所以在我死之前，都不可以把祈念的事告訴他們。」

「我知道，你已經說過好幾次了。」

玲斗始終沒有回頭，只是緩緩走在前面。津島夫妻或許覺得即使被人聽到也沒關係，但身為樟樹守護人，必須假裝沒有聽到他們的談話。

18

千舟直到星期六上午，才指示玲斗那天該做的事。他收到千舟傳來的電子郵件，上面寫著：『已經用你的名字在柳滋飯店預訂房間，在晚上八點之前辦理入住，明天早上的退房時間是十一點，記得十一點之前把房間鑰匙歸還給櫃檯。不必擔心費用問題，住宿期間可以自由行動。』

玲斗看了之後覺得莫名其妙。『柳滋飯店』是『柳滋股份有限公司』在首都圈為中心各地經營的商務飯店。雖然千舟說他住宿期間可以自由行動，但他為什麼要去住這種地方？

他忍不住打電話給千舟，電話立刻接通，千舟劈頭冷冷地問：「有什麼事嗎？」

「當然是關於今天晚上的事，看了電子郵件，完全搞不懂是怎麼回事。到底要我做什麼？」

電話的另一頭傳來無奈的嘆息聲。

「你不認得字嗎？上面不是寫得很清楚，住宿期間可以自由行動嗎？」

「這我知道，但我不知道要做什麼……」

「你可以做你想做的事，如果你想一直在房間裡玩手機遊戲也沒問題。」

「特地住在澀谷的商務飯店玩遊戲嗎？」

「我並沒有非要你玩不可，只是說，如果你想玩的話也沒問題。如果你想不到要做什麼，要不要找女朋友約會？」

「我沒有女朋友。」

「那就找不管是好朋友或是壞朋友，反正就是平時一起玩的朋友，你應該有朋友吧？啊，對了對了，我晚餐之後會過去，我有備用鑰匙，所以你可以先走，不用管我，我會做祈念的準備工作。」

「我真的可以做自己想做的事嗎？」

「你真囉嗦，我不是說沒問題嗎？可以了嗎？我很忙。」千舟不等玲斗回答，就直接掛上電話。

雖然玲斗有點不知所措，但也無可奈何。他看著手機嘆著氣。

他並不是沒有朋友可約。雖然很久沒聯絡了，他想到幾個可能願意和他見面的高中同學和打工的同事，但懶得到時候還要向他們說明狀況。比方說，如果這些朋友問他最近在做什麼，他不知道該怎麼回答，如果回答說在擔任樟樹守護人，對方不可能不追問。

他突然想到不知道佐治優美最近怎麼樣。自從上次去了『來夢園』之後，他們就沒有再聯絡。如果找她約會，難度應該很高，但如果說是要瞭解那天之後的狀況，應該是很好的藉口。

他立刻操作手機，寫了以下的內容：

『今天有事要去澀谷，要不要一邊吃飯，一邊討論今後的作戰？我有事想告訴妳。』

他又看了一遍，忍不住偏著頭。雖然他努力讓訊息的內容看起來沒有特別的企圖，但對於是否真的能做到完全沒有自信。

他左思右想之後橫了心，如果優美發現他有其他意圖而討厭他，就只能到時候再說，於是把訊息傳出去。既然約女生吃飯，當然不可能完全沒有非分之想。

他在等待優美的回覆時想，即使優美不討厭自己，應該也會拒絕。今天是星期六，如果她有男朋友，一定會約會。

手機發出收到訊息的聲音。他看了手機顯示的內容，頓時振奮起來。因為優美回覆說：『太巧了，我也有事要告訴你。你決定時間和地點。』

他急忙查了『澀谷柳滋飯店』周圍，發現旁邊就有一家咖啡店。他傳送地圖，然後問優美六點半見面是否方便，很快就收到『瞭解』的回覆。

玲斗做出勝利的姿勢，頓時渾身是勁，他打算在傍晚之前認真工作，難以想像幾分鐘前，還不知道今天晚上該怎麼辦。

從澀谷車站走到『澀谷柳滋飯店』大約十分鐘，從青山大道走進岔路就到了。整棟建築並不大，玄關雖然簡潔，但很素雅，不像是出差的上班族隨便睡一晚的地方。

辦理入住手續比他想像中更簡單。他在櫃檯報上姓名，在住宿登記單上簽名之後，櫃檯人員就把鑰匙交給他。因為已經付款，所以退房時，只要把鑰匙丟在旁邊歸還鑰匙的箱子裡就好。

離和優美相約見面的時間還早，他決定先去房間。和『柳澤飯店』不同，並沒有員工帶他去房間。

一打開房間門，就看到進門處有一座衣櫃，衣櫃的門是鏡面。他看到自己在鏡子中的樣子，覺得很人模人樣。因為今天要入住商務飯店，所以他穿了西裝。和登山連帽衣一樣，這套見客行頭也很常穿。

他把上衣掛在衣櫃的衣架上，打量著室內。首先驚訝地發現房間很小。桌子、椅子和床之間只有一個人可以走路的空間，他知道不應該和『柳澤飯店』比較，但還是覺得同樣是飯店，竟然有這麼大的差別。

他脫下鞋子，躺在床上打量周圍。看了左右兩側的牆壁，覺得有點奇怪。看了半天之後才終於發現，原來這個房間並不是長方形，而且左右兩側的牆壁並不平行，而是不規則的形狀。

他想了半天，都想不出房間設計成這種形狀有什麼好處，顯然是不得已的結果。因為想要有效利用狹窄的土地，所以房間變成了不規則的形狀。玲斗似乎看到了柳澤將和重視合理性的意圖。

話雖如此——

不規則的形狀並沒有影響舒適性，床的尺寸應該比中床更大，在這個房間內算很大，而且照明和冷氣的開關都集中在床頭，可以躺在床上操作。液晶電視就在腳下，只要斜靠在床上，就可以看到前方的電視，工作了一天很疲累的上班族應該很慶幸可以住得這麼輕鬆。

玲斗發現旁邊有一個冰箱，這才發現自己有點口渴，於是下床打開冰箱，但冰箱是空的，而且沒有打開電源。他納悶是怎麼回事，才看到門的下方有一個電源開關，想用冰箱的客人可以自行打開開關。這也是很合理的設計，有助於節省電費。

玲斗隱約察覺到千舟指示他來住這家飯店的目的，應該希望他和『柳澤飯店』比較之後，瞭解千舟與柳澤將和在理念上的差異。他充分體會到他們兩個人的想法完全不同，但玲斗還是難以理解，為什麼要讓自己瞭解這種事？

他打開桌子的抽屜，發現除了飯店的規定和簡介以外，還有一本小冊子。標題是『帶

著一顆款待的心　柳澤集團的沿革』。第一頁上除了柳澤將和的照片以外，還有他的一段話。

他隨手翻閱著，看了一眼時鐘，慌忙闔起小冊子。已經過了六點十五分，他趕緊站起來，從衣櫃裡拿出上衣。

幸虧他動作很快，所以比約定時間提前五分鐘走進咖啡店。他坐在角落的座位喝著冰咖啡，優美很快就到了。她穿了一件白色夾克，今天沒有穿牛仔褲，而是穿了一件合身的短裙，搭配一雙深咖啡的靴子。

「讓你久等了。」優美脫下夾克，在他對面的座位上坐了下來。

「不好意思，臨時約妳。」玲斗向她道歉。

「完全沒問題，你來澀谷有什麼事？工作嗎？」優美似乎看到他今天穿了西裝。

「算是……工作吧。我阿姨叫我做事。」

玲斗告訴她，阿姨要他今天住在指定的飯店，優美聽了，納悶地眨了眨眼睛。

「怎麼會這樣？如果是工作，也未免太輕鬆了。」

「所以我也不知道算不算是工作，總之，我今天晚上很閒。」

「原來是這樣。你決定要去哪家餐廳吃飯了嗎？還是已經訂位了？」

「雖然想了幾家感覺不錯的餐廳，但並沒有決定，我想和妳討論之後再決定。」玲斗拿起手機。

「既然這樣，要不要去我知道的店？那是一家義大利餐廳，就在這附近。」

「義大利餐廳……」

「啊，不行嗎？你不喜歡？」

「沒有，好，我贊成。不瞞妳說，我對澀谷不熟。」

其實不僅是澀谷，他對新宿、六本木、池袋，當然還有銀座也不熟，只有對船橋稍微熟一點。

「那我們走吧。」優美站了起來。

玲斗急忙喝完冰咖啡。

那家餐廳位在宮益坂旁一棟大樓的二樓，餐廳內光線明亮，裝潢和佈置都很時尚。雖然餐廳並不大，但在餐桌配置上發揮了巧思，所以不必擔心鄰桌的人會聽到談話的內容。

玲斗看了菜單，完全不知道該點什麼。他很少來這種餐廳，不，其實是沒來過這種餐廳，和朋友吃飯時，都是去居酒屋或是拉麵店。他剛才對優美說，有幾家感覺不錯的餐廳，但完全沒有想到義大利餐廳。

他覺得沒必要打腫臉充胖子，於是就實話實說。優美說：「那我來隨便點幾樣」，找來了店員，然後看著菜單，很熟練地說了幾道玲斗從來沒有聽過的菜名。玲斗看著她，忍不住想像她和男朋友約會時，是不是也像這樣掌握主導權。

「你要喝什麼飲料？」優美問。

玲斗差點想說檸檬沙瓦，但還是忍住了。

「妳要喝什麼？」

「我要點單杯的氣泡酒。」

優美的回答完全出乎他的意料。

「那我也要一樣的。」

他虛榮地回答後，忍不住想，氣泡酒到底是什麼味道？以前在酒店打工時，曾經喝過幾次客人剩下的香檳。

點完餐後，優美坐直了身體問：「誰先開始說？」

她似乎打算立刻討論作戰。這是她今天的目的，所以也是理所當然的反應。

「我都無所謂。」

「那就我先說。」優美把原本放在旁邊的皮包放在腿上，「我今天去了奶奶那裡，我去探望她。」

「原來是這樣，她住在安養院吧？妳一個人去的嗎？」

「對，因為很久沒有看到奶奶了，而且我也想向她打聽喜久夫伯伯的事。」

「有沒有瞭解到什麼情況？」

優美灰心地搖搖頭。

「不要說沒有問到情況，奶奶好像連我是誰都不太清楚，叫了我兩次老師，還對我用敬語，好像把我當成是她以前學生時代的老師了。」

「那還真讓人難過，所以妳沒問喜久夫先生的事嗎？」

「我還是問了，問奶奶記不記得喜久夫伯伯，但奶奶完全沒有反應，我想她應該根本沒聽到我說的話。」

「這樣啊。」

氣泡酒送上，他們拿起杯子說：「辛苦了。」玲斗喝了一口，驚訝地發現原來這麼好喝。

「但並不是沒有收穫，我請工作人員讓我看了奶奶寄放在安養院的私人物品，發現一本舊相簿，在相簿裡看到這張照片。」

優美從皮包裡拿出手機，操作之後，把螢幕朝向玲斗。

螢幕上是一張黑白照片。照片中有兩名少年，兩個人看起來都像是小學生，從體格和臉形判斷，兩個人應該相差兩三歲，個子比較高的少年可能是五年級或六年級。

「你不覺得比較矮的那個男生像誰嗎？」優美把兩根手指在螢幕上一滑，放大少年的臉。

玲斗凝視著手機螢幕，瞭解了她想表達的意思。

「該不會是佐治先生……妳爸爸？」

「答對了，所以站在他旁邊的是？」

「他的哥哥喜久夫先生？」

「八成是。那本相簿中有很多他們兩個人的照片，像是七五三節或是小學的入學儀式，還有這種照片。」優美又出示另一張照片。

那也是一張黑白照片，看起來像是喜久夫的少年和一個成年女人站在一起。喜久夫可能讀中學，穿著白襯衫，戴著領結，而且手上還抱了一束花。身旁的女人穿著和服，五官是傳統的日本美女。

「這個女人就是我奶奶，雖然和現在完全不一樣，但我不會認錯，她以前是不是很漂亮？」

「的確。」

玲斗思考著喜久夫為什麼抱著花束，立刻發現他們母子身後的東西，倒吸一口氣。

「是平台鋼琴。」玲斗嘀咕著。

「果然一定會注意到。你認為是什麼情況下拍的照片？」

「可能是鋼琴發表會，或是比賽……」

「對不對？」優美把手機螢幕朝向自己，「而且看起來好像是很正式的音樂廳，不像是學校的音樂教室。」

「所以這代表喜久夫先生小時候曾經學過鋼琴。」

「我想應該是這樣，問題在於喜久夫伯伯為什麼和爸爸他們分開了。我想應該有什麼原因，但我爸爸甚至不願告訴我們其中的原因。」

第一道菜送上來，菜名似乎叫義式薄片鮮魚。玲斗怔怔地看著放在桌子正中央的餐盤，優美分裝在兩個小盤子內。

「妳要不要乾脆直接問妳爸爸？」玲斗把義式薄片鮮魚送進嘴裡。這是他第一次嚐到這種味道，忍不住驚叫了一聲：「真好吃。」

「問什麼？要怎麼問？」

「就是問關於他哥哥的事，問他可不可以告訴妳詳細情況。」

優美不滿地皺起了眉頭，「我覺得這不是重點。」

「什麼不是重點？」

「我最想知道的是住在吉祥寺的那個女人，我想搞清楚她和我爸爸的關係。雖然我也想知道喜久夫伯伯的事，但那不是最優先想知道的。」

「這不是同一個問題嗎？只要查明喜久夫先生的事，應該就自然會知道和那個女人之間的關係。」

「你憑什麼這麼斷言？也許喜久夫伯伯的事和那個女人完全沒有關係。」

「如果是這樣，那也沒問題啊，到時候再調查那個女人就好。」

優美嘆了一口氣，放下叉子，似乎覺得他搞不清楚狀況。

「如果我對爸爸說，希望他告訴我喜久夫伯伯的事，爸爸一定會覺得很奇怪，為什麼現在突然問他這件事，而且他會反問我，為什麼知道他哥哥的事，到時候我該怎麼回答？」

「那就想想辦法。比方說……對了，妳可以讓他看剛才的照片，說發現奶奶的舊相簿裡有這張照片，問他旁邊那個少年是誰。」

「然後呢？你認為我爸爸會很乾脆地告訴我實話嗎？他一直隱瞞到今天，一定有什麼原因，我覺得他一定會搪塞，說只是認識的人。即使承認是他哥哥，如果騙我說他哥哥小時候就死了，我不就沒話可說了嗎？到頭來還是什麼都不知道。」

「如果他這麼說，妳就把在『來夢園』聽到的情況——」玲斗說到這裡，皺了眉說：「不能提這件事。」

「他會問我為什麼會知道『來夢園』，但我不可能說你和樟樹的事。」

玲斗抓著頭說：「是啊。」

優美再度拿起叉子。

「我也想過好幾次，要不要乾脆直接問爸爸，但模擬我和爸爸可能的對話之後，得出風險太高的結論。而且在問的過程中，可能會引起爸爸的懷疑，發現女兒說不定在監視他。在掌握爸爸和那個女人的關係之前，不能被爸爸發現這件事。」

「原來是這樣。」

義式薄片鮮魚之後，又送來一道炸甜蝦。雖然看起來像天婦羅，但好像叫義式炸蝦。玲斗不知道和天婦羅哪裡不一樣。

「接下來輪到你了。」優美說。

「啊？」

「我的話說完了，所以接下來換你說。」

「喔，對。」玲斗喝了一口氣泡酒潤潤喉，「關於祈念的事，我稍微掌握到一點狀況。」

「喔？掌握到什麼？」

「祈念應該有點像是遺囑。是在自己生前留一些訊息給兒女的一種方法。」

玲斗把之前聽到津島老先生和他太太的對話告訴優美。

「我想勝人和美代子應該是他們的兒女，他太太問，能夠傳達給他們嗎？津島先生說，勝人當然要來，但他希望美代子也來，我想應該是他希望同時傳達給兩個兒女，但津島先生說，要等到自己死了之後，所以妳不覺得就是遺囑嗎？」

「等一下，你說留下訊息，是用什麼方式、留在哪裡？是把寫下來的東西留在樟樹內，然後離開嗎？」

「不是，我想應該是用意念，意念會留在樟樹上。以電腦來說，樟樹就像是記憶體，只有有血緣關係的人能夠登入，讀取記錄在樟樹上的訊息。」

優美露出好像在看什麼可疑東西的眼神問：「你是認真的嗎？」

「我超認真。觀察至今為止來祈念的那些人，我認為這是唯一的可能。」

「果真如此的話，就是超自然現象。」

「沒錯，就是超自然現象。雖然普通人沒有心電感應的能力，但樟樹可以成為媒介。」

優美搖了搖頭說：「不可能，我不相信。」

「為什麼？」

「因為如果真的發生這種事，媒體不可能不報導，而且消息也一定會傳出去，像是寫在網路或是社交媒體上，總之不可能不引起討論。」

「為了防止這種情況，所以才設下了嚴格的規定，並不是阿狗阿貓都可以祈念，目前只限我阿姨核准的人，我想她會判斷是不是能夠嚴格守住秘密的人。」

「即使你這麼說，我相信再怎麼保密還是有限。如果是一兩個人也就罷了，到目前為止，不是有很多人去祈念嗎？未必每個人都遵守規定。」

「那我問妳，妳知道米奇的真實身分嗎？」

「啊？」優美皺起眉頭，「什麼意思？為什麼突然扯到米奇？」

「我問妳的是，妳知道在東京迪士尼樂園扮演米奇的人是誰嗎？不知道，對不對？因為迪士尼內部規定，絕對不能對外透露。聽說不光是當事人，知道那件事的所有相關人員都要簽保密契約，一旦違約，就要支付高額的罰款。有人打破這個規定在網路上公布米奇的真實身分嗎？有人在社交媒體上公布嗎？沒有，所以徹底貫徹保守秘密的規定並非不可能的事。」

玲斗繼續說了下去。

「更何況即使有人不小心說了出去，如果聽到的人不相信，消息就不會傳出去，聽的人以為是都市傳說，然後就不了了之了。除非有好幾個有實際經驗的人證實，否則這種事都不會有人相信。」

玲斗語氣激動地說完，覺得口很渴，一口氣喝完了杯中的水。

優美露出不服氣的表情，微微揚起下巴，然後輕輕點點頭。

「你很能言善辯。」

「謝……謝謝。」他沒想到優美會稱讚他這一點，有點不知所措。

「我能夠接受你剛才的說明。」

「妳相信樟樹的神力嗎？」

「還沒有完全相信，但開始覺得也許會有這種事。」

「那太好了。」

「但是，」優美說，「遺囑通常不是寫在紙上嗎？為什麼要這麼大費周章？」優美用叉子叉起炸甜蝦，像麥克風一樣指向玲斗，「關於這一點，你怎麼想？」

「問題就在這裡。目前還不知道和普通的遺囑有什麼不同，但有一件事很明確，佐治先生來祈念的目的，是為了接收他哥哥留下的訊息，這件事絕對錯不了。」

優美骨碌碌地轉動眼珠子後，把叉子上的甜蝦送進嘴裡。她咀嚼著吞下後，看著玲斗。

「果真如此的話，為什麼不是一次就完成？我爸爸每個月都去吧？而且還經常連續去兩天，如果只是接收訊息，為什麼要去那麼多次？而且他哼的歌又是什麼？」

優美像連珠砲般的問題，讓玲斗無力招架，他完全想不到該怎麼回答。

「雖然很不甘心，但我還無法回答任何一個問題，不過我相信一定能夠有合理的說明。」

優美聽了他的回答，當然不可能露出同意的表情，但也沒有不滿。看她微微點頭的樣子，似乎贊同玲斗想要查明祈念到底是怎麼一回事的想法。

之後，他們又吃了奶油海膽義大利麵和瑪格麗特披薩。結帳時，玲斗看到帳單嚇了一跳，幸虧優美說：「我們可以各付各的。」在他至今為止的人生中，從來沒有花三千多圓吃一頓飯的經驗。他覺得自己可能沒辦法和有錢人家的女兒交往。

離開餐廳後，走了一小段路，優美停下腳步。玲斗順著她視線的方向看去，立刻察覺她停下來的原因。那裡是立體停車場。

「那個停車場該不會……」

「對。」優美點點頭，「我爸爸每次都把車子停在這裡。」

玲斗打量四周，路上有很多行人。

「我覺得，」玲斗說，「應該不是外遇，妳爸爸並沒有外遇。」

「為什麼？」

「妳覺得會把車子停在這裡，然後和情婦一起去摩鐵嗎？無論怎麼想都覺得太危險了。路上有這麼多行人，不知道會被誰看到，沒有人能夠保證不會遇到熟人。除非是很樂觀的人，否則不可能會做這種事。」

優美用力深呼吸了一次，「我也希望是這樣，我也希望可以相信爸爸。」

「啊，果然是這樣，太意外了。」

優美驚訝地抬起頭問：「為什麼會覺得意外？」

「沒有啦，我只是覺得妳認定妳爸爸有外遇，卯起來想要找到證據……」

「你在說什麼啊？你腦筋有問題嗎？什麼叫卯起來？世界上有哪個女兒會希望自己爸爸外遇？」

「那倒是。」

他們再度邁開步伐，但玲斗停下了腳步，指著和車站相反方向的路說：「我住的飯店在那邊。」

「是嗎？那今晚就先這樣。」優美用右手指著他說：「等我準備好竊聽器再聯絡你。」

玲斗苦笑著說：「好，我知道了。」

他們互道晚安後各自打道回府。一看時間，才九點多。如果她和男朋友約會，可能不會這麼早回家。玲斗這麼想著，走向『柳滋飯店』。

19

玲斗看到樹叢中亮起手電筒的光，從椅子上起身。穿著大衣，圍著圍巾的男人跑了過來。

「辛苦了，祈念還順利嗎？」

「託你的福。」男人露出平靜的笑容，「蠟燭的火我已經熄了。」

「謝謝，回家路上請小心。」

「我下下個月還會再來，到時候再拜託了。」

「我知道了，恭候你的光臨。」

男人轉身走向樓梯。玲斗目送他的背影離去後，走向樹叢。

樟樹內沒有異狀。正如男人所說，蠟燭的火已經熄了，燭台前的信封內裝了一萬圓。

他拿著燭台，小心翼翼地走出樟樹。

在『澀谷柳滋飯店』的那一天——也就是新月的夜晚——至今已經過了三天，每天晚上都有人來祈念，明天之後，暫時沒有預約。下次要等到靠近滿月夜晚的一個星期後，才會有人來祈念。

之前告訴優美有關祈念的推理應該八九不離十。玲斗對這件事很有自信。這三天擔任樟樹守護人後，更加深信這一點。因為來祈念的人都是已經退居第二線的老人。他們意識到人生的終點，開始打算留一些話給兒女也很正常。

但是，這應該和普通的遺囑不一樣。就像優美所說，如果只是遺囑，只要寫下來就好，而且對其他人也有說服力。否則只有少數人可以接收到訊息，即使在財產分配上發生糾紛，也無法發揮任何效力。

像今天晚上的男人這樣定期造訪多次的情況也有點匪夷所思。雖然聽說有人遺囑一改再改，但除非有什麼重大的變化，否則通常不會頻頻修改，至少不可能事先知道自己會在下下個月打算修改。但是玲斗在調查之前的紀錄之後，發現同一個人多次在新月時來祈念的情況並不少見。

雖然很想問千舟，但即使問了，她也不可能回答，最多只會說，你注意到重點了，繼續朝這個方向努力。

他這才發現千舟都沒有聯絡自己，原本以為她會問自己在『澀谷柳滋飯店』住宿後的感想，沒想到完全猜錯了。她究竟為什麼要自己住在那家飯店？

回社務所的途中，有什麼冰冷的東西掉在他脖子上。天氣預報說，明天開始下雨，沒想到今晚就下了。

雨勢越來越大，當玲斗鑽進被窩時，聽到雨點打在地上的聲音。天氣預報說，明天開始連續下雨。玲斗無奈地嘆氣。下雨的日子，無法打掃院落，也無法清理樟樹，一整天都無所事事。不如去看場電影。他這麼想著，閉上眼睛。腦海中閃過想要約優美一起去看電影的想法，但立刻打消念頭。有這種非分之想，幻想破滅時就會沮喪消沉。

連續下了兩天的雨，但玲斗並沒有去看電影，因為他覺得下雨天去車站太麻煩。他買了便利商店的便當打發三餐，也忍著沒去澡堂。

因為有很多時間，所以他重拾把祈念紀錄輸入電腦的工作，最後有了新發現。

通常有人在新月的夜晚來祈念後，隔了一段時間，就會有同姓的人在滿月的夜晚來祈念，但有時候會有好幾個人。比方說，名叫鈴木太郎的人在新月的夜晚來祈念，在大約一年後的滿月期間，鈴木一郎和次郎會連續兩個晚上來祈念。這兩個人應該都是鈴木太郎的兒子，兩個人都來確認父親留下什麼訊息。

他想起津島夫婦的對話。津島說，除了勝人以外，他希望美代子也來這裡，那一定是代表他希望把訊息傳達給兩個孩子。祈念有辦法做到這一點。

但是，這仍然無法解答和遺囑到底有什麼不同的疑問。

第三天，雨終於停了。他來到院落一看，感到欲哭無淚。許多落葉都黏在地上，光是清理這些落葉，恐怕就要花費一整個上午的時間。

事實證明他太低估了。階梯上也都是被雨淋濕的落葉，平時落葉都會被風吹走，所以不會留在階梯上。他現在才終於體會到，應該感謝風在平時都把落葉吹到固定的地方。

直到下午他才終於有時間清理樟樹。他戴上棉紗手套，拎著清潔工具走進樹叢。

來到樟樹前時，發現空洞內有人影。今天是非假日，而且樹幹內部很潮濕，但那些靈氣崇拜者似乎並不介意。

有人從空洞內走了出來，是個身穿棕色羽絨衣的年輕男人。玲斗原本以為是女人，所以有點意外，看到男人的臉，因為出乎原本意料而大吃一驚。他「啊！」了一聲，停下腳步。

那個人是大場壯貴。他也發現了玲斗，微微點頭打招呼。他並沒有露出驚訝的表情，想必是料到可能會在這裡遇到玲斗。

「上次謝謝你，今天白天來祈念嗎？」玲斗問他。

「白天祈念不是沒有效果嗎？尤其是目前的時期。那個人是不是叫柳澤女士？上次聽那個阿姨說的。」

「沒錯，這棵樟樹在白天只是普通的大樹，雖然對那些喜歡能量景點的人來說，光是感受一下氣氛就滿足了。」

「可惜我沒辦法這麼輕鬆。」壯貴抓著頭走了過來，「我有問題想請教，你時間方便嗎？」

「問我嗎？」玲斗用食指指著自己的胸口。

「這裡還有其他人嗎？」壯貴輕輕笑了，垂下視線，他似乎看到玲斗手上的清潔工具。「我知道你很忙，只要十分鐘就夠了。」

玲斗的確很忙，但他很好奇壯貴想問什麼，更希望從他口中問出他對祈念的瞭解。

這時，背後傳來說話的聲音。回頭一看，一對年邁的夫妻走來。八成是來看樟樹。

「應該不是三言兩語能說完的事吧？我們去社務所，我可以和你聊十五分鐘。」

「不好意思。」

走進社務所，玲斗想泡茶，但在拿茶壺和茶杯時，壯貴說：「我不要喝茶，比起茶，我更想喝這個，已經沒有了嗎？」他指著辦公桌問道，桌上放著檸檬沙瓦的空罐。

「有啊。」

「那我要這個，但我不會白喝。」壯貴說完，從皮夾裡拿出一張一千圓放在桌子上。

玲斗從冰箱裡拿出罐裝檸檬沙瓦放在壯貴面前後，把千圓紙鈔推了回去。「我請客。」

「那怎麼行？我佔用你的時間，不能讓你吃虧，而且我已經拿出來了，再收回去很丟臉。你就收下吧。」壯貴拿起一千圓。

「太多了，在便利商店買還不到兩百圓。」

「還包括你的時薪。」

玲斗吐了一口氣。他是富二代，所以自尊心很強，自己沒必要傷害他的自尊心，於是決定收下一千圓。

「那就謝謝了。」

壯貴打開拉環問：「你不喝嗎？」

「我在工作。」

「有什麼關係，反正沒人看到。」

「有時候僱主會突然出現，你喝吧，不必在意我。」

「我都已經付了錢，當然會喝。」壯貴把檸檬沙瓦舉到嘴邊喝了起來。

「你要問我什麼問題？」

壯貴用手背擦擦嘴，然後把沙瓦罐放在桌上。

「我上次的祈念不順利，你還記得吧？」

「對。」

「之前也有嗎？也有像我這樣失敗的人嗎？」

「不太清楚。」玲斗偏著頭說，「因為我還是實習生，做這個工作才不久……」

「即使你沒有經驗，應該會有人指導你吧。我相信可能有人祈念不順利來向你抱怨，說自己沒有成功，要求你還錢。沒有人告訴你遇到這種情況時要怎麼處理嗎？」

「很抱歉，完全沒有人教過我什麼，而且樟樹守護人只負責做準備工作，不能插手祈念的事。至於蠟燭費，那並不是義務，如果有人感到不滿，就不會放在那裡，所以沒有還不還錢的問題。」

「我雖然祈念沒成功，但還是放了一萬圓啊。」壯貴嘟著嘴說。

「那要不要還給你？」

壯貴聽到玲斗的話，拍了一下桌子。

「我不是和你討論這個問題，而是我覺得應該有人祈念不成功，我想知道他們都怎麼做。」

玲斗搖搖頭說：「這我就不知道了。」

壯貴咂一下嘴，拿起檸檬沙瓦。雖然他在逞強，但難掩內心的焦躁。他為祈念無法成功感到焦急。

「你沒有順利接收到訊息嗎？」玲斗問他。

壯貴拿著沙瓦罐，瞪著他問：「訊息？」

「聽說你父親三個月前去世，你想接收父親留下來的訊息，但沒有成功——是不是這樣？」

「嗯，是啊，但福田他們並沒有使用訊息這個字眼。」

「他們怎麼說？」

「說是意念，要我接收意念。雖然我搞不懂那是什麼，但應該就像你說的，是什麼訊息之類的。」

不對。玲斗憑直覺發現了這一點。雖然壯貴認為是這樣，但其實並不是簡單的訊息。

「請你等一下。」玲斗說一聲後，開始操作旁邊的電腦。他記得曾經輸入大場這個姓氏，而且不止一兩次而已。

「你父親叫大場藤一郎嗎？」

「是啊。」

玲斗點點頭。大場藤一郎每年過年和中元節前後來祈念，每次不是在新月當天就是在新月前後，最後一次是今年一月五日。

玲斗發現一件在意的事。備註欄寫著『有限制』三個字。雖然有時候會看到這個備註，但玲斗在輸入時並不知道代表什麼意思。

他把這件事告訴壯貴，壯貴鎮定自若地說：

「喔，你是說這個。我爸爸在遺囑中指定，只有我能夠接收意念，好像這麼指定之後，其他人就不能來接收了。」

「是喔……」

原來還有這種特別的規定。果然沒錯，可以從壯貴口中打聽到不少事情。

「所以他只想傳達給兒子。你是獨生子吧？」

壯貴微微皺皺眉頭，低吟一聲，露出玲斗哪壺不開提哪壺的表情。

「就因為這樣，所以才麻煩啊，如果別人也可以的話，我就不需要承受這麼大的壓力。如果不是這麼指定，福田他們也不會站在我這一邊。」

「請問是怎麼回事？」

玲斗問，壯貴露出了遲疑的表情。玲斗見狀，立刻道歉說：「不好意思，你沒必要把家裡的事告訴陌生人，請你忘了我的話。」

「沒事啦，」壯貴蹺起二郎腿，喝了一口檸檬沙瓦。「其實也沒什麼好隱瞞的，反正和我們公司有關的人都知道。說白了，就是接班人之爭，其實我根本無所謂。」

壯貴搖晃著蹺起的二郎腿，向玲斗說明了以下的內容。

目前由曾經是『巧屋本舖』會長大場藤一郎的外甥川原基次擔任董事長，照理說，應該由大場家的長子或長女的女婿繼承，但藤一郎和因病去世的第一任妻子之間並沒有孩子。壯貴的母親是藤一郎的第二任太太，由於再婚的時間很晚，藤一郎在快六十歲時才終於生下長子。當藤一郎基於健康的原因辭去董事長一職時，壯貴才十二歲。

藤一郎之後的病情迅速惡化，經常進出醫院。兩年前，醫生宣告來日不多了。於是就必須考慮該由誰接班基次。基次才五十六歲，正值壯年，雖然還沒有面臨交棒的問題，但必須確定方向，只不過決定權掌握在藤一郎手上。

未來有兩個人可以繼承，一個是基次的長子川原龍人。龍人目前三十歲，在大銀行負責法人業務，已經決定日後將進入『巧屋本舖』工作。另一個接班人就是藤一郎獨生子壯貴，他將在明年春天從大學畢業，也決定畢業後要進入『巧屋本舖』。

藤一郎生前隻字未提接班人的事，但向眾人宣布，已經將遺囑交給顧問律師。大家都猜想遺囑上已寫明屬意誰擔任最高經營者。

三個月前，藤一郎去世，於是就公開遺囑，但遺囑的內容讓基次和其他經營高層不知所措。因為遺囑上並沒有明確表達任何具體的內容，只有『為了公司能夠進一步發展，由董事選擇適當的指導者，摸索讓公司永續經營的道路』這句話。

「我爸爸真是太扯了，照理說他應該在遺囑上寫清楚，他卻沒有寫，所以董事的意見分歧。按常理判斷，應該由龍人哥繼承，就連我也這麼覺得。因為他是能幹的銀行員，他和企業打交道，做了好幾筆大生意，我根本還沒有開始工作，但那些死腦筋的老頭都覺得『巧屋本舖』還是應該由大場家的人繼承，而且遺囑上還提到了很麻煩的事。」

「什麼事？」

「就是關於那棵樟樹的事，遺囑上指名要我來月鄉神社祈念，而且其他人不得插手。福田他們看到這段內容後可來勁了，開始主張這等於會長指名由我當接班人。於是推薦龍人哥的那些人就說，既然這樣，就等完成祈念之後再來討論這件事。情況就是這樣——」

壯貴仰起頭，把檸檬沙瓦一口氣喝完。「所以在成功祈念之前，我都要一直來這裡。」

「那就多來幾次啊，也許之後就會成功。」

「如果不成功呢？如果一直、一直不成功該怎麼辦？」

「這我也……」

「所以我希望你查一下，有沒有規定祈念幾次失敗之後，就不必再來了。我覺得絕對有這種規定，否則不是會永遠沒有止境嗎？」

「也許吧，我知道了，如果有機會，我會打聽一下。」

「好，那就拜託了。」壯貴起身，看著手錶說：「剛好十五分鐘，不好意思，打擾你工作了。」

「我可以請教你一個問題嗎？」

「可以啊，什麼問題？」

「你剛才提到，大場藤一郎先生和你媽媽好像年紀相差很多歲，不知道他們是在哪裡認識的？」

「喔，」壯貴微微張著嘴點點頭。「他們相差將近三十歲，我媽現在也只有四十幾歲，她以前是大場家的幫傭，結果我爸對她一見鍾情，就開始追求她。」

「喔，原來是這樣……」

「那就拜託你了。」壯貴穿上羽絨衣，走出了社務所。

玲斗在窗前目送壯貴離去，內心感到很複雜。每個來祈念的人都有複雜的情況，樟樹守護人只要當旁觀者就好嗎？不需要向他們伸出援手嗎？

玲斗搖搖頭，覺得自己太不自量力了。不成材的自己能夠幫什麼忙？只要默默做好指派的工作就好。他這麼告訴自己。

幾天過去了，滿月的夜晚越來越近。

20

仰望夜空，玲斗吐了口氣。今天的滿月稱不上完美，左側角落被一小片雲遮住了。如果滿分一百分的話，只有八十五分。其實原本就沒理由期待今晚會出現完美的滿月，因為明晚才是滿月之夜。

玲斗坐在社務所前的椅子上，看向黑暗的神社入口。現在的季節在戶外等太冷了，平時他都在社務所內等待。來祈念的人如果沒有見到樟樹守護人，會搖響神殿的鈴。第一次見到佐治壽明時就是這樣。

但是，他今天不能在社務所等待佐治的出現。因為佐治可能懶得搖鈴，突然打開社務所的門。今天晚上，無論如何都不能讓他看到社務所內的情況。

不一會兒，就有手電筒的燈光出現在鳥居那裡。隨著燈光慢慢靠近，也看到了人影。穿著外套、戴著圍巾，而且還戴著毛線帽的佐治壽明走到玲斗的面前，手上拎了一個皮包。

「你好。」玲斗向他打招呼。

「今晚真冷啊，」佐治說，「我用了暖暖包。」

「好主意，佐治先生，今晚的時間也和平時一樣嗎？」

「對，麻煩你了。」

玲斗把裝了蠟燭的紙袋交給他。

「準備工作已經完成，請慢慢來，衷心期望樟樹可以接收到你的心願。」

佐治接過紙袋，默默點點頭，走向樹叢。

玲斗拿出手機確認時間。目前是晚上十點零五分。

看到佐治的身影消失在黑暗中後，玲斗打開社務所的門，走了進去。

「佐治先生剛才去樟樹那裡了。」

「那我們也走吧。」坐在桌子旁喝可可的優美把馬克杯放在桌上，準備起身。

「再等一下比較好，這麼快去樟樹那裡，萬一被佐治先生發現就慘了。」

「不會有問題，我不想在這裡磨蹭，結果沒聽到重要的部分。」

「千萬不能急躁。」玲斗伸出右手手掌，「五分鐘，再等五分鐘，反正佐治先生會在裡面停留兩個小時。」

優美雖然露出不滿的表情，但還是點點頭，坐了下來。她應該也不希望魯莽壞事。畢竟從某種意義上來說，接下來要做的事算是犯罪行為。

優美從放在一旁的皮包內拿出黑色電子機器，把耳機戴上，打開開關。雖然調整著旋鈕，但仍然皺著眉頭。

「怎麼樣？」玲斗問她。

優美搖搖頭，摘下耳機，「不行，這裡什麼都聽不到。」

玲斗忍不住咂著嘴，「還是得去那裡嗎？」

優美默默把機器放回皮包。

這是她今天第二次來這裡。第一次是傍晚的時候，她來這裡測試竊聽器。

優美說要竊聽，玲斗原本以為只是把錄音筆之類的東西藏在樟樹內，沒想到優美準備的器材更專業，由監聽電波發射器、接收器和錄音機三個部分組成，也就是在竊聽的同時，還可以錄音。

「如果使用錄音筆，不是很難確定有沒有順利錄下聲音嗎？如果等結束之後一聽，才發現什麼都沒錄到，不是就沒意義了？既然要動手，就要認真做好。」

優美說這些機器一天的租金要六千圓。如果今天的成果不理想，明天還要再試一次，兩天的租金就要一萬兩千圓，的確必須很認真。

「已經過了五分鐘。」優美站了起來，穿上深色的厚夾克。

兩人一起走出社務所，走向祈念口。玲斗走在路上時，心情很複雜。樟樹守護人不可以做這種事。雖然他內心仍然很掙扎，但也的確無法克制好奇心。

他們經過祈念口，走進樹叢。小心翼翼地走了十幾公尺後停了下來。腳下有一根綁了結的繩子。這是事先做的記號。

傍晚把監聽電波發射器放在樟樹內實驗後發現，能夠接收到信號的範圍很小。雖然說明書上寫著，可以在一百公尺的範圍內接收到信號，但使用這種機器時，經常會受到環境的影響。他們經過多次測試，終於發現這裡是最適合竊聽的地點，於是做了記號。

玲斗打開手電筒，優美從皮包裡拿出接收器和錄音機，用連接器連在一起。她像剛才一樣，戴上耳機後開始操作機器。

她的表情立刻出現變化，詫異地皺著眉頭。

「怎麼了？」玲斗問。

優美拿下耳機，默默遞給他。

玲斗把耳機塞進耳朵。原本以為什麼都聽不到，沒想到立刻有聲音傳入耳朵。他倒吸一口氣，和優美互看著。

他拿下耳機說：「就是上次哼的旋律。」

「對不對？我覺得就是同樣的。」優美把耳機插頭從機器拔出。

哼哼、哼、哼哼哼哼——接收器的擴音器內傳來的旋律和上次偷窺佐治祈念時聽到的一樣，今天的音程似乎比上次更安定。

「到底是怎麼回事？」優美小聲嘀咕。

玲斗無法回答，只能微微偏著頭。

不一會兒，佐治停止哼歌，聽不到任何聲音。不是發射器出了問題，而是佐治沒有發出聲音，但隱約傳來窸窸窣窣的聲音。他可能從皮包裡拿了什麼東西出來。

沉默仍然繼續。佐治除了哼歌以外，似乎不會發出其他聲音。這次的竊聽作戰恐怕沒有任何收穫——正當玲斗這麼想的時候——

擴音器內傳來鋼琴的演奏聲。玲斗大吃一驚，看著優美，她也驚愕地瞪大眼睛。

「這是怎麼回事？」

玲斗問。優美把食指放在嘴唇上「噓」了一聲，她閉著眼睛，專心聽著鋼琴聲。

不一會兒，她睜開眼睛說：「這就是剛才哼的旋律。」

「啊？」

「你不覺得旋律和我爸哼的歌相同嗎？」

玲斗豎起耳朵，同時回想著佐治剛才哼的歌。

「沒錯，佐治先生剛才就是哼這首歌。」

鋼琴的聲音消失，再度陷入寂靜。

玲斗正打算徵求優美的意見，擴音器又傳來「哼哼哼、哼、哼」的聲音。

但是旋律和剛才不一樣，沒有太多起伏，音也比較低。玲斗指出了這一點。

「這該不會是剛才那個曲子的伴奏部分？」優美說。

「伴奏？」

「鋼琴不是要用雙手彈嗎？簡單地說，就是左手彈的部分，聽起來像是只彈樂曲的低音部分。」

「喔，原來是這樣，但佐治先生為什麼要做這種事？」

優美閉口不語，面色凝重地偏著頭。

之後一直持續相同的情況，一直重複佐治哼歌、沉默、鋼琴演奏、寂靜、哼歌、沉默、鋼琴演奏、寂靜，完全搞不清楚是什麼狀況。

接著有很長一段時間沒有聽到任何聲音。玲斗看看手機上的時間，離結束還有一段時間。佐治在做什麼？

他和優美兩人看著接收器的擴音器，發現視野角落突然出現亮光。他轉頭一看，忍不住大吃一驚。佐治拿著手電筒正向這裡走來。

玲斗心想不妙，但已經來不及了。因為他的手電筒也開著。雖然他慌忙關掉手電筒的開關，但佐治不可能沒發現。「咦？」佐治叫了一聲，「直井嗎？你在這裡做什麼？」

玲斗站起來，「沒事，我在巡邏……」他知道這個藉口很爛，很難瞞過去。優美蹲在他身後。

佐治一臉狐疑地走過來，用手上的手電筒照向玲斗身後。「你後面有人，為什麼躲起來？」

玲斗轉過頭，低頭看著優美。優美無可奈何地抬起了頭。

「優美？」佐治驚叫起來，「這是怎麼一回事？妳怎麼會在這種地方？這到底是怎麼回事？」他臉色大變，用手電筒輪流照著優美和玲斗。

「不好意思，因為有一些複雜的原因……」玲斗語無倫次。

「什麼原因？祈念的時候，其他人不是不能靠近嗎？為什麼我女兒會在這裡？」佐治大聲質問。

「你不要這麼大聲，是我拜託他的。」

「拜託他什麼？怎麼拜託？而且妳為什麼會在這裡？」佐治說得口沫四濺。

「我不是叫你不要這麼大聲嗎？我會向你解釋。」優美說完，站了起來。

就在這時，原本她拿在手上的機器有一部分掉在地上。那是連接在接收器上的錄音機。雖然光線很暗，但仍然知道是錄音機，因為在下一秒，錄音機發出了聲音。

那是剛才的鋼琴演奏聲。莊嚴的樂曲響起，三個人都愣在黑暗中。

優美慌忙撿起，關掉開關。

玲斗戰戰兢兢地看向佐治，佐治一臉茫然地站在那裡。

「為什麼？」佐治問，「妳為什麼會有這些？妳什麼時候、在哪裡錄的？」

「在網路上，從網路的影音網站上錄下來的，因為我覺得很好聽——」

「妳少騙人！」佐治尖聲說道，「不可能，只有少數人知道這首曲子。妳給我老實說清楚，妳是從哪裡拿到這首曲子？」他在發問的同時似乎發現了答案，露出驚訝的表情，「是剛才嗎？妳偷偷錄下了我剛才在樟樹內放的音樂嗎？是不是這樣？」佐治滿臉怒氣看著玲斗，「這是怎麼回事？可以做這種事嗎？你這樣還算是樟樹的守護人嗎？」

「你不要怪他。」優美擋在玲斗面前，「我剛才不是說了嗎？是我拜託他的，是我硬要拜託他的。」

「為什麼？妳給我說清楚！」

「我才要說這句話，爸爸，你才要說清楚！」

「妳說什麼？」

優美拿出手機，俐落地操作之後，把螢幕朝向父親。

「這個女人是誰？為什麼要偷偷摸摸？外遇嗎？這是你的情婦嗎？到底是不是？」

佐治頓時臉色大變，臉上的怒氣消失，眼神開始飄忽。

「這……和妳沒有關係。」

「為什麼沒有關係？怎麼可能沒有關係？我是你的女兒，難道發現爸爸和莫名其妙的女人偷偷見面，還要當作沒這回事嗎？」

「這件事才是有很多複雜的原因。」佐治喘著氣說道，兩個人的處境完全顛倒了。

「那你就說清楚，否則我就要把這個女人的事告訴媽媽。」

「我和這個女人不是那種關係。」

「那是什麼關係？為什麼要去澀谷這種地方定期見面？」

佐治驚訝地瞪大眼睛，他可能沒想到優美竟然連這種事都知道。

「即使我說了，妳八成也不會相信。」佐治痛苦地說，「因為事情太複雜了，而且還涉及妳不認識的人。」

「你是說喜久夫伯伯嗎？」

佐治聽了優美的話，再度露出驚訝的表情，「妳怎麼知道哥哥……」

「我們兩個調查了很多事，」玲斗說，「還去了『來夢園』，佐治先生，你在樟樹內祈念，接收你哥哥留下的訊息對吧？」

佐治一臉茫然地陷入沉默，僵硬的表情漸漸消失，放鬆了剛才始終緊繃的肩膀。

「不是訊息這麼簡單，只不過雖不中，亦不遠。」佐治說話的語氣變得平靜。

「可以請你告訴我們嗎？我慢慢瞭解祈念是怎麼回事，也向優美小姐說明了，所以她不會認為你說的話荒誕無稽。」

「這樣啊……」佐治看著地上默默思考片刻，隨即輕嘆一聲，抬起頭說：「如果要從頭說起，會說很久。」

「沒關係，」優美說：「反正離天亮還早。」

「我相信佐治喜久夫先生也會同意。」

佐治聽了玲斗的話，抬頭看著天空說：「希望如此……」

回到社務所，玲斗泡了焙茶給他們父女。佐治用冰冷的雙手捧著茶杯取暖，喃喃地說：「要從哪裡開始說起呢？」

「從頭開始。」優美說，「因為我對喜久夫伯伯一無所知，所以希望你從他開始說起。」

「要從那裡開始嗎……」佐治露出困惑的表情喝了茶，吐出一口氣說：「也只能從那裡說起。」

然後，他娓娓訴說起來。

21

比佐治壽明年長兩歲的哥哥喜久夫從小就成績優異，父母都很高興，覺得兒子這麼優秀，之後把家業交給他很放心。

沒想到發生了一件意想不到的事，但並不是壞事，反而是一件值得高興的事。喜久夫具備了超越學業的其他才華。

那就是音樂。

母親貴子為喜久夫創造了契機。她以前夢想成為鋼琴家，所以就讓長子學鋼琴。父親弘幸並沒有反對，因為他工作很忙，把育兒的事都交給太太，所以並不想干涉太多，也可能當時覺得反正只是心血來潮，不可能持續太久。

沒想到喜久夫第一次接觸鋼琴就迷上了，在大人叫他停止之前，他都一直坐在鋼琴前。他也不知道自己為什麼停不下來，完全不覺得自己在專心練習，只是喜歡彈鋼琴。

他不僅喜歡鋼琴，而且還具備了與生俱來的才能。他的音感和節奏感都很強，而且記憶力超強，對任何樂曲都能過耳不忘，很快就連大人都相形見絀，自嘆不如。

在壽明小學低年級時，曾經去參加喜久夫的鋼琴發表會。他平時經常在家裡聽哥哥彈鋼琴，所以並不覺得稀奇，但周圍觀眾的反應完全不一樣。當喜久夫彈完之後，全場掌聲雷動，經久不息，甚至有人站起來大叫。雖然他之後才學到「讚不絕口」這個字眼，但當時就知道觀眾聽了哥哥的演奏都深受感動。

不久之後，喜久夫就成為大家口中的神童，連報社都派人來採訪他。

周圍的人都認為喜久夫應該走音樂這條路，母親貴子當然也有這樣的打算。

但是父親弘幸面露難色。

他認為不可能靠音樂吃飯。

「雖然也有人成功，有人成為億萬富翁，或是成為名人，但成功的人少之又少，大部分人一輩子都默默無聞，難道妳想讓自己的兒子變成這種人嗎？」

貴子沒有退縮。

「喜久夫的才華不同凡響，更何況他自己也喜歡，我希望能夠支持他的夢想。」

「那不是他的夢想，而是妳的夢想吧。我從來沒有聽他說過這件事。」

「那是因為他不敢在你面前說，拜託你，我會負起責任，拜託你讓他走音樂這條路。」

每天晚上都會聽到父母之間這樣的對話，喜久夫總是躲在自己房間不出來，壽明冷眼看著這樣的家人。

他一點都不羨慕哥哥，反而覺得有了奇怪的才能很麻煩。母親曾經問他，如果他想學鋼琴，也可以讓他一起學，但他當然馬上拒絕。

隨著年齡的增長，喜久夫的才華越來越突出。雖然弘幸對喜久夫走音樂這條路持保留態度，但在學費上毫不吝嗇。任何父母看到兒子每次參加鋼琴比賽都獲得好成績，或是受到專家的大力稱讚，當然不可能不高興。

連弘幸都這樣，貴子當然更是全心投入。只要聽到有知名的老師，就會想方設法聯絡對方，無論再遠的地方，都會帶喜久夫前往，請老師指導。

如此一來，當然就把家裡的事拋在腦後。貴子從來沒有叫壽明趕快去寫功課，她應該毫不在意只喜歡運動和漫畫的小兒子，但她會關心壽明的在校成績。因為如果壽明的功課太差，無法繼承家業，到時候喜久夫就必須繼承。

貴子經常對壽明說，你以後一定要讀建築工程系，即使是三流大學也沒關係。

喜久夫曾經為壽明必須代替他繼承家業道歉。那一次，壽明在自己房間內讀書，為考高中做準備。

「那也沒辦法，因為我和你不一樣，沒有任何長處。」

喜久夫偏著頭說：

「長處喔，這算是長處嗎？」

「不是長處是什麼？大家不是都叫你天才嗎？」

「天才……」喜久夫的嘴角浮現落寞的笑容，「天才怎麼可能輕易出現？」

「但你的確比別人更有才華啊，你可以做自己想做的事，那不是很棒嗎？」

然而喜久夫一臉猶豫不決的表情偏著頭。壽明看到哥哥的這種態度，忍不住感到不耐煩。

「怎麼了？你對什麼感到不滿嗎？」

喜久夫重重地嘆了一口氣。

「老實說，我現在已經不知道是在做自己喜歡的事，還是在做非做不可的事了。我喜歡音樂，彈鋼琴也很快樂，但總覺得好像走錯了方向。」

「如果媽媽聽到你這麼說會很難過，她把整個人生都賭在你身上了。」

「我知道，雖然知道……」喜久夫說到這裡，沒有繼續下去。

雖然知道，但覺得很沉重——壽明猜哥哥可能想這麼說。

即使曾經發生這種事，但喜久夫在貴子安排的最理想教育環境下，鋼琴的造詣越來越厲害，最後弘幸終於不再堅持，同意讓喜久夫就讀音樂大學。

但是，發生了一件出乎貴子意料的事，喜久夫說他不想當鋼琴家，而是想成為作曲家。他說比起演奏，他對創作更有興趣。

喜久夫進入位在都心的音樂大學作曲系之後，住在學生宿舍，開始一個人生活，同時也從母親身邊獨立。貴子在長子離家後，差不多有兩個星期都失魂落魄。

喜久夫除了暑假和過年以外，平時幾乎很少回家，即使偶爾回家，不但隻字不提音樂的話題，也不靠近鋼琴一步。即使貴子問東問西，他只是不耐煩地回答：「我很努力啦。」

之後，壽明也上了大學。那是一所雖然不是三流，但還稱不上是一流的大學，他就讀建築工程系。學校離家很遠，他和哥哥一樣，搬離家中，開始獨立生活。

開始獨立生活後，他終於瞭解哥哥為什麼很少回家的原因。大學生活很快樂，和朋友玩樂的時間完全不夠用，根本不想回家，也親身體會到父母不停詢問近況很煩。

但是，喜久夫不回家還有另一個原因。壽明難得回家後，發現弘幸悶悶不樂，貴子在房間內哭泣。

因為喜久夫完全沒有和家裡聯絡，所以貴子就去學生宿舍找他，結果驚訝地發現，喜久夫已經搬離宿舍。貴子向宿舍管理員打聽後，受到更大的打擊。喜久夫早就已經退學了。

貴子去了宿舍管理員告訴他的地址，發現那裡是兼作倉庫的獨棟房子，許多陌生的年輕人都住在那裡。他們都是某劇團旗下未來的演員，喜久夫也是其中之一。

貴子等在那裡，看到喜久夫打完工回來。當母親質問到底是怎麼一回事時，曾經在音樂方面被寄予厚望的長子回答，終於發現了自己真正想做的事，他不會給家裡添麻煩，所以不要管他——

全都是妳的錯。弘幸責罵貴子。

「妳把他寵壞了，覺得他有天分，結果讓他變成一個混蛋。妳知道我在他身上花了多少錢？玩音樂之後又要玩演戲嗎？開什麼玩笑！下次妳再見到他，叫他別再踏進這個家門！」

壽明向來覺得父親不近人情、冥頑不靈，對這樣的父親不以為然，但這一次覺得弘幸生氣有理。壽明也是因為希望喜久夫在音樂這條路上成功，所以才決定繼承家業，很想對喜久夫說，這根本違反了當初的承諾。

之後，喜久夫也沒有回家。壽明大學畢業後，回到家裡協助家業，但完全不知道哥哥在哪裡，也不知道他在做什麼。

但是，喜久夫並沒有完全和佐治家斷絕往來，貴子不時背著大家偷偷去和喜久夫見面。弘幸當然察覺了這件事，有一天，弘幸要求壽明跟蹤母親。

「你媽今天會去和喜久夫見面，你去看看他們在哪裡見面，見面的情況如何。」

「好。」壽明回答。但他知道父親真正想知道的並不是他們母子見面的情況，而是想瞭解喜久夫的近況。因為是親生父親，當然不可能不關心兒子的近況。

「如果，」弘幸遞給他一個信封，又接著說：「如果你有機會和喜久夫談話，把這個交給他。」

壽明接過信封，發現很有分量。他立刻知道裡面裝了錢。弘幸不敢正視壽明，顯然擔心壽明發問。

他很想說，爸爸也太寵哥哥了，但他什麼都沒說，把信封塞進上衣口袋。

弘幸猜得沒錯，貴子那一天外出了。壽明小心翼翼地跟在她身後，以免被她發現。在轉了幾班電車之後，最後來到代代木公園。因為那天是星期天，公園內有許多父母帶著孩子和情侶的身影，也有團體在練習樂器。

貴子在中央廣場的角落停下了腳步。那裡雖然沒有圍起人牆，但人群經過那裡時都會放慢腳步，似乎有什麼活動。

壽明緩緩走過去，終於發現大家在看什麼。

那裡有一個長方形的平台，上面有一座雕像。雕像戴著禮帽，手上拿著拐杖，衣服、眼鏡、皮膚和頭髮全身看起來都像是黑色金屬，而且一動也不動，看起來就像真的銅像。

那當然不是真正的銅像，而是活生生的人表演出來的。這也算是一種街頭藝術表演。壽明看到貴子凝視著那個人，不禁感到愕然。他確信那座雕像就是喜久夫演的。

貴子慢慢走向雕像，把看起來像折起的紙幣放進他面前的箱子。經過的人似乎發現了，紛紛停下腳步。

這時，雕像突然動了起來。他一隻手按住禮帽，另一隻手轉動著拐杖，兩腳原地踏步，動作簡直就像機器人，完全看不出是活人扮演。他的動作很完美，可見已經練習多年。壽明忍不住佩服，覺得太了不起了。

貴子伸出右手，雕像和她握了手，之後，雕像就像發條斷了一樣停在那裡，但姿勢和剛才開始動作之前稍微有點不一樣。

停下腳步觀賞的人群再度動起來，貴子也隨著人潮離開了喜久夫，她似乎並沒有發現壽明。

壽明太驚訝了。喜久夫的改變當然出乎他的意料，但貴子的反應更讓他感到意外。因為她露出了滿足的表情。壽明一直以為母親的夢想就是看到喜久夫在音樂方面獲得成功，難道不是這樣嗎？難道不管是任何形式，只要看到兒子專心投入一件事，母親就會沉浸在快樂之中嗎？

周圍的人群散開，只剩下壽明一個人，喜久夫的位置可以清楚看到他，但喜久夫仍然維持著雕像姿勢，表情也沒有改變。他的眼鏡鏡片似乎是雙向鏡，所以看不到他的眼睛看向哪裡，但他不可能沒看到弟弟。

壽明走過去，在喜久夫面前停下腳步，抱起雙臂。

「哥，這就是你想做的事嗎？」壽明問，「你不惜放棄從小努力多年的音樂，就是想做這個嗎？這種事有這麼了不起的價值嗎？」

喜久夫沒有反應，身體一動不動，臉上的肌肉也完全沒動，但壽明覺得這反而清楚代表了他的意志。

「沒關係，我從剛才看了半天，媽媽好像也支持你，我無話可說了。」

壽明正準備轉身離開，想起懷裡的信封。弘幸當時交代說「如果你有機會和喜久夫談話」，雖然這稱不上是談話，但至少自己對哥哥說了話，哥哥完全沒有回答任何問題，可以算是另類成果。

壽明從口袋裡拿出信封說：「這是爸爸給你的。」然後放在貴子剛才投錢的箱子上。

喜久夫立刻有了動靜。

他像機器人一樣甩著拐杖，原地踏步的同時轉了一圈。無論對象是誰，只要有人打賞，就會表演——壽明以為這是喜久夫自尊心的表現。

但是，壽明想錯了。喜久夫做完一連串動作，最後拿起放在箱子上的信封，遞到壽明面前。

他的意思是，你拿回去。

壽明恍然大悟。貴子支持他，所以他欣然接受貴子的打賞，但不願接受不支持他的父親的施捨。

壽明從喜久夫手上接過信封說：「我覺得你隨時可以回家，爸爸應該也在等你回來。」

原本期待可以聽到哥哥的聲音，但他的期待落空了。雕像維持剛才遞信封的動作，一動也不動。

壽明轉過身，背對著喜久夫邁開步伐。這時，周圍的人都看向他的背後，露出有點驚訝，又有點興奮的反應。喜久夫似乎做了什麼動作。他很想回頭看，但最後還是忍住，繼續向前走。

回到家後，他如實向弘幸說明情況。不知道是否難以理解雕像的表演，弘幸沒什麼反應。當壽明告訴他，那是一種街頭表演時，他才稍微有點理解，然後問了一個理所當然的問題——「那種表演有辦法養活自己嗎？」壽明無法回答，只能偏著頭。

這一天，貴子比壽明晚了兩個小時才回到家中。她說和朋友見面，但應該不是事實。雖然她剛才離開了代代木公園，但可能在哪裡等喜久夫「下班」，然後享受母子兩人獨處的時光。貴子不可能僅僅打賞演雕像的兒子後就這樣離開。

貴子之後應該也定期和喜久夫見面，但弘幸沒有再要求壽明跟蹤。壽明不知道父親是對長子死心了，還是找了徵信社瞭解長子的近況，總之，佐治家從來不提起喜久夫這個人。

不久之後，父母為壽明安排相親，然後他就結了婚，很快生下女兒優美，他也漸漸正式接手『佐治工程行』，無論工作和私生活都很忙碌，對他來說，杳無音信的哥哥根本不重要，他完全不知道喜久夫在哪裡、在做什麼。

只不過之後發生了無論如何都必須聯絡哥哥的狀況。弘幸因為心肌梗塞病倒，然後就在醫院離開人世。由於事先完全沒有任何徵兆，讓人不知所措。

喪主雖然是貴子，但因為很多前來弔唁者都在工作上有合作關係，實質上由壽明處理守靈夜和葬禮的事，理所當然就必須考慮喜久夫的問題——雖然多年來音訊全無，但父親死了，長子不出席未免說不過去。

壽明要求貴子通知哥哥。

「妳不是有辦法和他聯絡嗎？我相信妳有很多考量，所以之前從來不過問，但這次的情況不一樣，妳叫他絕對要出席。」

沒想到貴子沒有點頭，她說通知了也沒用。

「為什麼？如果他覺得爸爸對他有養育之恩，就該來出席葬禮。如果不出席，就根本不配是一個人，難道妳不這麼認為嗎？」

貴子一臉痛苦地聽兒子說完，沉默了片刻，然後下定決心似地開口。「等爸爸的葬禮結束之後，我會把所有的事都告訴你，這段時間，你就忍耐一下。」

「啊？妳在說什麼？等葬禮結束之後？妳覺得可以允許這種情況發生嗎？」

貴子在臉前合起雙手，深深低頭說：

「我知道你無法接受，但是真的沒辦法，求求你了。等葬禮結束之後，我一定會把所有的事都告訴你。」

壽明不是鐵石心腸的人，既然母親這麼懇求，他也就無法繼續責備母親，反而開始思考到底是什麼事讓母親這麼痛苦。

「等葬禮結束之後，妳真的會告訴我，對嗎？」壽明問。

「我向你保證。」貴子語氣堅定地說，她的語氣不像說謊。

「好，但妳至少把爸爸的死訊告訴他。」

壽明期待也許喜久夫會在當天突然出現。

貴子默默點點頭。

但是，壽明的期待落空了。葬禮很熱鬧，弘幸的親朋好友和許多工作上的朋友都來參加，卻唯獨不見佐治家長子的身影，貴子身為喪主致詞時也沒有提及這件事。

葬禮的那天晚上，只剩下壽明和貴子兩個人。

母親開口的第一句話，就是反省：「全都是我的錯。」然後她說出了喜久夫的狀況。

喜久夫滿懷希望進入音樂大學，在那裡體會到嚴重的挫敗。他看到同學都具備出眾的才華和實力，對自己失去信心。雖然他之前被捧為天才和神童，但那只是在以前生活的小地方被人吹捧而已，他發現自己在遼闊的音樂世界中只是一顆石頭。

一想到自己走錯路，就感到坐立難安，繼續留在大學成為一種痛苦，他決定退學。但一直以來，他的世界只有音樂，不知道自己還能做什麼。

正當他為此苦惱不已時，他發現了表演的世界。那裡有各式各樣的人，並不都是能當主角的人，大部分人一輩子都只能當配角，但每個人仍對此感到滿足。在表演的世界，任何人都可以找到自己的一席之地。

沒想到喜久夫在表演的世界再度碰壁。即使是配角，也有優劣之分，他深刻體會到自己沒有表演才華。

他苦苦掙扎，覺得必須有所改變，然後嘗試了各種挑戰，演雕像就是其中之一。

貴子始終默默守護喜久夫。雖然得知他放棄音樂這條路時很受打擊，但更令她感到痛心的是，她懷疑是不是自己造成兒子人生的扭曲。想到如果能夠把鋼琴和音樂當成興趣，喜久夫也許可以度過快樂充實的青春時代，她不由得在內心發誓，以後要支持兒子做他想做的事，無論是什麼事，只要不會造成他人困擾，自己就會支持他。

「但我可能真的做錯了什麼。」貴子的說明告一段落後，嘆了口氣，露出凝望遠方的眼神。

壽明問她這句話是什麼意思，貴子心煩意亂地搖搖頭。

她對壽明說，沒辦法說清楚，最好還是見一面。

「見面？和哥哥見面嗎？」壽明不知所措地問。

「你一定會很驚訝。」貴子露出無力的笑容。

幾天之後，壽明跟著貴子一起去了醫院，那不是普通的醫院，住在那裡的所有病人都有精神方面的疾病。

壽明在昏暗的會見室內見到了喜久夫。多年不見的哥哥和之前在代代木公園見到的雕像人判若兩人。他骨瘦如柴，灰色的臉上滿是皺紋，簡直就像老人，而且臉上表情沒有生氣，雙眼就像死魚一樣。

事先已經聽主治醫生說，喜久夫罹患嚴重的酒精依存症。除了肝功能惡化，更嚴重的是精神障礙，最近有時候不知道自己是誰。

「我是壽明，你認得嗎？」壽明第一句話就這麼問他。

喜久夫像能劇面具般的臉上完全沒有表情，回答說：「我沒有喝。」根本答非所問。

「你身體還好嗎？」

喜久夫也沒有回答這個問題，只是微微皺了一下眉頭。

「爸爸死了，」壽明說，「幾天前舉辦了葬禮，你為什麼沒有來參加？」

喜久夫什麼都沒有說，不時瞥向貴子。他認得母親嗎？

這時，他突然轉頭看著壽明，皺著臉說：「對不起。」

「你知道我在說什麼嗎？」壽明困惑地問。

「對不起。」喜久夫又重複著，「對不起，對不起，對不起。」他的聲音越來越大，「我以後不喝了，對不起。」

壽明看向貴子，她難過地垂著眉尾。

「只要他覺得別人在責備他，他就會這樣。聽說是因為思考能力衰退的關係，不過——」她看著喜久夫說：「今天的情況特別嚴重，有時候他可以正常說話。」

「是因為我的關係嗎？」

「不知道，有可能。」

壽明無法繼續面對這種狀態的哥哥，他站起來說：「我們回家吧。」

喜久夫在三十歲後開始酗酒。他無論做什麼事都不順利，每天只能借酒澆愁。喝酒的量越來越多，三餐不正常，從早到晚都喝酒度日。

貴子當然發現了兒子的異常變化，偶爾見面時，聞到他滿身酒氣，而且手上隨時拿著啤酒罐，但她沒想到情況這麼糟。直到喜久夫昏倒在路上被送去醫院，接到醫院的通知，才終於發現事態嚴重。

「以後會一直那樣嗎？沒辦法治好了嗎？」

貴子聽了壽明的問題，偏著頭說：

「醫生說，現在已經有進步了，而且有機會恢復到接近以前的狀態，只是需要花時間，但無法完全治好。酒精依存症是長期抗戰，只要喝一滴就完蛋了，所以即使出院之後，也要隨時有人看著他。」

「這樣啊，那還真麻煩。」

「你放心吧，不會給你添麻煩，我會負責解決這件事。我會監視他，不讓他喝酒，讓他重新好起來。」

壽明從貴子的這番話中感受到身為母親，無論孩子變成什麼樣，都始終愛著孩子的母愛，以及把自己的夢想強加在兒子身上的後悔。壽明只能對母親說：「妳想怎麼做都沒問題。」

之後又經過多年，喜久夫終於住進療養院『來夢園』，只要在入住時向療養院付一筆錢，療養院就會照顧病人終生。雖然那筆費用很可觀，但壽明並不反對貴子支付這筆錢。喜久夫是佐治家的長子，他有權利繼承遺產。

貴子說，喜久夫的精神狀態已經穩定多了，每天都會看書，不過健康狀況仍然不理想，必須不時躺在床上休息，而且耳朵失聰，幾乎聽不到聲音，只能用筆談的方式和貴子說話。

「如果你去看他，他會很高興。」

雖然貴子這麼說，但壽明提不起勁。雖然也不是不想見哥哥，但又覺得還是不見面比較好。喜久夫看到自己可能又會產生混亂，既然他目前生活很平靜，也許不去打擾他比較好。

「下次再說。」壽明回答。

然而，那一天終究沒有到來。因為喜久夫死了。死因是肝硬化。

貴子和壽明兩個人在療養所附近的殯儀館為他舉辦了一場小型葬禮，只有療養所的職員來為他燒香。聽貴子說，自從他患上酒精依存症之後，劇團的朋友都疏遠他了。

「他是表現良好的病人。」療養所的女職員告訴壽明，「他身上隨時準備了好幾張卡片，上面寫著『謝謝』、『辛苦了』，每次見到我們，就會拿出一張給我們看。」

他的聽力越來越差，可能用這種方式努力和周圍的人溝通。壽明聽到他恢復到這種程度，忍不住有點驚訝。

那位女職員說，喜久夫曾經獨自出門，有一次還曾經申請外宿，只是不知道他去哪裡。隔天上午就回來了，看起來並沒有特別的變化。

他去了哪裡？壽明問貴子，貴子也不知道。

喜久夫在療養所內也交了朋友。那個人姓向坂，比喜久夫年長很多歲，之前在公司擔任要職，但患有肌肉無法活動的疾病，所以在那裡療養。壽明很想向那個人打聽喜久夫的事，可惜那個人在一年前去世了。

躺在棺材中的喜久夫比之前壽明在醫院看到時更年輕，臉上的表情很安詳，看起來很滿足。壽明內心並沒有悲傷，他覺得母親終於解脫了。

但是，壽明或許並沒有真正理解母愛。不久之後，貴子的言行變得古怪，經常在外面走失，接到警局的聯絡。每次問她，她都說是陌生人帶她走去那裡。

那明顯是失智症狀。她在失去必須照顧喜久夫的義務之後，也許失去了心靈支柱。

佐治一家人開始照顧失智的母親。雖然會給妻子和女兒添麻煩，但想到貴子這些年來的辛苦，他決定自己必須承受這些。再說並不是只有自己遇到這種問題，每個家庭都有相同的煩惱。

這種辛苦也在今年春天結束了。因為把貴子送進安養院。雖然有人在背後議論他們竟然不親自照顧母親，但壽明認為自己已經盡了力，今後如果有什麼問題，他都會負責解決，只是他不願再連累家人，尤其是不希望妻子繼續這麼辛苦。

漫長的故事即將結束。壽明認為只要順利送貴子走完最後一程，今後考慮自己夫妻和優美的事就好。

22

「沒想到故事並沒有結束——非但沒有結束，而且又開啟了新的篇章。」佐治把玩著已經喝完茶的茶杯。

玲斗伸手接過茶杯，用茶壺為他倒了新的茶之後交還給他。

「新的篇章是指祈念的事嗎？」

「對。」佐治說完，喝了一口茶，「我媽去安養院之後，我在整理房間時，發現了一封信。那封信夾在書裡，上面寫著『致母親』，背後寫了哥哥的名字。麻煩的是，那封信沒有打開過。我覺得很傷腦筋。雖然不知道哥哥什麼時候把這封信交給我媽，但我媽應該忘了這封信的事，也可能哥哥把信夾在書裡，沒有告訴我媽裡面有信，只是把書交給我媽。無論是哪一種情況，我媽都沒有看過信，我可以擅自打開來看嗎？只不過以我媽目前的狀態，根本無法確認她的意見，所以雖然感到抱歉，但我還是決定打開那封信。信封裡有一張信紙，而且內容很簡單，只有一句話。我寄託給月鄉神社的樟樹了，請妳記得去接收——就只有這句話。」

「寄託？上面寫著寄託給樟樹了嗎？」玲斗問。

「對。」佐治回答，「我完全看不懂是什麼意思，於是就上網搜尋，知道了這裡，也得知這裡有一棵大樟樹，只要走進樟樹樹幹的空洞內祈願，願望就會實現的傳說。難道是我哥哥去了月鄉神社，向那棵樟樹許下什麼願嗎？果真如此的話，他為什麼特地跑來這裡做這種事？他該不會相信這種道聽塗說的傳說吧？而且我也在意『寄託』這兩個字，我從來沒有聽說過有人會用這種方式來形容許願。我左思右想，最後得出了一個結論。哥哥的精神不正常，恐怕受到幻覺之類的影響，採取了匪夷所思的行動——」

佐治又喝了一口茶，嘆氣之後，輪流看著玲斗和優美。

「怎麼樣？我的結論有問題嗎？我這樣想很奇怪嗎？」

玲斗和優美互看一眼，優美看著父親，搖搖頭說：「不會奇怪，聽了你剛才說的情況，如果換成是我，應該也會這麼想。」

「聽妳這麼說，我就放心了，因為我不希望別人覺得我是個薄情寡義的人。」

「但最後你並沒有讓這件事就這樣結束。」玲斗向他確認。

佐治輕輕點頭。

「即使我想放下這件事，仍然耿耿於懷，無論在做什麼，這件事都揮之不去。月鄉神社、寄託、樟樹——這到底是什麼意思？即使哥哥腦筋不正常，為什麼偏偏去那種和他完全沒有關係的地方？最後我下定了決心。」

怎樣的決心？玲斗還來不及開口，佐治就說了下去。

「我決定親眼看看可以實現願望的神木樟樹。」

五月的黃金週結束，在度假玩樂的氣氛消失後，佐治壽明來到了月鄉神社。他親眼看到那棵樟樹，深受震撼。光是站在樹旁，就可以感受到神木散發出能量。他在網路上多次看到有人說這裡是能量景點，也許任何人來到這裡，都會有相同的感覺。

壽明看到一個身穿工作服，看起來像管理員的老人，於是打招呼後，向老人說明喜久夫那封信的事，請教他是否知道是什麼意思。

原本以為老人會露出納悶的表情，沒想到對方的反應出乎他的意料。老人露出嚴肅的表情說，這件事非同小可。

「你哥哥的精神很正常，既然他寄託給樟樹，就必須有人來接收。」

「接收？接受什麼？」

「意念。」

「意念？」

老人說，最好馬上找柳澤女士幫忙。柳澤女士是神社的地主，也是樟樹的管理者。

他立刻撥打老人給他的電話號碼，接電話的是一個名叫柳澤千舟的女人。壽明向她說明情況，柳澤千舟說，如果去她家，她可以向他講解詳情。

壽明直接去了柳澤家。那是一棟氣氛很嚴肅的日本傳統建築。

壽明把喜久夫的信交給柳澤千舟，她看了之後，就好像瞭解一切般點點頭。

「接到你的電話後，我確認了紀錄。五年前，的確有一位佐治喜久夫先生來過這裡。看了紀錄之後，我想起當時見到他的情況。因為他是向坂先生介紹的，所以我就同意他向樟樹祈念。」

壽明聽過向坂這個名字。他是在療養所和喜久夫很親近的人。

「祈念……嗎？上面寫著寄託。」

「你哥哥寄託給樟樹的是他的意念、想法。」她用平靜的語氣說。

壽明想起老人說的話，原來真的是意念。

「文字的力量有其極限，不可能光靠文字表達出內心所有的想法，所以就把意念寄託給樟樹。具體做法是在新月的夜晚進入樟樹內，祈願想要傳達的事，我們稱之為『寄念』，就是寄託意念的意思，寄念的人則稱為寄念者。樟樹會記憶所有寄念者的意念，當滿月時，就會散發出來。只要走進樟樹，就可以接收這些意念，但只限有血緣關係的人。既然你哥哥留下這封信，代表他希望你母親來接收。」柳澤千舟把信還給壽明。

這一切太不可思議了。如果不是眼前這種狀況，他一定會覺得只是少見的傳說，但眼前這位老婦人所言具有強烈的說服力。

「要怎麼樣才能接收這種意念？」

「並不是什麼困難的事，只要快滿月時走進樟樹，想著對方就好。至於如何接收，無法用言語說明，只能說，試了就會明白。這種行為稱為受念，就是接收意念的意思。」

「即使妳這麼說，但我媽失智了……」

「是啊。我查了一下，並沒有看到有姓佐治的女士曾經來受念的紀錄，很遺憾，你哥哥的願望還沒有實現。」

壽明打開信，再次看著內容。

我寄託給月鄉神社的樟樹了，請妳記得去接收——

喜久夫可能覺得只要這麼寫，貴子就知道了，壽明也的確靠這封信找到了正確答案，只不過貴子並不知道，失智剝奪了她的機會。沒有人知道喜久夫寫的信，貴子應該也沒想起來，日子就這樣一天一天過去。

「妳有沒有聽說，我哥哥向樟樹寄託了什麼意念？」

柳澤千舟聽聞壽明的問題，輕輕搖搖頭。

「我們不會干涉寄念者寄託什麼意念，或是受念者收到什麼意念，更何況這也不是能夠用言語傳達的事。」

「原來是這樣。」壽明只能接受這樣的結果，所以，永遠都無法知道喜久夫想要傳達給貴子的意念嗎？當他這麼問時，柳澤千舟否認說，並沒有這回事。

「寄託在樟樹內的意念不會因為五、六年的時間就消失，之前曾經有過孫子接收了數十年前先人寄託的意念。」

「妳剛才說，只限有血緣關係的人接收。反過來說，只要有血緣關係，任何人都可以接收嗎？」

「可以，除非是寄念者在當初申請時限定受念者，不同意其他人受念，否則任何人來受念，我們都不會干涉。你哥哥當初並沒有辦理這樣的手續。」

「所以，」壽明舔舔嘴唇，「我也可以接收嗎？」

「如果你想的話。」柳澤千舟當場回答，「你想要接收嗎？」

「要。」壽明回答，「拜託妳。」

「我知道了。」柳澤千舟打開放在旁邊的檔案夾，「我剛才提過，越接近滿月的夜晚，樟樹發出的意念越強烈。幸好這個月的滿月之夜沒有人預約，你那天方便嗎？」

柳澤千舟指定的那一天剛好沒事。壽明低頭拜託說：「那就麻煩妳了。」

「可以請你在那天之前寄一份戶籍謄本給我嗎？雖然我知道這樣很失禮，但需要能夠證明你們的確有血緣關係。」

「我瞭解，我很快就寄給妳。」

壽明覺得規定真嚴格。

離滿月的日子還有一個星期。在這段期間，壽明想了很多。首先浮現在腦海中的是疑問。真的會有這種事嗎？在聽柳澤千舟說話時，簡直就像中了催眠術般全盤接受，但獨自冷靜思考後，就覺得根本就是不現實的靈異現象。

他並沒有懷疑柳澤千舟，她應該相信這件事。最好的證明，就是當壽明詢問費用時，她回答說：「只要隨意就好。我們稱為蠟燭費，但這是捐獻，所以並沒有固定的金額。而且偶爾會有完全沒有接收到任何意念的人，這種情況時，我們就不會收取任何費用。」

雖然柳澤千舟這麼說，但壽明還是覺得不瞭解大致的行情很傷腦筋。柳澤千舟笑了笑說，很多人會放一萬圓。壽明對這麼低的金額感到很驚訝，因為考慮到維持樟樹和神社的費用，神社方面應該會虧損，柳澤千舟顯然並不打算從這個行為中獲利。

說到底，應該就是所謂的「信者得救」。想要知道死去的人在想什麼的強烈願望，會無意識地在大腦中進行創作，當事人就產生了錯覺，以為是從樟樹接收到意念。

壽明認為如果真的如此，自己應該接收不到任何意念。因為他對喜久夫的事一無所知，也完全不知道他和貴子有何種程度的感情，更無法想像喜久夫想要向貴子傳達什麼。

不過，他覺得這也沒關係，至少可以為這件事做一個了結，不需要整天掛在心上。

不知道到時候會發生什麼狀況？他帶著既期待，又害怕的複雜心情等待那一天的到來。他沒有把這件事告訴妻子和優美，他決定自己消化這件事。

滿月的夜晚到了。他找了合適的理由出門前往月鄉神社。

來到神社內的社務所，看到身穿工作服的柳澤千舟等在那裡，她交給佐治一個紙袋。他打開一看，發現裡面是蠟燭和火柴。

「這是我們製作的特殊蠟燭，其他地方買不到。樟樹內已經準備好燭台，把蠟燭放在燭台上點火之後，就可以聞到獨特的香氣，你可以聞著香氣，回想你的哥哥。」

「就只是這樣而已嗎？」

「就這樣而已。」身穿工作服的老婦人十分確定地點點頭，「蠟燭差不多一個小時左右就會燒完，離開樟樹時，請務必確認火已經熄滅。」

壽明點點頭，看向樟樹前方的樹叢，忍不住深呼吸。

「即使請你不要緊張，你可能也很難做到，不過還請你盡可能放輕鬆，只要像是沉浸在和故人的回憶中那種感覺就好。」

「我瞭解了，那我去試試。」

「請慢走。衷心期望樟樹可以接收到你的心願。」

壽明在柳澤千舟的目送下走向樹叢，他發現自己口乾舌燥，很後悔沒有帶一瓶水。

他用手電筒照著前方往前走，在一片可怕的寂靜中，只聽到踩在草木上的聲音。

他很快就聞到了樟樹特有的樟腦香氣。

穿越樹叢，巨大的樹影出現在眼前，可以感受到濃厚的莊嚴氣氛，覺得似乎不該用手電筒這種廉價的燈光照在樟樹上。壽明停下腳步，又用力深呼吸幾次。

壽明用燈光照著腳下，繞到樟樹的左側，看到樹幹有一個巨大的洞，只要稍微低頭就可以走進去。

空洞內的樹壁上有個架子，上面放著燭台。壽明把蠟燭放在上面，用火柴點火，然後關掉手電筒。

蠟燭很快就發出強烈的氣味，煙燻般的味道和樟樹原本的香氣結合在一起，形成一股特別的神祕氣息。只要身處這種香氣中，就好像被引領進入了不同的世界。

好——

接下來該怎麼辦？柳澤千舟說，只要沉浸在和故人的回憶中就好，但他和喜久夫之間沒有太多的回憶，成年後，幾乎沒什麼見面。

在醫院見到喜久夫時，他已經快成了廢人，甚至根本沒辦法溝通。壽明只覺得自己遭到拒絕。

他回想著在代代木公園見面時的情況。不，那算是見面嗎？哥哥完全變成了離像，至今仍然完全不知道他在想什麼。

只有遙遠的過去才有像樣的回憶。那是壽明還在讀中學的時候。

他的耳邊突然響起喜久夫的聲音。

「老實說，我現在已經不知道是在做自己喜歡的事，還是在做非做不可的事了。我喜歡音樂，彈鋼琴也很快樂，但總覺得好像走錯了方向。」

那是壽明在自己房間內讀書，準備考高中的時候。

「如果媽媽聽到你這麼說會很難過，她把整個人生都賭在你身上了。」

喜久夫聽了壽明的話後說：「我知道，雖然知道……」然後就沒說下去。

那是第一次，也是最後一次聽到哥哥說真心話。不知道喜久夫之後帶著怎樣的心情過日子。對壽明來說，始終是一個謎。

我果然無法接收到嗎——他這麼想著，放鬆了肩膀。

他覺得蠟燭的香氣好像變強烈了，同時感覺到有什麼進入他的腦海。

壽明閉上眼睛，突然感到心潮澎湃，白色的東西隱約浮現在腦海，漸漸有了形狀。是白色的帶子嗎？不，不是——

他發現是鍵盤，是鋼琴的鍵盤。有一雙手在鍵盤上移動。那不是大人的手，手指雖然細長，但明顯是小孩子的手。

那是喜久夫的手。他小時候的手在彈鋼琴。

壽明有一種不可思議的感覺。他可以感受到喜久夫正在彈鋼琴時的感覺。那不是壽明的心情，明顯是喜久夫的感覺。

那是懷念過去的心情。回想著純粹只是喜歡彈鋼琴，讓全身沉浸在彈奏的音樂中那種幸福時光，希望可以回到當年。

但是，其中帶著後悔的心情。為自己走錯了路深深感到後悔。這個錯誤就是輕易放棄了音樂。

而且那並不只是後悔，還有懺悔和道歉。

懺悔和道歉的對象當然就是貴子。

雖然曾經痛恨母親把原本只是開心彈奏的鋼琴變成了痛苦的修行，當初也帶有因為不想讓母親如願的反抗情緒，才不想成為鋼琴家，而是以作曲家為目標。

但是貴子仍然持續支持，這種母愛讓人感到沉重和不耐。進入音樂大學，深刻體會到自己沒有才華後，母親的期待更是成為一種負擔。

在擅自退學時完全沒有罪惡感，看到貴子失望的樣子，反而感到痛快。

逃離音樂的世界後，做過很多嘗試，摸索自己到底能做什麼？自己的容身之處到底在哪裡？

但是始終找不到。因為找不到，所以再度痛恨母親，覺得都是她的過錯，把責任推卸到她頭上。因為從小只讓自己接觸音樂，現在才會做什麼事都無法成功。每當陷入痛苦時，就向母親求助。不光是金錢方面，在精神方面也是如此。

太愚蠢了。真的太傻了。

在一次又一次愚蠢的行為之後，最後變成被酒精燒壞腦子的廢人。失去正常的思考力，也失去了聽力。

令人驚訝的是，母親仍然沒有放棄這樣的兒子。她相信兒子一定能夠恢復，賭上自己的人生，全心照顧這樣的兒子。

隨著喜久夫的精神狀態漸漸安定，他終於看到了真相，然後知道，自己根本不需要尋找容身之處。

只要當貴子的兒子就夠了，根本不需要一定非得在音樂方面獲得成功，只要能夠享受自己的人生就好。這就是母親對兒子的期望。

真希望回到當年，希望回到完全沒有雜念，單純追求美妙音樂的孩提時代，讓貴子聽聽鋼琴的音色，這是對她唯一的回報。

但是——

現在自己已經做不到了。

壽明簡直就像在做夢，哥哥複雜的感情接連浮現在腦海中，隨即又消失。最強烈的就是對母親的歉意和感謝。

這時，他倒吸一口氣。因為他聽到了鋼琴的聲音。雖然剛才腦海中浮現小孩的手在鍵盤上移動的畫面，只是起初聽不到聲音，但音色不知道什麼時候進入腦海，而且是壽明完全陌生，至今從來沒有聽過的樂曲。

這個旋律是——

他感到愕然。因為他瞭解到這首曲子的意義。那是喜久夫送給貴子的禮物。

喜久夫雖然耳朵聽不到，但他再度探索音樂這條路。他當然無法再演奏，但可以在腦海中創作旋律。他喚醒記憶中的鋼琴聲，組合在一起，創作了這首樂曲。

為了貴子，為了獻給不離不棄支持自己的母親。

喜久夫想讓貴子聽到這首樂曲，所以才留下那封信。他寄託給樟樹的不只是後悔和感謝而已，喜久夫最想傳達給母親的是這首樂曲的旋律。

壽明回過神，同時什麼都聽不到，也什麼都感受不到了。難道是受念的時間結束了嗎？

他緩緩睜開眼睛，燭台上的蠟燭已經變得很短，他打開手電筒後，吹熄了蠟燭。

腦袋有點昏沉，好像做了一個很長的夢醒來，但那絕對不是夢。自己的確接收到哥哥寄託給樟樹的意念。

他走出樟樹，回到院落，坐在社務所前等候的柳澤千舟走向他。

「你似乎接收到很好的意念。」她看著壽明說。

「看得出來嗎？」

「當然啊，因為我在這裡當守護人很多年了。」

壽明重重地吐了一口氣。

「我必須向妳道歉。不瞞妳說，我原本半信半疑，不，甚至連半信半疑也稱不上。我根本不相信，以為八成是迷信，大家都只是自我暗示。」

柳澤千舟的臉上完全沒有不悅的表情，反而開心地微笑著。

「大家起初都這樣，所以我並沒有特別強調，要求大家相信，覺得只要相信的人來這裡就好。」

「經歷剛才的經驗之後，怎麼可能不相信？」

壽明從懷裡拿出一個信封，裡面裝了一萬圓的酬謝。他正準備交給柳澤千舟，但猶豫起來。

「怎麼了？」柳澤千舟問。

「其實，」壽明皺了皺眉頭，「我剛才說了，我原本沒有想到我能夠受念，但也不能因為沒有受念就不付錢，所以裡面只放了一點心意而已，只是這樣的金額和剛才的體驗太不相符了，在思考那到底該付多少錢這個問題時，我又搞不清楚了。」

柳澤千舟苦笑著說：

「大家在第一次經歷時，情緒都很激動，都會有這種想法，但在重複幾次之後，就會發現這其實和悼念故人沒什麼兩樣，所以請你不必為此煩惱。」

「真的可以嗎？不瞞妳說，我只放了妳上次告訴我的金額。」

「完全沒有問題，只是下一次可以請你放在燭台前嗎？」

「我知道了。」壽明把信封交給她。

「妳剛才提到重複多次，所以受念不是只有一次而已嗎？」

「不是，不是只有一次而已，寄託在樟樹上的意念可以半永久保存，只要接近滿月之夜，可以多次受念，但每個晚上只能受念一次。」

「所以我如果明天晚上再來，還可以受念嗎？」

「沒錯。」

「那我明天晚上可以再來嗎？當然我會另外支付酬謝的費用。」

柳澤千舟露出讓人覺得有點心機的笑容說：

「我猜到你會這麼做，所以明天晚上並沒有安排其他預約。你打算再過來嗎？」

「麻煩妳了。」壽明鞠了一躬。

「我瞭解了，今晚是滿月，明天晚上的意念會比今晚稍微弱一點，但完全可以感受到。我會做好準備恭候。」

「謝謝，拜託了。」

壽明連聲道謝後，離開月鄉神社。

隔天晚上，他再度走進樟樹。因為是第二次，他已經知道該怎麼做。只要注意力稍微集中，大腦就能捕捉到喜久夫的意念。

他再度感受著哥哥的苦惱和對母親的感謝，這天晚上也瞭解到，前一天晚上沒有接收到的對父親弘幸和弟弟壽明的想法。那些想法很複雜，既帶著歉意的罪惡感，也有想要拒絕的感情。在仔細體會後者的感情之後，發現那是嫉妒，尤其對壽明有強烈的嫉妒。

喜久夫嫉妒弟弟能夠平凡地長大，羨慕他沒有被迫學鋼琴，能夠和其他孩子一樣玩樂、過得很開心。他忍不住悲嘆，和決定要繼承家業，未來的道路已經決定，不需要為未來煩惱的弟弟相比，自己被迫生活在痛苦的境遇中。

但同時也存在著嫌惡的感情，嫌惡有這種嫉妒情緒的自己。弟弟也過得很辛苦，被迫繼承家業，也許原本有更想走的路。母親的愛都被哥哥奪走，內心一定感到很寂寞。自己竟然嫉妒這樣的弟弟，簡直太卑鄙無恥了——

和前一天晚上一樣，漸漸響起了旋律聲。就是那首可說是喜久夫的贖罪曲。

壽明放鬆精神，專注在音色上。

那是一首很優美的樂曲。哥哥果然是天才，聆聽這首樂曲，身心都得到淨化。

當樂曲結束時，意念也消失，但壽明太感動了，久久無法動彈。

23

社務所狹小的空間內響起鋼琴聲。旋律充滿新鮮感，莊嚴卻輕盈，節奏既不會太快，也不會太慢，和生理時鐘很協調，令人身心舒暢，想一直聽下去，一直沉浸在這樣的旋律之中。

佐治面前的無線喇叭傳出音樂聲，他播放了存在手機內的音樂檔案。

他操作手機，停止播放樂曲。

「好優美的曲子。你接收了喜久夫先生的意念，然後聽到這首樂曲吧？」

「正確地說，不是耳朵聽到的，而是腦袋中響起的樂曲聲。」佐治聽了玲斗的問題後，稍微修正他的說法，「而且，並不是這首樂曲的全部，目前還沒有完成，並不完整。」

「這是誰編的曲？爸爸，是你嗎？」

佐治聽了優美的問題，噗哧一聲笑起來，「我怎麼可能有這麼大的能耐？」

「那是誰？」

「妳剛才提到的女人。」

「剛才……」優美似乎想到了什麼，拿出自己的手機，俐落地操作後，把螢幕朝向佐治問：「這個人嗎？」

畫面就是優美懷疑是她爸爸情婦的那個女人。

「沒錯。」

優美再次看著螢幕，然後看著父親問：「這是怎麼回事？」

「因為我希望可以變成有形的東西。」

「有形的東西？」

佐治指著自己的腦袋。

「自從受念之後，哥哥的樂曲一直縈繞在耳邊，隨時在腦海中響起，有時候會不知不覺哼唱。」

「啊，你這麼一說，我也想起來了。」

「妳媽媽也說過我，最近常哼歌，是不是有什麼開心的事？我只好顧左右而言他。」

「為什麼要顧左右而言他？你應該告訴媽媽。」

「因為我沒辦法說哥哥的事，一方面很難說明，而且也沒什麼愉快的回憶，聽的人應該不會開心吧，再說我猜想她應該沒辦法相信又是樟樹，又是祈念的事。」

「你不說說看怎麼知道？」優美嘟著嘴，小聲埋怨道。

「即使要告訴你們，我也打算等事情結束之後再說。」

「結束？」

「我希望把這首樂曲，在腦海中響起的音樂變成可以實際聽到的音樂，到時候就可以讓你們聽了，只不過我完全不知道該怎麼做。」

「結果你採取了什麼方法？」玲斗問。

「我煩惱了很久，聯絡到目前在當音樂老師的中學同學。幾年前參加同學會時曾經交換名片，當時說好改天見面聊天，之後就不了了之。」

佐治說，那個男同學姓葉山。

「你怎麼跟那位葉山先生說？」

佐治應該不可能告訴對方祈念的事。

「我說很久之前聽過的鋼琴旋律一直留在腦海，我想重現這個旋律，到底該怎麼做。葉山說，如果是古典音樂或是爵士樂的經典曲目，他幾乎都知道，要我哼給他聽。他似乎以為我想知道某個旋律的原曲，所以我告訴他，是因為某種原因還沒有對外發表的夢幻樂曲，結果他又問我，為什麼會知道還沒有發表的樂曲，真的很麻煩。」佐治露出不悅的表情。

「我能夠理解葉山先生的心情，結果你怎麼向他說明？」

「我告訴他，是我死去的哥哥創作的樂曲，以前曾經聽他用鋼琴彈過好幾次，是有紀念意義的樂曲。我最近想聽，翻找了哥哥的遺物，發現沒有留下錄音帶或是音樂檔，連樂譜也沒有，讓我束手無策。」

「很棒，這樣的說明聽起來很合理。」

「結果呢？」優美問。

「葉山聽我這麼一說，才終於瞭解問題沒這麼簡單，然後告訴我，如果是這樣，他認識一個合適的人選。聽他說，他認識的那個人，即使有點長的樂曲，只要聽一次，就馬上可以彈出來，而且就連五音不全的人唱歌，她聽了之後，也可以推測出原本的正確樂譜。」

「是喔，原來還有這樣的人。」

「如果真的像葉山所說，那個人的確是合適的人選，於是我就請葉山介紹，直接去了她家。她住在吉祥寺。」

「啊！」玲斗叫了一聲，看著優美面前的手機。她也指著手機問：「就是剛才那個女人嗎？」

「沒錯。」

佐治說，那個女人名叫岡崎實奈子，平時是鋼琴講師和音樂相關的自由作家。

「情況就是這樣。雖然妳會懷疑很正常，但我和她之間完全沒有任何見不得人的事。

如果妳願意，下次也可以帶妳去見她。」佐治對優美說。

「我知道，對不起。」

「妳怎麼知道我到她家去？」佐治問了理所當然的問題。

「回家之後再告訴你。」優美尷尬地回答。

「看來妳背著我做了不少小動作。」佐治露齒一笑。

「結果呢？」玲斗催促他繼續說下去，「那個姓岡崎的女人協助你完成了剛才的樂曲嗎？」

「嗯，簡單地說，就是這樣，但其實事情沒這麼簡單，當初的過程有不少波折，不，談這件事時還不能用過去式。」

「可以請你說來聽聽嗎？」

「你是說這個過程有多辛苦嗎？即使聽了，也不是什麼有趣的事。」

「我也想聽。」優美加強語氣說。

「是喔……」佐治瞥了一眼手錶，「既然這樣，那就順便聊一聊。」

佐治拿起茶杯，可能想要潤潤喉，但杯子空了。玲斗慌忙拿起茶壺。

佐治喝了玲斗為他倒的茶，稍微坐直身體後，繼續說下去。

岡崎實奈子是一個嬌小亮麗的女人，不到五十歲，但完全看不出真實年紀。

「葉山先生向我提了這件事，我覺得很棒。」岡崎實奈子挺直身體，雙眼炯炯有神地說，「你至今仍然記得你哥哥創作的曲子，簡直太神奇了。」

「不，我不敢說記得很清楚。」佐治壽明抓抓頭，「只是斷斷續續，隱約記得而已。」

「沒關係，我先聽看看。」

「是嗎？那就——」壽明輕咳了幾下，坐直了身體。

前一天晚上，壽明去了月鄉神社受念。他聽了葉山的話之後，想把曲子記得更清楚，於是就和柳澤千舟聯絡，也請她準備兩個小時的蠟燭。

前一天晚上受念後，比之前對旋律有了更深刻的印象，但還稱不上完美，畢竟他只聽過三次。

在別人面前哼歌很害羞，也很緊張，而且岡崎實奈子和葉山是音樂方面的專家，但如果不在這裡哼唱，就無法完成樂曲。

哼哼、哼。壽明哼唱起來，立刻害羞得渾身發熱，而且連他自己也知道音程不安定。他感覺到臉頰發燙時停下。

「不好意思，我唱不好，真難啊。」

「你不必在意，請你繼續。」岡崎實奈子一臉嚴肅地說。葉山雖然面帶笑容，但並不是在嘲笑壽明。

「好。」壽明回答後再度哼唱起來，邊唱邊著急，覺得不太妙，好像有點不太一樣。他失去自信，不知道自己唱得對不對。

他哼唱完記得的部分後，偏著頭，抓了抓額頭。

「這樣應該不行吧？我再回家好好練習。」壽明說。

岡崎實奈子對他這句話沒有反應，只是問他：「曲調是怎樣的感覺？」

「曲調……嗎？我不知道該怎麼說。」

「你可以把你的感覺直接說出來，比方說很像演歌風格，或是民謠風。」葉山在一旁插嘴說，「或是很歡快熱鬧，或是反過來很陰沉的感覺。」

「如果是這樣，應該說……很靜謐？」

「靜謐。敘事曲嗎？」

「敘事曲是什麼？」

「就是節奏很緩慢，感覺很沉穩。」

「嗯，沒錯，讓人想要靜下來好好聽。」

岡崎實奈子默不作聲地站起，在牆邊的電子琴前坐下，打開琴蓋，緩緩彈了起來。

壽明大吃一驚。因為電子琴的旋律正確地重現了他剛才哼得五音不全的樂曲，而且針對音程不安定的部分適度地修正，聽起來有樂曲的感覺。

「差不多是這種感覺嗎？」岡崎實奈子轉頭看著壽明問。

「太厲害了，妳只聽了一次而已！」

「怎麼樣？」葉山問，「很像你哥哥創作的樂曲嗎？」

「嗯……」壽明抱著雙臂。

「說像的話，好像有點像，但說不像好像也真的不太像。」

「哪裡不像？怎麼不一樣？我再彈一次。」岡崎實奈子再度在電子琴前彈奏起來。彈完之後，她問壽明：「怎麼樣？」

壽明撇著嘴角，微微偏著頭。

「雖然就是這種感覺的樂曲，但還是有點不一樣，我說不清楚。對不起，都是我不好，因為我哼得五音不全。我還是回家好好練習之後再說。」

「你練習之後，就會改善嗎？」葉山露出懷疑的眼神看著他。

「我不知道，但總比不練習好一些。」

「佐治先生，你有沒有玩什麼樂器？」岡崎實奈子走了回來。

「沒有。說起來很慚愧，我和哥哥不一樣，在這方面完全不行。」壽明在臉前搖著手。

「那要不要試試這種方法，你把自己哼的歌錄下來，然後自己先聽聽看，如果不滿意就再重錄。你可以多錄幾次，等你錄下滿意的樂曲之後，再拿來給我聽，你覺得如何？」

岡崎實奈子的提議很合情合理，問題在於不知道壽明是否能夠完成。

「我不知道，真的沒什麼自信。」

「你要不要先試試？我想聽了之後再做判斷。」

「好，那我試試。」

他們約定兩個星期後再見，壽明和葉山就離開了。走出公寓後，他向葉山道謝。

「希望可以成功。」老同學對他說，「完成之後，記得告訴我，我也想聽聽，我覺得會是一首名曲。」

「你聽了我剛才哼的，就知道是名曲嗎？」

「當然知道，雖然音程很不安定，卻可以感受到某些東西，那就是名曲的證明。」

雖然葉山這句話是在說壽明五音不全，但壽明覺得是在稱讚喜久夫，所以感到很高興，於是回答說：「那真是太好了。」

隔天，他立刻去買了錄音筆，把自己哼的歌錄下來。因為他不想被妻子和優美聽到，所以都在一大清早，員工來上班之前，在工程行的辦公室偷偷錄音。

他試了之後，發現沒有想像中那麼簡單。雖然他哼唱出記憶中的旋律，但播放確認後，發現並不一樣，而且更糟糕的是，他也不知道哪裡不一樣，所以無法修正，只是他很確定，真的不一樣。

一眨眼，兩個星期過去了。壽明雖然自己很不滿意，但還是帶著錄音筆造訪岡崎實奈子的公寓。

岡崎實奈子聽完錄音，立刻坐在電子琴前開始演奏。她手指的動作流暢，簡直就像在彈奏熟悉的樂曲。樂曲洗練而完整，難以想像就是根據壽明帶來的錄音筆中哼的旋律，當岡崎實奈子彈奏結束時，壽明差一點鼓掌。

「怎麼樣？」岡崎實奈子問。

「太優美了，我聽得入神了。」

「有沒有更接近你哥哥創作的樂曲？」

「我哥哥創作的樂曲嗎？呃，這個、應該、相當接近了。」壽明在回答時忍不住結結巴巴。

「但還是有點不一樣，對嗎？請你告訴我實話。」

「呃、那……對，有微妙的不同，但這是因為我哼唱得不好，不是妳的問題。我會再練習，下次一定會帶更正確的內容過來。」

岡崎實奈子拿起錄音筆，又播放一次。小小的機器中傳來壽明哼唱的聲音。她仔細聆聽著，不時偏頭感到納悶。

壽明感到坐立難安，忍不住道歉說：「對不起，我哼得太難聽了。」

「佐治先生，」岡崎實奈子轉頭看著他問：「這是完整的樂曲嗎？」

「啊？完整……樂曲？什麼意思？」

「我上次聽了之後就覺得樂曲的構成不太自然，好像是從樂曲的中間突然開始。原本我以為等你錄下完整的樂曲，我聽了之後就可以消除這種感覺，但現在還是有同樣的感覺，所以我開始懷疑這是不是完整的樂曲，是不是少了一部分？」

壽明大吃一驚，不由得佩服，覺得專家果然不一樣。

她說得完全正確。壽明哼唱的內容的確是從樂曲的中間部分開始，因為每次受念時，他都沒有聽到開始的部分。

「妳說得沒錯。」壽明回答，「其實我是從中間的部分開始哼唱，前面的部分我不記得了……」

「這樣啊，你要怎麼辦？就這樣完成嗎？雖然我也可以協助你創作前面的部分，但氣氛或許會有點不一樣。」

「不，如果是這樣，那我再回去試試看，我下次來之前，會錄好完整的樂曲。」

岡崎實奈子聽了壽明的回答，詫異地皺起眉頭。

「但是你不是記不太清楚了嗎？這樣的話，即使再怎麼努力，不是也很難想起來嗎？」

「啊，不，妳說得沒錯……」

她的疑問很理所當然。如果透過努力可以回想起來，不是早就應該這麼做了嗎？

「不瞞妳說，其實情況有點不太一樣。」

「不一樣？」岡崎實奈子偏著頭問，「哪裡不一樣？怎麼不一樣？」

「就是實情，我當初對葉山說的情況和事實有點……不，有很大的不同。因為我覺得即使我說實話，大家也一定無法相信。」

「你說要重現你哥哥創作的樂曲，這件事是說謊嗎？」岡崎實奈子表情微微繃緊。

「不，這件事是真的，只不過並不是我至今仍然記得以前聽哥哥演奏的樂曲。事實上，我也是最近才聽到，然而也不是聽錄在錄音帶或是CD上的樂曲。」

「所以你聽到你哥哥當場演奏嗎？但你不是說，你哥哥早就去世了嗎？這件事也是說謊嗎？」

「這件事是真的，哥哥的確早就去世了，他創作的樂曲也沒有錄下來。我知道妳會納悶，既然這樣，怎麼有辦法聽到那首曲子，但真的有這種方法，只是這件事太離奇，很難說明……」

岡崎實奈子露出不可思議的表情。

「聽你這麼說，我反而更好奇了。」

「我能夠理解，如果換成是我，我應該也有同樣的想法，妳要不要姑且聽一下？雖然我認為妳大概無法相信。」

「請說。」

「但是，可不可以請妳保密，不要告訴其他人？因為這件事不能輕易告訴他人。」

「怎麼回事？這麼一說，我更想聽了。好，我向你保證。」岡崎實奈子坐直身體，露出好奇的眼神。

「不瞞妳說……」壽明一五一十說起。哥哥留給母親一封奇怪的信，他因為這封信去看了月鄉神社的樟樹，然後從自稱是樟樹守護人的老婦人口中得知驚人的事，壽明親自去受念，在受念時，腦海中聽到了哥哥創作的樂曲──

因為整件事太匪夷所思，所以他在說話時始終低著頭，不敢看岡崎實奈子的臉。壽明熱切地訴說這一切，很希望岡崎實奈子能夠相信，好幾次都說得口沫橫飛。

壽明說完之後，用手背擦擦嘴巴，戰戰兢兢地抬起頭。

岡崎實奈子望著壽明的眼睛，連續眨了好幾次，用平靜的語氣說：「太不可思議了。」

「對不起，妳果然沒辦法相信。妳一定覺得是一個腦袋不清楚的老頭子在妄想，或是幻聽。我第一次聽說祈念的事時也半信半疑，甚至可以說根本不相信，但真正走進樟樹之後——」壽明說到這裡住了嘴，因為岡崎實奈子伸出右手示意他停下。

「我只說很不可思議，但並沒有說不相信。」

佐治雙手放在腿上，探出身體說：「妳相信嗎？」

「我不認為你在說謊，也許是妄想或是幻聽，但這件事本身和我沒有關係。只要你在腦海中聽到你哥哥創作的樂曲，這樣就夠了，我只是希望能夠協助你完成這首樂曲。」

「聽妳這麼說，我就放心了，我很慶幸對妳說了實話。」

「我也很高興聽你說明實情。所以，我可以認為你能夠哼唱出樂曲的開頭部分，對嗎？」

「對，我會努力。」

「那我就等你的消息。」岡崎實奈子說完後，露出沉思的表情。

「怎麼了？」壽明問。

「我現在想到，你要不要在受念……是不是叫受念？你要不要在受念時帶錄音筆？」

「受念的時候？」壽明看著放在桌上的錄音筆，「帶去幹什麼？」

「當腦海中響起樂曲時，你可以跟著哼唱，然後當場錄音。我相信這樣的話，節奏和音程會比較安定，也不需要仰賴記憶。」

「有道理，我之前都沒想到。」

「你願意試一試嗎？」

「我會試試，感謝妳寶貴的建議。」

壽明離開岡崎實奈子的公寓後，立刻和柳澤千舟聯絡，預約在下一個滿月之夜和隔天晚上進行下一次受念。

「你連續來受念，以後也會每個月都來嗎？」滿月之夜，柳澤千舟問壽明。

「事出有因，雖然很難解釋清楚。」

柳澤千舟輕輕搖了搖頭說：

「不需要向我解釋，有不少人會頻繁造訪。你慢慢來。」柳澤千舟說話時完全沒有好奇的語氣。

壽明走進樟樹內點了蠟燭，拿出錄音筆，按下開關。他閉上眼睛，專心想著喜久夫。和之前一樣，他很快感受到哥哥強烈的意念。壽明在感受的同時，等待那首樂曲響起。不一會兒，他聽到旋律在黑暗深處輕輕響起。那是之前受念時沒有察覺的前奏部分。旋律深奧而優雅，他驚訝地發現自己之前太大意，竟然漏聽了這麼優美的音色。

他猛然想起，現在不能只是陶醉在這個音色中，必須哼唱出來，用錄音筆錄下來，但很難跟著第一次聽到的曲調哼唱出正確的音。

隔天夜晚，他再度挑戰錄下自己哼唱的聲音。雖然略勝於前一天晚上，只是離完美還差得很遠，但他還是帶著錄音筆去找岡崎實奈子。

她聽了錄音的歌後雙眼發亮，似乎完全瞭解了。

「原來是這樣。我知道了，和我想的一樣，有了開始的部分，這首樂曲才完整。」

「妳聽得懂嗎？我自己都很慚愧，覺得哼得很差勁。」

「有些細節的確希望可以瞭解得更清楚，你看這樣好不好？請你繼續去樟樹內把你哼唱的內容錄下來後再送來我這裡。我會以此作為參考寫下樂譜，然後再演奏給你聽。我看……差不多兩個星期一次。」

壽明聽了岡崎實奈子的提議，忍不住瞪大眼睛。

「如果可以用這種方式進行當然最理想，但是真的可以嗎？妳也有自己的工作，這樣會不會太打擾妳？」

「我自己也想試試。我們要在沒有音源和樂譜的情況下，重現逝者創作的樂曲。我相信以後不可能再有機會體會這種神秘的經驗了。」

「聽妳這麼說，我心情輕鬆多了。」

「所以你同意這種方式嗎？」

「當然，那就拜託妳了。」壽明起身，深深地鞠躬。

那天之後，壽明兩個星期就會去岡崎實奈子的公寓一次。他在滿月的夜晚將受念的樂曲哼唱出來，錄在錄音筆中，隔天交給岡崎實奈子。大約兩個星期後，再去她家聽她演奏，對完成的樂曲表達意見和感想。

之後因為要正式錄音，所以他們一起去了錄音室。岡崎實奈子經常使用的錄音室在澀谷，所以他們約在那裡見面。

就連對音樂一竅不通的壽明也發現，岡崎實奈子演奏的樂曲一次比一次完美。

「但還是不行。」佐治把手放在無線喇叭上，「已經很接近了，不過還差一步，但這一步很遙遠。樂曲並不是只有旋律而已，還有伴奏跟和弦。我仔細聽了之後，的確聽到了，只不過我無論如何都無法完美地哼唱出來，根本搞不懂到底哪裡、怎樣不對勁，所以我今天晚上把這個帶來進行比較，還是不太順利。我在樟樹內也反覆練習哼唱，還是沒辦法完成。」

「剛才的確聽到你一下子播放樂曲，一下子哼歌。」

「對。」佐治點點頭後，露出訝異的表情看著玲斗問：「你怎麼會知道？對了，優美剛才手上拿的是什麼機器？」

「這件事也晚一點再告訴你。」優美說。

「妳這個孩子真的從以前就……」佐治嘀嘀咕咕著，把無線喇叭放回紙袋，看著女兒問：「我明天白天要去和岡崎小姐見面，妳要一起去嗎？」

「要。」優美毫不猶豫地回答。

佐治收拾完後站了起來，「我明天晚上會再來，到時候再麻煩你了。」

「恭候你的光臨。」玲斗鞠了一躬。

佐治父女離開社務所，並肩走在神社的院落內。玲斗可以聽到他們的談話聲。

「優美，妳是怎麼來的？」

「我開公司的小貨車。」

「喂，妳怎麼可以隨便用公司的車子？」

「你自己還不是開公司的車子？」

「我是老闆啊。」

「我是老闆的千金啊。」

「千金？別說笑了。」

溫馨的談話越來越遠，聽不到之後，玲斗走進社務所。

他發現自己內心湧起一股暖流。是因為看到他們父女關係修復了嗎？還是被佐治對已經離開人世的哥哥那份情誼深深感動？

他覺得樟樹的力量太厲害了，祈念太棒了。雖然他已經漸漸隱約瞭解是怎麼一回事，但完全沒有想到這麼厲害，能夠傳達無法用言語表達的複雜感情，甚至是在腦袋中創作的音樂，都完全超出了他的想像。

他再度體會到這份責任——樟樹守護人的重要性，也發自內心感謝把這份工作交給他的千舟。

24

隔天下午，玲斗盤腿坐在神殿擦老舊的鈴時，千舟走進來看到他，忍不住瞪大了眼睛說：「你竟然有辦法把鈴拿下來。」

「社務所後面有梯子。這個鈴太髒了，也許擦乾淨之後，聲音會變得清脆些。」

千舟看了看鈴，又看了看玲斗的臉說：「看來你也開始對這個神社產生了感情。」

「也不是對神社，可能是對那棵樟樹……吧？」

「這是好事，我今天帶這個來，果然是正確的決定。」千舟輕輕拍了拍肩膀上的托特包。

「妳帶了什麼？」

「請問妳帶了什麼？」

「啊？」

「不要說『妳帶了什麼』，而是要說『請問妳帶了什麼？』你每次只要稍不留神，就忘了說敬語，要小心點。」

玲斗揚著下巴點點頭說：「對不起……」

「等你擦完鈴之後再告訴你。我在社務所，擦完之後來找我。」千舟轉身離去。

玲斗擦完鈴，裝回原來的位置，又把梯子放好後回到社務所。千舟拿著記事本正在喝茶，看到玲斗走進來，慌忙把記事本闔起來，收進皮包。

「擦完了嗎？」

「對，總算擦完了。」

「辛苦你了。」千舟從托特包內拿出一本很厚的筆記本放在桌上，「這就是我帶給你的東西。」

「我可以看一下嗎？」

「當然，就是為了給你看才帶過來。」

玲斗拿起記事本，封面上寫著『樟樹守護人　心得』。打開一看，第一頁上寫著『念即人生　切不可觸』。下一頁上寫著『第一章　接待希望祈念者心得』，下面寫了各種注意事項。

「剛才，其實也只是兩個小時前，佐治先生打電話給我，問了我一些事，然後我聽他說了昨晚的情況。他似乎已經告訴你這次祈念的原因了。」

「喔，這是、呃、因為有各種理由。」玲斗心慌意亂，不知所措，千舟知道自己和優美一起偷聽了祈念嗎？

「佐治先生說，是他女兒硬是拜託你幫忙，所以才會有這樣的結果。我認為最好不要過問，所以也沒有追問。而且對我來說，最重要的是你似乎慢慢瞭解祈念是怎麼一回事。你聽了佐治先生的話，有沒有什麼想法？」

「啊，我覺得很神奇，太神奇，超級神奇，簡直無敵神奇。」

千舟無奈地皺起眉頭，垂著嘴角。

「你也太詞窮了，除了神奇以外，就沒有其他詞彙了嗎？」

「對不起。」玲斗摸著頭，「但我真的太驚訝了，所以想不到其他詞彙。我沒有祈念的經驗，所以不是很瞭解，只覺得可以支配人心，或者說是深受震撼，反正就是無須多說。」

「沒錯，就是無須多說。」千舟滿意地用力點頭，「因為可以完全傳達腦海中浮現的所有一切，所以和言語傳達的訊息不同，無法虛假，也無法粉飾。寄念者真正的想法會完完整整地傳遞給受念者，所以大部分前來祈念的人都是用於遺囑，因為可以正確傳達光靠文字遺囑無法充分表達的那些複雜、不明確的想法。許多和柳澤家淵源很深的世家，都借助樟樹的力量，向接班人傳達一家之長的理念、信念和使命感。」

「啊，對喔……」

玲斗腦海中浮現大場壯貴的臉。

「這些一家之主的最大願望，就是希望家族持續繁榮，受念的接班人接收到這種意念，努力加以實現，所以很多接班人實現了前任的夢想。這就是為什麼大家都說，樟樹可以實現願望的原因。」

「啊，原來是這樣。」玲斗用力拍了下手。

「沒想到時間一久，只將這個部分簡略化，而且消息越傳越開，這裡漸漸變成所謂的能量景點，但也因為這樣，發揮了很好的掩護作用。因為應該沒有人真的相信只要向神奇的樟樹許願，願望就能夠實現。」

「如果大家瞭解樟樹真正的力量，的確會引起軒然大波。」

「正因為這樣，所以柳澤家的責任很重大。我剛才說，可以傳達理念和信念，但其實意念並不一定是這種純潔的內容，還同時包括了懷疑的念頭、執著的念頭、遺憾的念頭，還有懸念等，這些寄念者留在內心的意念，甚至可能連同雜念、邪念也會統統傳達給樟樹。據說以前曾經有很多人對著樟樹希望憎恨的人去死，這等於留下報仇的命令。」

玲斗想起好像有人提過這件事，想了一下之後，才想起之前在澡堂和那個姓飯倉的老人聊過這件事。

「所以說，」千舟看著玲斗的手說，「這本筆記上寫了善盡樟樹守護人職責的禮法和心得，也就是所謂的指導手冊。我在代代傳承的內容中，加上了自己的心得，你有空的時候看一下，如果有什麼不懂的地方可以隨時問我。」

之前不管問什麼，千舟都不願告訴玲斗，此後的情況似乎不一樣了。

「那我可以問一個問題嗎？」

「你還沒有看筆記就有問題嗎？好吧，什麼問題？」

「是關於受念的事，我認為不可能每個人都絕對能成功。會不會發生即使進入樟樹，拚命回想寄念者，但仍然完全感受不到任何意念的情況？」

千舟緩緩點了點頭。

「的確有這種情況，而且這種情況並不少見。比方說，即使有血緣關係，如果關係太遠，恐怕就很困難。最好是在三等親以內，四等親就有點難了，如果是五等親，希望就很渺茫。另外，即使血緣關係很強，但如果和寄念者之間的關係很淡薄，就可能接收不到意念。除此以外，還有其他原因，有時候會遇到無法順利受念，所以不願付錢的狀況。」

這完全就是大場壯貴目前面臨的狀況，玲斗探出身體。

「那些人之後怎麼樣？沒有再來嗎？有沒有人一次又一次挑戰？」

「當然有。尤其是無法受念的原因不明的時候，還有人不願放棄，每逢滿月就來。」

「如果還是無法受念的話怎麼辦？」

「那就看個人了，有的人很快就放棄，也有人堅持不懈。」

「但有沒有大致的次數。比方說，如果試了五次還不行，可能就沒指望了。假設有這種大致的次數，如果告訴當事人，是不是對他們也比較好？」

「這是不必要的干涉，樟樹守護人無法要求祈念者做這做那。」千舟用訓誡的語氣說完後，表情變得很冷峻，試探地看著玲斗問：「你為什麼會問這種問題？」

「這是因為、呃、我思考了很多……」他吞吞吐吐起來。

「你為什麼這麼吞吞吐吐？有什麼話就直接說出來。」

「不，不是我有什麼話，而是有人問我。」

「問你？誰？問你什麼？」千舟一口氣問道。

「其實——」他在無奈之下，說出了大場壯貴問他的問題。

千舟露出了然於心的表情。

「大場壯貴先生問你這個問題……對了，他預約了明天要來祈念。我就猜想他上次可能不太順利。」

「我覺得壯貴先生已經放棄了，只是想要一個放棄的理由。」

「是嗎？但是我說了很多次，我們無法說什麼，只要客人申請祈念，我們就只能接待。」

「果然是這樣嗎？雖然我覺得他好像有點可憐，但也無可奈何。」

「看來每個家庭在接班人的問題上都很傷腦筋，尤其是豪門世家或是大公司，這個問題就更麻煩。反正我快被公司踢走了，這種事已經和我無關。」千舟難得用自暴自棄的語氣說話。

「被踢走？什麼意思？」

「聽說會在下次的高階主管會議上宣布不再續聘我擔任顧問，然後會在董事會或是股東大會上做出決議，到時候我就正式退休了。」

「為什麼？柳澤集團應該還需要妳的貢獻。」

千舟聽了玲斗的話，露出意外的表情眨了好幾次眼睛。

「太意外了，你對柳澤集團瞭解多少？」

「這、我、不是很瞭解，只是在澀谷的飯店……」

「澀谷？喔，你是說『柳滋飯店』嗎？那裡怎麼了？」

「我看了房間內的簡介，上面有董事長的話。」

「喔，你說那個，你看了嗎？」

「上面寫的內容還滿有意思的。」

「喔，是喔……」千舟露出沉思的表情，但隨即豁達地笑笑說：「組織需要新陳代謝，顧問和參事之類的漸漸落伍，股東也無法接受，所以我卸任當然沒問題，只是還放不下『柳澤飯店』。」

「真的決定歇業了嗎？」

「即使我退出集團，至少希望能夠保住那裡。」千舟用右手摸著自己的臉頰，露出凝望遠方的眼神，然後好像突然想起什麼似地翻開放在一旁的記事本，提筆寫了起來。

晚上十點多，玲斗在社務所時，聽到混濁的鈴聲。即使擦得再乾淨，鈴聲似乎也無法變得清脆。

當他走出社務所，佐治和優美一起站在那裡。

「兩位好。」玲斗向他們打招呼，「我聽阿姨說了，聽說優美要先挑戰祈念嗎？」

「柳澤女士說應該不行，但還是試一試。」

玲斗看著優美，她似乎也沒什麼自信，有點害羞地聳了聳肩。

三個人一起走去院落的角落，在祈念口前停下。

「那我先過去了。」優美拿著裝了蠟燭的紙袋，一臉嚴肅的表情說：「聽爸爸說，在點了蠟燭後，不到五分鐘，就會有意念進入腦海，所以我嘗試十分鐘，如果不行，我就回來。」

「好，妳去試試。」

「專心點。」佐治對女兒說，但聲音非常有力，可能沒有抱太大的期待。

佐治打電話問千舟，是否可以讓女兒代替他祈念。佐治說，因為某種原因，所以想讓女兒試試。

玲斗從千舟口中得知這件事時，立刻猜到佐治認為如果優美可以接收到佐治喜久夫的意念，就可以補足那首樂曲中，佐治無法捕捉到的部分。因為優美之前說，她對音感很有自信。

「不知道行不行，搞不好沒辦法。」佐治雙手插在長褲口袋裡，搖晃著身體問道。

「優美對喜久夫先生一無所知，我覺得不太可能接收到。」

「我說了很多有關哥哥以前的事給她聽，還給她看了照片。」

「是喔。」玲斗只能不置可否地回答，他不認為這樣就可以瞞過樟樹。佐治應該也沒抱太大的希望，最好的證明就是儘管天氣很冷，但他沒有去社務所，而是等在這裡，代表他猜想優美應該很快就會回來。

他猜對了，不一會兒，優美就從樹叢深處走來。

「果然不行，完全沒有浮現任何意念。」優美一臉不悅的表情說，「我把蠟燭的火吹熄了。」

「那也是無可奈何的事，換我了。」佐治說完，走向樹叢深處。

玲斗和優美一起去社務所等待。

「今天去了澀谷的錄音室，見到岡崎小姐。」優美用雙手捧著裝有熱可可的杯子取暖時說道。

「她看起來怎麼樣？」

「人很好，很漂亮，也很親切，而且很有才華，我竟然懷疑她是我爸爸的情婦，真是太對不起她了。」優美一臉嚴肅的表情說。這應該是她的真心話。

「樂曲方面呢？」

「嗯，」優美發出低吟，「在還差一步的地方卡住了，雖然我覺得這樣就好，現在的樂曲就已經夠完美了，但我爸爸說，還是有點不太一樣，他說聲音還有微妙的差異。我就問他到底哪裡、怎麼不一樣，他又說正因為說不清楚，他也很傷腦筋，然後還惱羞成怒反問我說，妳知道用言語表達腦袋裡的樂曲有多困難嗎？真是莫名其妙，搞什麼嘛。」

「佐治先生想要追求完美的樂曲，他很執著。」

「嗯，我稍微問了一下，他好像有自己的打算。」

「打算？什麼意思？」

「他說等樂曲完成之後，要讓我奶奶聽。因為這原本就是喜久夫伯伯獻給奶奶的樂曲，只要找人用鋼琴演奏，奶奶就可以聽到了。」

「但妳奶奶不是失智了嗎？她聽了應該也搞不清楚狀況吧？」

「我爸爸說，那也沒關係，反正他就是想讓奶奶聽。而且他覺得即使奶奶目前是這種狀態，那首樂曲也可以打動奶奶。既然他這麼說，我就無法反駁了，只能讓他繼續做到滿意為止。」

「真傷腦筋啊。」

「我真的覺得他超麻煩。不過——」優美偏著頭繼續說道，「我對爸爸有點刮目相看了。」

這句話似乎點亮玲斗的內心深處，所以忍不住默默注視著她。

「怎麼了？你可以不要用這種眼神看我嗎？」優美用右手遮住臉。

玲斗移開視線，看著窗外的夜空。圓月就像是祝福的大氣球懸掛在天上，今晚的月亮也沒有被雲遮住。

25

大場壯貴和上次一樣，在福田的陪伴下出現，但他們走向玲斗的樣子，簡直就像福田硬拉著壯貴走來。雖然兩人臉上的表情都很不悅，但福田看起來比較認真。相較之下，壯貴一臉意興闌珊，雙手插在黑色皮大衣的口袋裡，左搖右晃地走過來。

「我在恭候兩位。」玲斗鞠躬說道。

「和上個月一樣，今天也拜託了。」福田說。上次和玲斗單獨在一起時，說話的語氣很隨便，但似乎覺得在壯貴面前說話要用敬語。

「請先拿著。」玲斗把裝了蠟燭的紙袋交給壯貴。

「雖然我知道不可能，但還是請問一下，今晚我還是不能陪他一起祈念嗎？」福田露出討好的笑容問。

「很抱歉，真的不行。」

「是嗎？」福田立刻收起笑容。

「那我來帶路。」

玲斗打開手電筒準備邁開步伐時，壯貴說：「福田先生，你不用過來沒關係，可以在車上等，結束之後，我會去找你。」

「但是——」

「這樣比較好。」玲斗說，「我想壯貴先生應該可以獨自走去停車場，他畢竟已經成年了。」

上次福田說壯貴未成年，大概以為這麼說，也許就能陪他一起去祈念。福田板著臉，但可能發現謊言被拆穿有點尷尬，就對壯貴說：「那我回車上等。」之後轉身快步離去。

「哼！」壯貴用鼻子哼了一聲，「要出發的時候，我也說可以自己來，但那個老頭堅持要陪我過來。他可能懷疑我會跑掉，然後去其他地方打發時間。」

「他也很拚，應該發自內心希望你能夠順利接收到意念吧？」

「既然為我抬轎，應該沒有退路了，但這種事和我無關。」

他們一起走向樹叢。

「對了，你有沒有調查上次問你的事？就是如果祈念好幾次都不成功的話，有沒有辦法放棄？」

「我問了阿姨，阿姨說由祈念的人自己決定，我們無法干涉。」

「果然是這樣嗎？真是無可奈何啊。」壯貴重重地嘆了一口氣。

通往樟樹的入口就在眼前。

「你沒有回憶嗎？」

「啊？」壯貴聽了玲斗的問題，停下腳步，「什麼意思？」

「我在想，你是不是沒有太多關於你父親的回憶。據說接收意念時，需要專心想寄念者的事，但如果回憶的材料不夠多，恐怕就無法順利，你可能是因為這個原因無法受念。」

壯貴撇著嘴角，吸吸鼻子，雙手仍然放在大衣的口袋裡，時而仰望天空，時而看著地面，然後看著玲斗說：

「沒這回事，我有很多關於爸爸的回憶，我們父子的合影應該超過一兩百張。」

「所以他很疼愛你。」

「對，雖然自己說有點不好意思，但他真的很疼我。因為我是他在五十多歲時才生下的獨生子，我還清楚記得幼兒園的時候，他撐著一把老骨頭參加了拔河比賽。」

「是嗎？太羨慕了，我從來沒有這種經驗。」

壯貴驚訝地看著玲斗問：「你爸爸呢？」

「我沒有爸爸，也從來沒見過。」

「他在你小時候死了嗎？」

「不是，我是他外遇生下的孩子，他有自己的家庭，沒有認領我，而且後來我媽也死了，所以根本就不知道誰是我爸爸。」

壯貴露出陰鬱的表情說：「看來你也吃了不少苦……」

「那時候我媽還很年輕，在酒店當坐檯小姐，在我出生之後，也交過不少男朋友。雖然那些男人沒來過家裡，但我曾經在外面見過幾個。我猜想我媽打算和對方再婚，每個男人看起來都不壞，但我沒辦法喜歡他們。理由很簡單，因為我知道對方並不喜歡我。雖然如果問我為什麼會知道，我也說不清楚，反正就是知道。不知道是不是我媽察覺到我的想法，所以之後通常很快就和對方分手了。也就是說，我媽不是為自己找丈夫，而是想找一個可以成為我父親的男人，只不過始終沒有找到。其實只要想一下就知道，那些男人喜歡的是我媽身為女人的一面，我這個兒子對他們來說只是拖油瓶。男人通常沒辦法愛屋及烏，愛女人和其他男人生的孩子。那些能夠愛屋及烏的家庭太厲害了。你不這麼認為嗎？」

壯貴露出警戒的表情問：「你想說什麼？」

「不好意思，我岔題了。總之，我沒有爸爸，所以得知你有這麼好的爸爸，發自內心感到羨慕。」

「就這樣而已嗎？」

「就這樣而已，除此以外還能有什麼？」

「沒事，那就好……」

「那請你小心慢走，衷心期望樟樹可以接收到你的心願。」玲斗鞠躬說道。

壯貴似乎想要說什麼，但最後一臉不悅，沉默地走進樹叢。

玲斗轉身走回社務所，但不一會兒，發現後方有燈光照過來，他轉頭一看，看到壯貴站在樹叢中間，用手電筒照著玲斗的方向。

「怎麼了？」玲斗大聲問他。

壯貴緩緩走來，玲斗也走過去，又問了一次：「怎麼了？」

壯貴遲疑了一下後問：「你要不要一起來？」

「啊？一起來的意思是？」

「我問你要不要和我一起進去樟樹裡面。」

「為什麼？」

「反正祈念也沒有用，我不可能接收到爸爸的意念，所以一個人在裡面發呆也很無聊。」

「即使你這麼說……」

「你應該也知道我為什麼無法成功祈念的原因，所以才說那些話，難道不是嗎？」

玲斗沒有吭氣。因為他不知道該怎麼回答。

「我有話要說，如果你不想聽，我也不會勉強你。」

「我可以嗎？」

「我沒有其他人可說。」

壯貴的表情很嚴肅。玲斗看著他的眼睛，點點頭說：「好。」

「但是在此之前，我想先問你一個問題，你怎麼會發現？」壯貴問，「你怎麼會發現我不是我爸爸的親生兒子？」

玲斗抓抓眉尾說：「這件事說來話長。」

「那我們去那裡聽你說。」壯貴說完，邁開了步伐。

樟樹內比較溫暖。壯貴把蠟燭放在燭台上，正打算用火柴點火，玲斗制止了他：

「等一下。這裡有規定，當樟樹內有兩個人時不能點蠟燭，因為受念者只能有一個。」

「反正我沒辦法受念。」

「雖然是這樣，但這是規定，不好意思。」

「是喔，那好吧。」壯貴開著手電筒，盤腿坐下，「所以呢？來聽聽你的解釋。」

玲斗靠在樹壁上，雙腿抱膝坐著。

「因為你第一次來這裡的時候就對祈念提不起勁。照理說，有機會接觸這種神秘的體驗，應該會很興奮，但你完全沒有興奮的感覺，好像確信不會成功。」

「也是啦，所以呢？」壯貴揚揚下巴，示意他繼續說下去。

「成功受念有兩個條件，第一個條件是必須和寄念者有血緣關係，另一個條件是對寄念者有豐富的回憶，所以我猜想你應該不符合其中一個條件，所以一開始就放棄了。但是，如果你和你爸爸的關係很淡薄，沒有太多關於他的回憶，應該會向福田先生說明。既然你沒有說明，那就只剩下一個可能，那就是你們沒有血緣關係。你也許並不是大場藤一郎先生和他太太之間生下的孩子——」

壯貴揚起單側嘴角笑笑，身體微微搖晃了一下。

「所以你認為大場藤一郎的太太外遇，而且還懷孕了，但並不確定誰是孩子的父親。因為不可能向大場藤一郎坦承自己外遇，然後就把孩子生下來。雖然生下的是外遇對象的孩子，但堅稱是丈夫的孩子養育長大，那個丈夫不僅傻傻地相信了，還溺愛老婆和外遇對象生下的孩子。」

「不，我認為也許和外遇有點不一樣，可能是因為某些不得已的原因。」

「怎麼說？」

「恕我冒昧，你爸爸和媽媽是不是先有後婚？雖然原本並不打算結婚，但後來發現你媽懷孕了，於是匆忙決定結婚。是不是這樣？」

壯貴露出警戒的眼神問：「你為什麼這麼認為？」

「因為這麼想比較合理。你媽媽原本是大場家的幫傭，對不對？既然住在同一個屋簷下，在決定結婚，完成登記之前，不太可能沒有發生肉體關係，所以先有肉體關係，發現懷孕後決定結婚的情況比較有可能。通常周圍人會反對男人和比他小三十歲的女人結婚，但既然已經懷孕，別人也就無話可說了。」

「原來是這樣，你倒是很聰明嘛。」

「我說對了嗎？」

「你說得沒錯，我媽懷孕之後，他們才匆忙去辦理登記。」

「果然是這樣。」

「但讓我媽懷孕的並不是我爸，而是其他男人。所以我爸被我媽騙了嗎？」

「不，當時你媽可能也不知道到底是誰的孩子。可能和前男友剛分手，就和你爸有了男女關係。雖然經常有人說，女人當然知道孩子的父親是誰，但你媽在生下你之前，很可能沒有把握。雖然當初並不是想欺騙你爸，只是最後變成了這樣的結果。」

玲斗說完之後，覺得壯貴很可能會動怒。因為剛才的這番推理也許會被認為在侮辱他的父母。

沒想到壯貴面不改色地問：「我可以問一個問題嗎？」

「什麼問題？」

「你很得意地發揮了想像力，假設你的推理正確，你認為我知道這件事嗎？」

「如果我的推理正確，你應該知道。如果不是，就不可能知道你和你父親之間沒有血緣關係——」

「就會更積極地來祈念嗎？」

「對，」玲斗點了點頭，「沒錯。」

「那你覺得我怎麼會知道？是我媽告訴我的嗎？」

「應該不可能，但是還有另一個人知道真相。那就是你生物學上的父親，那個人知道前女友生了孩子，認為有可能是自己的，想要確認事實，於是就找上門，向前女友問清楚。也可能在前女友帶著孩子外出時突然出現，要求她說出真相。年幼的壯貴曾經多次遇到這種場面，小時候雖然搞不清楚是怎麼回事，但隨著年齡增長，慢慢瞭解狀況，然後開始懷疑，自己到底是不是父親的孩子。」

玲斗一口氣說完之後問壯貴：「怎麼樣？」

壯貴滿面笑容，放聲大笑起來，而且拍著手說：

「你的想像力太豐富了，看來你真的很聰明。」

「謝謝，我說對了嗎？」

「不，你說錯了。」

玲斗整個人向後仰，「我說錯了？」

「雖然有些說對了，但重點部分錯了。你說的內容很有趣。」

「重點部分是指……」

壯貴把手放在盤著的腿上，目不轉睛地看著玲斗，眼神中充滿決心。

「我接下來說的話，你可以保密嗎？也不能告訴柳澤女士——就是你阿姨。」

玲斗意識到壯貴要發表重大的事，從原本抱膝而坐的姿勢改成跪坐，用力點了點頭說：「我向你保證。」

壯貴清清嗓子後開了口。

「我很佩服你的想像力，但我並沒有見過生物學上的父親，也沒有見過可能是我父親的男人來找我媽，至少在我的記憶中並沒有。既然這樣，到底是誰告訴我真相的呢？不是別人，就是我爸，大場藤一郎。」

「啊？」玲斗驚叫一聲。

「你當然會驚訝，但這是事實。」壯貴露齒一笑後繼續說，「那是我讀中學二年級的時候，我爸把我叫到他的面前，說要和我談一件重要的事。但是他先問了我一個問題，他問我，壯貴，有沒有人曾經說你和爸爸很像？雖然我覺得他問這個問題很奇怪，但還是回答說，經常有人說我的固執倔強很像爸爸。沒想到爸爸開心地笑著說，也許吧。他可能真的很高興，不過立刻露出嚴肅的表情說，他不是問性格，而是問有沒有人說我的長相和身材像他。我偏著頭想了一下，才發現從來沒有人這麼說，沒想到爸爸接著說了讓我大吃一驚的事——他說也許他和我沒有血緣關係。我一開始聽不懂他在說什麼，以為他在開玩笑，但爸爸的眼神很嚴肅，甚至有一種可怕的威嚴。他注視我說，這件事早晚要告訴我，既然我已經十四歲了，應該能夠理解他說的內容，所以就決定告訴我。老實說，我超害怕，猜想一定是不好的事，很想要逃走。」

「你逃走了嗎？」

「我想逃走，但兩隻腳動彈不得。」壯貴可能回想起當時的情況，視線飄忽起來。「爸爸說的是關於我出生的事。你剛才的推理沒錯，我爸爸跟當時還是幫傭的我媽發生關係，讓她懷孕了。當他得知有孩子時，高興得手舞足蹈。因為他很迷戀我媽，最重要的是，他一直想要有傳宗接代的兒子。他馬上向我媽提出要結婚，但我媽非但沒有點頭，而且還說她不能把孩子生下來。」

玲斗驚訝地瞪大眼睛。

「她該不會自己坦承，可能是其他男人的孩子？」

壯貴點了點頭。

「當時，我媽有男朋友，但不能責怪我媽劈腿，因為是我爸明知道我媽可能有男朋友，仍然橫刀奪愛，而且我媽也有難言之隱，因為那個男人有家室。」

「啊……」玲斗忍不住皺起眉頭，閉上眼睛。在這個故事中，也有一個不負責任的渣男。

「你猜我爸爸聽了之後怎麼說？令人驚訝的是，他仍然對我媽說，我們結婚吧。」

「他堅信是自己的孩子嗎？」

壯貴搖搖頭說：

「怎麼可能？因為我爸爸沒有其他選擇。既然有可能是自己的孩子，他就不能讓我媽拿掉孩子，既然要生下來，就必須和我媽結婚。」

「但是，如果生下的孩子……」

「如果生下的孩子不是自己的孩子怎麼辦呢？但是我爸爸並不是這麼想，他下定決心，既然是結婚對象生的孩子，無論生物學上是誰的孩子，他都會當成是自己的孩子養育長大。我爸爸對我說，反正任何男人都不知道老婆生的孩子到底是不是自己的，大家只是這麼相信而已。既然如此，他覺得這樣就好。」

「這……」

雖然這句話的確有道理，但玲斗懷疑是否能夠這麼豁達。只不過他可以瞭解大場藤一郎不希望壯貴的媽媽拿掉孩子的心情。因為對他來說，那是他第一次，也是最後一次成為父親的機會。

「但是我爸爸要求我媽，要和之前交往的男人斷絕來往。這是理所當然的事，而且這件事也沒有任何問題。因為我媽和我爸關係變密切之後，就已經和那個男人分手了。但我媽還是煩惱很久，不知道是不是真的該把孩子生下來，最後聽從了我爸爸的意見。」

「原來是這樣。」

「於是，我就成為大場家的長子來到這個世界，而且也在這個家庭長大，並沒有什麼問題。只不過我爸爸內心還是感到不安，以後因為我的身世問題引發風波的危險性並不是沒有，如果我到那時候才知道真相，就可能產生混亂，無法做出正常的判斷。既然這樣，不如趁早瞭解實情，做好充分的心理準備，即使萬一發生狀況時，也能夠從容面對，所以爸爸一直想找機會向我說明真相。」

「原來是這樣。聽你這麼說，我覺得大場藤一郎這個人很了不起，也很有氣度。」

「我也這麼認為，他大膽冷靜。他告訴我所有的事之後對我說，以後可能會有醫學上的證據，證實對我們父子不利的消息，即使這樣，他認為我是他兒子的心意都不會改變，我以後也一直都是他的兒子，他會把能夠傳授的一切都教給我，放手磨練我，要我做好心理準備——他用這番話作為結語。之後，我們父子就沒有再討論過這個話題。不久之後，我爸爸的病情惡化，也就根本沒時間討論這件事。」

「之後沒有用像是DNA鑑定之類的方式確認親子關係嗎？」

壯貴苦笑著說：

「很遺憾，就算沒借助這種方式，只要生活在一起，就會知道有沒有血緣關係。即使不想知道，也自然會感覺到，只是很難解釋為什麼會知道。」壯貴說話的語氣中帶著懊惱。可能他希望自己是父親的親生兒子，但有很多事讓他不得不面對現實。

「但是，藤一郎先生並沒有完全排除你是他親生兒子的可能性，不是嗎？正因為這樣，所以他才指定你一個人為祈念者。」

「這就是我無法理解的地方。因為就連我也知道我們之間沒有血緣關係，我爸爸不可能沒有發現。既然這樣，他為什麼還跑來祈念？簡直太莫名其妙了。你有什麼看法？」

「我……嗎？」

「你說說你的意見，你怎麼看？你不是樟樹守護人嗎？倒是幫我出點主意啊。」

壯貴露出搞笑的表情，但玲斗可以感受到他的笑容背後，隱藏著複雜而急切的心情。

玲斗想不到答案，只能微微欠身說：「對不起，我幫不上忙。」

26

岡崎實奈子坐在鋼琴前的背影就像是漫畫《怪醫黑傑克》的主角，漫畫主角是沒有醫師執照的天才外科醫生，開刀的速度驚人，雙手大膽揮舞的樣子總是充滿動感。岡崎實奈子的背影散發出絲毫不比漫畫主角遜色的氣場。

但是，鋼琴彈奏出的樂曲和這種勇猛完全相反。成串的音符細膩濃密，沉著穩重，讓人精神繃緊的氣氛和放鬆沉浸其中的時間以絕妙的節奏和時機交錯，整體氣氛高雅莊嚴，但也有輕柔暖心的部分。

玲斗偷偷瞄著身旁優美的側臉，她閉著眼睛，身體隨著節奏微微搖晃。可能是因為聽著音樂，身體出現本能的反應。

坐在優美對面的佐治壽明也閉著眼睛，但他和女兒相反，一動也不動，看起來好像在冥想。他的腦海中一定浮現了各種回憶，死去哥哥的事、目前住在安養院的母親，還有祈念的事。

玲斗將視線移回前方，岡崎實奈子的演奏即將進入高潮。

他們正在澀谷的錄音室。因為優美問他，要不要聽聽那首樂曲。目前剛好是滿月和新月之間，沒有祈念的預約，他在時間上比較自由。而且玲斗也對這首樂曲很感興趣，最重要的是，他不可能拒絕優美的邀約。

岡崎實奈子停了下來。最後彈奏的音符在空氣中迴盪，在裊裊餘音完全消失後，她才直起身體，轉向三名聽眾。

優美為她鼓掌，玲斗也跟著鼓掌。

「太棒了。」優美用激動的語氣說，「比上次聽到時更棒了，我太感動了。」

「我也這麼覺得。」玲斗表示同意，「雖然我只聽過之前演奏的錄音，但今天的演奏好像變豐富了，或者說更細膩，簡直太厲害了。」他不知道該怎麼形容，但還是努力表達感想。

「這是因為佐治先生上次聽到低音部分，所以我對樂曲也有了更加明確的感覺。」岡崎實奈子轉向佐治的方向問：「這樣可以嗎？」

佐治聽了岡崎實奈子的問題，猛然坐直身體，臉上的表情不像是滿足，而是有點困惑。

「我認為很棒，忍不住聽得出了神，或者說聽得很忘我，簡直就像在做夢。」

「和你哥哥的樂曲一樣嗎？還有不一樣的地方嗎？」

佐治不停地眨了好幾次眼睛，看了看優美和玲斗之後，才將視線移向岡崎實奈子。

「老實說，關於這一點，我不是很清楚，大致上差不多了，但如果要問我是不是完全一樣，我就沒有自信了，因為我覺得好像有點不一樣。」

「但你不知道哪裡不一樣，對嗎？」

「沒錯，雖然最近腦海中一直響起我哥哥的樂曲，但聽了妳的演奏之後，就混亂了……」佐治焦急地皺著臉，抓抓頭。

「爸爸，你真的清楚記得喜久夫伯伯的樂曲嗎？是不是只有模糊的記憶，所以沒辦法順利比較？」優美提出疑問。

「妳在胡說什麼啊！正因為我記得很清楚，所以才能完成到這種程度，現在只差最後一步。」佐治一臉失望地瞪著女兒。

「問題是別人不知道啊，只有你覺得還差一步，搞不好還差得很遠。」

「只差一步，絕對錯不了。」

「這可能是你的錯覺或者是自我滿足。」

「妳在胡說什麼！怎麼可能有這種事？」佐治嘟起了嘴。

「既然這樣，那你就說說哪裡不一樣啊。」

「不就是因為不知道，所以才在傷腦筋嗎？」

「兩位別吵了。」岡崎實奈子仍然坐在椅子上，舉起了張開的雙手，「我認為佐治先生的記憶應該沒錯，否則不可能完成這麼優美的樂曲。」

「妳看吧。」

「你有什麼好得意的，搞不好都是岡崎小姐的功勞。」

「怎麼可能有這種事！唉，真是的！真想把腦袋劈開，把腦子拿出來讓妳聽聽看！」

佐治連續拍了好幾次自己的腦袋。

優美不知道是否吵累了，不發一語地把頭轉到一旁。岡崎實奈子也不知所措地低著頭。現場陷入凝重的沉默。

就在這時，玲斗突然想到一個好主意。

「呃，」他舉起手，「要不要試試看？」

三個人的視線都集中在玲斗身上。

「試什麼？」

「就是讓優美聽你腦袋裡的樂曲。」

「你在說什麼鬼話！要怎麼做？該不會真的要劈開我的腦袋，把我的腦子拿出來吧？」

「有辦法啊，你不是就用這種方法聽到喜久先生腦袋裡的樂曲嗎？」

「啊！」優美比佐治更早發出叫聲，佐治也隨即露出驚訝的表情。

「你要我向樟樹祈念嗎？」

「沒錯，你在新月的夜晚祈念，然後優美在滿月的夜晚去接收，她應該就可以聽到樂曲了。」

「好主意！」優美指著玲斗，「爸爸，我們來試試。」

「真的有辦法成功嗎？」佐治露出謹慎的表情。

「雖然要試了之後才知道，但我想不到失敗的理由，至少我認為值得一試。」

玲斗操作著手機，確認祈念的預約情況。

「下一次新月的前一天剛好有空，只要找我阿姨，應該可以預約。」

「嗯，」佐治抱著手臂，「向樟樹……」

「可以打擾一下嗎？」岡崎實奈子說，「雖然我不太瞭解樟樹的事，但如果優美小姐能夠聽到佐治先生腦袋裡的樂曲，同時把感想告訴我，可以提供很大的參考。即使無法瞭解細節，只是大致的印象也沒關係。因為我認為現階段需要的是佐治先生以外的客觀看法。」

實際寫樂譜、創作樂曲的人這番發言具有強烈的說服力，所有人的視線都集中在佐治身上。

「既然岡崎小姐這麼說，那就試試看。」佐治小聲嘀咕著，但臉上仍然帶著猶豫的表情。

新月的前一天夜晚，天空黑得和新月當天不相上下。夜空中有很多雲，就連星星也都躲進雲層。白天天氣就不太好，玲斗祈禱不要下雨，上天似乎聽到了他的祈禱。

玲斗看著手錶確認時間，忍不住偏著頭納悶。已經快晚上十點十分了，佐治平時早就到了，但今晚仍然沒有聽到鈴聲。

他掀起窗前的窗簾，探頭看外面的情況。昏暗的院落內完全沒有人。

玲斗拿起手機，打電話給佐治。雖然不太可能，但也許他忘記了。

沒想到電話打不通。到底發生了什麼狀況？

他在無可奈何之下，只能打電話給優美。這次電話很快就接通了。玲斗還沒有說話，優美就擔心地問：「怎麼了？發生了什麼事？」她當然也知道佐治今晚要來祈念。

「佐治先生還沒來。」

「啊？」

「他應該不會忘了吧？」

「不可能，今天吃晚飯的時候，我對他說，就是今天晚上了，他還點頭『嗯』了一聲，然後九點左右就出門了。」

「既然這樣，應該早就到了。我剛才打電話給他，但沒打通。」

「太奇怪了，會不會發生車禍了？」

「或是臨時有什麼急事。」

「如果是這樣，應該會和你聯絡吧？」

「對啊，妳媽媽會不會知道是什麼狀況？」

「應該不知道，而且我媽也不知道今晚祈念的事。」

「啊，這樣啊？為什麼？」

「我也不知道。爸爸好像已經把想要重現喜久夫伯伯樂曲的事告訴了媽媽，但他叫我不要把這次我們要傳送意念的事說出來。」

「為什麼？」

「爸爸說，媽媽不會相信樟樹祈念這種事。」

「雖然沒錯，但不是早晚要向妳媽媽說明嗎？」

「我也這麼說，他又說了一大堆理由，什麼現在說明很麻煩，又說等樂曲完成之後再說也不遲。」

「是喔。」

「但現在不是討論這些事的時候，該怎麼辦呢？如果電話打不通，那真的束手無策了。」

「如果真的發生車禍，妳家應該會接到電話。如果妳接到電話，可不可以請妳通知我？如果我這裡有什麼消息，也會馬上通知妳。」

「好，那就拜託了。」

玲斗掛上電話後，注視著手機，忍不住偏著頭納悶。佐治到底發生了什麼事？

玲斗拿著手電筒走出社務所。也許佐治基於什麼理由，沒有向玲斗打招呼，就一個人去樟樹內祈念，所以他打算去察看一下。

他正準備走去祈念口時停下腳步。因為他發現視野角落有動靜。他在院落內定睛細看。

他忍不住倒吸一口氣。因為他發現鳥居下有人。有一個人影蹲在那裡。

玲斗小心翼翼走過去。果然有人。他繼續走，發現是佐治。他坐在鳥居的基座上。

佐治似乎發現了腳步聲和燈光漸漸靠近，轉頭看過來，用和眼前的狀況格格不入的輕鬆語氣說：「喔，直井，原來是你啊。」

「你在這裡做什麼？」

「嗯，」佐治發出了低吟，「我走到這裡，突然猶豫起來，所以就在這裡想事情。」

佐治說完，拿出手機，「啊喲，已經這麼晚了，難怪你會擔心，真不好意思。」

「怎麼了？你剛才說猶豫，請問是怎麼回事？」

「嗯，就是……我擔心這樣做會不會有問題，突然感到不安起來。」

「有問題？是什麼問題？你為什麼會感到不安？」

佐治重重地嘆了一口氣，抬頭看著玲斗。

「你之前說，你沒有祈念過，對不對？既沒有寄念，也沒有受念的經驗，對不對？」

「對。」玲斗點了點頭，「怎麼了？」

「所以你才不知道。樟樹的力量真的很驚人，可以傳達寄念者腦海中所有的想法。雖然我哥只是想向我媽道歉，讓我媽聽那首樂曲，但除此以外的所有想法也都進入我的腦海，並不完全都是正面的意念，也有一些負面的意念，或者說是不好的感情，這些東西全都一起接收到了。」

「我之前聽阿姨說過，好像是這樣。她說除了信念和理念這些正面的意念以外，邪念和雜念也會一起寄託、傳達給樟樹。」

「對啊，所以我才害怕。」

「害怕？」

「我覺得讓優美聽到我腦海中的樂曲是個好主意，她和我不一樣，在音樂方面很厲害，她聽了之後，或許可以瞭解和岡崎小姐演奏的曲子有什麼不同，但是，這麼一來，就必須把我腦袋裡所有的一切都攤在她面前。這樣做真的沒問題嗎？我遲遲下不了決心。」

玲斗漸漸瞭解佐治想要表達的意思。

「你的意思是，你有一些想要對優美隱瞞的事嗎？」

「你不覺得這是理所當然的事嗎？任何人活在世上都不是只有光明的一面，即使還不到罪過的程度，但或多或少會有一些違反道德，或是傷害他人的事。我當然也差不多，不，搞不好還比普通人更多，想到女兒會看到我這一切，就突然感到害怕起來。」

玲斗聽了佐治的話，重新認識到祈念的意義。嚴格說起來，的確是這麼一回事，他當然會感到害怕。如果要自己把腦袋裡所有的東西都攤在別人面前，應該也會想要逃跑。

「許多來這裡寄念的人在世時不會告訴孩子有關樟樹的事，而是寫在遺囑上。我相信他們的想法應該和你一樣。」

「我也想這麼做，等我死了之後，不管知道我什麼秘密都無所謂。反正我已經死了，想罵我也沒辦法。我有一個朋友，在他爸爸死了之後，打掃房間時，從壁櫥的頂棚找到很多A片和色情書刊。他爸爸應該想在自己死前處理掉，但因為數量實在太多了，根本沒辦法處理，所以至少希望在自己活著的時候，絕對不被家人發現。我的情況也一樣。」

「那今天晚上怎麼辦？樟樹守護人沒有權力要求你祈念，或是勸你不要祈念。如果你打算放棄，我只能尊重你的意見。」

佐治把手肘撐在彎曲的右腿上，托著臉頰問：

「可以讓我再稍微考慮一下嗎？」

「我知道了，但過了十二點之後，樟樹的力量會漸漸變弱，請不要忘記這一點。」

「好，我知道了。」

「還有一件事，我可以向優美說明目前的情況嗎？因為我剛才打電話給她，現在她應該很擔心。」

「你要把這件事告訴優美嗎？嗯，這有點……」佐治面露難色。

「但即使我不說，她也一定會問你。」

「那倒是。」佐治嘆了一口氣說：「這也無可奈何，就交給你處理吧。」

「那我打電話給她。這裡很冷，要不要去社務所？」

「不，這裡比較好，昏暗的光線剛好。」

「是嗎？那好吧。」

玲斗轉身離開，回到社務所後，用手機打電話給優美。優美可能一直在等電話，迫不及待地接了起來。「情況怎麼樣？」

「佐治先生已經來了，只是還無法下決心祈念。」

「決心？什麼意思？」

玲斗向她說明了情況，為了方便說明，他也舉了那個藏了A片和色情書刊的爺爺例子。

「搞什麼啊，他在為這種芝麻小事猶豫嗎？這個老頭子還真是小家子氣，A片和色情書刊根本無所謂啊。」

「不不不，佐治先生的秘密應該不只是這種程度而已，否則他不可能這麼煩惱。」

「比方說以前的外遇之類的嗎？」

「那我就不知道了……」

「原來是這樣，難怪他要我別把今天晚上的事告訴媽媽。即使這種事被我知道，只要封住我的口，就可以搞定了。」

優美的猜測很合理，玲斗也同意，所以他沒有吭氣。

「情況就是這樣，佐治先生說，他還要再考慮一下。」

「原來如此，你可不可以叫我爸爸馬上打電話給我？」

「打電話給妳？妳想幹嘛？」

「我和他聊一下，雖然不知道最後爸爸會得出怎樣的結論，但我想和他溝通一下。」

優美似乎有什麼想法，玲斗回答說：「我知道了。」然後就掛上電話。

他走回佐治那裡，轉告了優美的指示。

「既然她這麼說……」佐治拿出手機，按下電源開關，正打算打電話時瞥了玲斗一眼。他似乎不想被外人聽到他們父女的談話。

「你慢慢聊。」玲斗說完後轉身離開。

回到社務所，他在待命時翻開了『樟樹守護人　心得』，想找有沒有可以解決佐治煩惱的內容，但沒有找到。

他闔起筆記本，閉上眼睛按摩著眼睛，聽到了噹噹噹噹的鈴聲。玲斗慌忙跑了出去。

佐治一臉尷尬地站在那裡。

「雖然有點晚了，我現在想去祈念，可以嗎？」

「當然可以，你知道寄念的步驟嗎？」

「嗯，只要專心想著要傳達的事就好了，不是嗎？」

「沒錯，啊，你請等一下，我去拿蠟燭。」

寄念和受念一樣，都需要點蠟燭。

玲斗把裝了蠟燭的紙袋交給佐治。

「我會盡可能不去想哥哥樂曲以外的事，雖然我不知道這個方法有沒有效果。」

「那就請你小心慢走，衷心期望樟樹可以接收到你的心願。」

佐治輕輕舉起一隻手，走向樹叢。

大約一小時後，佐治走回來。玲斗看到他一臉神清氣爽，暗自鬆口氣。至少佐治並沒有後悔。

「辛苦了，情況怎麼樣？」

「嗯，我已經盡了最大的努力，拚命在腦海中回想哥哥的樂曲，接下來就看優美能夠接收多少了。」

「一定會成功。」

「希望是這樣。」

「那就改天見。」佐治說完，轉身準備離去，玲斗叫住了他。

「請問，優美剛才和你談些什麼？」

佐治露出一絲遲疑的表情後開口。

「她對我說，即使以前曾經發生過很多事，只要目前這個時間點沒有做對不起家人的事，就希望我去寄念。她在受念之後，即使知道了我以前做的壞事，這次不會計較，以後也絕口不提。但是，如果現在仍然以某種形式背叛家人，那就什麼都不要做，趕快回家就好。你怎麼看？」

「她這麼說……」

佐治呵呵笑了起來。

「這是不是太奸詐了？她都這麼說了，如果我什麼都沒做就回家，不就代表我背叛了家人嗎？」

「的確是，她想到了很好的說服方法。」

「所以我也對她說，我隱瞞的未必只有壞事，可能還包括原本她不需要知道、不需要背負的事，這樣也沒關係嗎？你猜她怎麼說？她說無所謂，因為我們是家人。」

「那不是……很令人高興嗎？」

佐治害羞地揉揉人中，「小孩子都趁父母不注意的時候長大了。」

「那也得看父母，如果身邊沒有理想的榜樣，應該就不會是這樣的情況。」

佐治聽了玲斗的話，意外地瞪大眼睛，笑了起來，「沒想到你這麼會說話。」

「這是我的真心話。」

「好，那我就當作是這麼一回事。」

佐治舉起手示意道別，邁開步伐。玲斗鞠了一躬，目送他離去。

27

玲斗抬頭看著緊閉的大門，覺得可以作為歷史劇的佈景。兩扇歷史感十足的門扉很有風格，他想像著背面應該有很粗大的門閂。

門柱也很粗，差不多像一個人的肩膀那麼寬。柱子上方有一塊寫著『柳澤』的門牌。大門旁有一扇小門，信箱旁是對講機，玲斗按了對講機的按鈕。

「哪一位？」對講機傳來千舟的聲音。

「我是玲斗。」

「請進。」隨著回答的聲音，聽到門鎖嘎答一聲打開的聲音。

玲斗推開小門走進院子，看向巨大門扉後方，果然有一根很粗大的門閂。

他沿著墊腳石往裡走，來到裝了格子門的玄關。在玲斗停下腳步的同時，格子門就打開了。

「歡迎歡迎，」身穿和服的千舟說，「進來吧。」

「打擾了。」玲斗說道，隨後踏進屋內。

昨天接到千舟的電話，要他去家裡，說是有東西要給他看。雖然佐治壽明和大場壯貴他們都已造訪多次，但這是玲斗第一次踏進柳澤家。

原本以為千舟會帶他走進好幾十張榻榻米大的和室，沒想到來到一間西式的客廳。有一張巨大的大理石茶几，和茶几十分相襯的皮革大沙發。牆邊有壁爐，上面掛著裱框的風景畫，感覺像是以前外國電影中看到的房間。

「妳都在這裡接待來申請祈念的人嗎？」

「是啊，怎麼了？」千舟把茶壺內的紅茶倒進杯中，放在玲斗面前。

「沒有啦，只是覺得很意外，因為看了房子的外觀，以為一定是和室。」

「現在這個時代，如果家裡全都是和室不是很不方便嗎？尤其我外公很欣賞歐美文化，所以他把這個房間重新裝潢。雖然他原本打算整個重新改建，但整棟房子太大了，所以最後沒這麼做。」

「這裡佔地多大？」

「我也不太清楚，我忘了詳細的面積，應該有三百坪左右。」

玲斗聽了數字完全沒有概念，如果說相當於幾座網球場，就比較能理解。

「等我死了之後，由你繼承這棟房子。」

玲斗聽到千舟輕鬆說出的這句話，差點被喝到一半的紅茶嗆到。

「真的假的？」

「這種事怎麼會開玩笑？我未婚，沒有孩子，父母也死了。我唯一的妹妹直井美千惠，也就是你媽，她也死了，所以你就成為我唯一的繼承人。」

玲斗用力深呼吸了幾次，又小聲嘀咕說：「真的假的？」

「但是，」千舟說，「你繼承的只是房子而已，土地所有人是柳澤集團，我只是無償使用。」

「搞了半天，原來是這樣啊。」

「你完全不掩飾失望的表情啊。如果連同土地一起繼承，你打算賣掉嗎？」

「是還沒有想那麼遠啦……」

但他無法否認，剛才已經開始計算到底值多少錢。

「房子裡的東西也都由你繼承，雖然大部分都是賣了也不值錢的破爛，但還是有不少值錢的東西，如果全都賣了，有一定的金額，你可以期待。」千舟把紅茶舉到嘴邊。

「喔，是喔……」

他很想問千舟到底有多少存款，但當然忍住了。

千舟從懷裡拿出一個小信封放在玲斗面前說：「這個給你。」

玲斗接過信封打開一看，裡面是一把鑰匙。

「這是大門的鑰匙，只要靠近對講機的感應器，大門的鎖就會自動打開。你從今天開始可以自由出入這裡。」

「我可以自己進來嗎？」

「請便，但不要隨便走進我房間，其實你去我房間也沒有任何好處可撈。」

玲斗把鑰匙放進口袋。雖然他故作平靜，但內心的暖流在擴散。

因為他真實感受到別人對自己的信任。至今為止的人生中，從來沒有人這麼對待他。

千舟不知道什麼時候攤開黃色記事本寫了起來。

「妳隨身帶著這本記事本，」玲斗問，「上面寫了什麼？」

「沒什麼重要的內容，只是隨手記一些東西。」千舟闔起記事本，看著玲斗說：「佐治先生的祈念還順利嗎？他前幾天不是去寄念了嗎？」

「啊，應該吧。」

「佐治先生把詳細情況告訴我了，聽說是你提出透過佐治先生，把他哥哥創作的樂曲傳達給他女兒。」

「嗯，是啊，只是不知道能不能成功。」

「我覺得這個主意很不錯，看來你對祈念這件事的瞭解越來越深入了。」

「謝謝。」玲斗輕輕點了點頭。

千舟拿起茶杯，喝了一口紅茶，輕輕呼吸一下，以嚴肅的眼神看著玲斗說：

「我剛才說了你以後處理這棟房子內物品的情況，但並不是所有的東西都可以處理掉，其中有絕對不可以處理的東西。今天找你來這裡，就是打算說明這件事。」

「是什麼東西？」

「我帶你去看，跟我來。」千舟站了起來。

他們走出客廳，走在長長的昏暗走廊上。來到走廊盡頭，向左轉是一道牆，牆上掛了一幅水墨畫，前面是一道紙拉門。

玲斗以為千舟會打開紙拉門，沒想到她把牆上的水墨畫向旁邊一移，下方出現了一列十個像圍棋棋子般大小的洞。

「你仔細看好了。」

千舟把食指伸進其中一個洞，隱約聽到嘎答的聲音。她抽出手指，又放進另一個洞，再度聽到嘎答的聲音。她繼續把手指伸進其他洞內，重複五次之後，牆壁邊緣發出嘎咚一聲鬆脫的聲音。

千舟抓住掛水墨畫的掛鉤往旁邊一拉，整道牆壁向旁邊移動，牆壁後方是通往地下的階梯。

「太猛了。」玲斗忍不住叫了起來，「簡直就像是忍者屋，這是秘密通道嗎？」

「這不是秘密通道，因為去不了任何地方，但的確是一道秘密的門。」千舟說完，把牆壁拉回原狀，牆壁發出了和剛才不一樣的「喀哩」聲。

「你打開看看。」

玲斗和她一樣，抓住掛鉤，把牆壁向旁邊移動，但徒勞無功。

「拉不動。」

「當牆壁拉上時就會自動鎖住，要按洞裡的開關才能開鎖，這裡總共有十個洞，其中五個是用來偽裝的，只有剩下的五個是真正的開關，而且如果按的順序不對就無法打開。你試試看。」千舟說。

「啊，我嗎？」

「對，你剛才不是看到我按了嗎？」

「雖然有看到……」

剛才並沒有仔細看，所以根本沒有記住順序，他憑著模糊的記憶，其實根本只是隨便找五個洞按下去。

「不行。」

「我想也是。」

千舟面無表情地伸出手，熟練地把手指伸進五個洞。玲斗目不轉睛地看著她的手。

聽到嘎答一聲開鎖的聲音後，千舟像剛才一樣拉開牆壁，看著玲斗，似乎在問：「這次記住了嗎？」

「沒辦法。」玲斗投降，「一次根本記不住。」

「也許吧，因為有三萬種不同的組合。」

「所以這是密碼嗎？我看並沒有通電，到底是什麼機關？」

「古時候工匠的智慧令人肅然起敬，但其實我也不知道是什麼機關，所以沒辦法改變順序，即使忘記了，也沒辦法重新設定。目前只有我知道正確的順序，我等一下會告訴你，但你千萬不能告訴別人，記住了嗎？」

「告訴我這麼重要的事沒關係嗎？」

「只能告訴你，因為這也是你必須繼承的東西。」千舟說完，打開暗門後方的開關，天花板上的燈亮起。

沿著階梯往下走，那裡還有一道拉門。千舟打開拉門走進去，點亮裡面的燈，玲斗也跟著走進去。

那是一間差不多四坪大的房間，天花板很低，牆邊是一整排櫃子，櫃子裡放滿厚厚的檔案夾、用線裝訂起來的紙和扁平的木箱，看起來都很舊。

「這是什麼？」

「這些不是別的，都是祈念的紀錄。」

「啊？全部都是嗎？」玲斗用力嗅聞著，「難怪有樟樹的味道。」

千舟無力地皺眉說：「這裡的確有樟腦的味道，但這只是防蟲劑。」

「喔，這樣啊。」

「這些是柳澤家秘密財產，也是世世代代樟樹守護人所守護的東西。我確認到最早的是一百五十年前的紀錄，仔細找一下的話，或許可以找到更久以前的。」

「一百五十年？是喔。」

玲斗走到櫃子旁，看了一眼比較新的檔案夾上的標籤，上面寫著昭和五十二年（一九七七年）。光是這份檔案就已經有四十多年的歷史。

「只有樟樹守護人知道這些紀錄保管在這裡，在柳澤家族中，目前只有我知道，從今以後，你也是知道這個秘密的人。等我死了之後，就由你來管理。」

「我嗎？」玲斗的身體忍不住向後仰，「如果只是換防蟲劑的話應該沒問題。」

「這些紀錄並不是普通的文書，而是保管了什麼時候、哪裡的誰向樟樹寄託了意念，然後由誰接收的紀錄，也就是那些人的歷史，可以說是那些家族的歷史，因此必須特別小心謹慎，絕對不能讓其他人進入這個房間，也不能讓外人看到這裡的東西。你必須牢記這件事，知道了嗎？」

「請等一下。」玲斗向前伸出雙手，「這樣壓力太大了，能不能找別人代替？」

「不要讓我一次又一次重複，你是唯一的繼承人。既然你接下樟樹守護人的工作，就沒辦法逃避，你要做好心理準備。」

我沒有接下樟樹守護人的工作，是被迫的。玲斗在心裡咒罵著，但還是乖乖回答說：「好。」

「還有另一件重要的事。」千舟說完就蹲下來。櫃子的最下方是大抽屜，她用雙手握住把手，把抽屜拉出。

「啊！」玲斗忍不住叫了一聲。

抽屜裡放的是蠟燭，是祈念時專用的蠟燭。社務所內也有好幾根，每次都由玲斗交給祈念者，原來這裡是貨源。

「沒有這些蠟燭就無法祈念，只有柳澤家知道這種蠟燭的製造方法，也就是秘傳的技術。我會在最近找時間教你，一樣要做好心理準備。」

玲斗默默點頭，但忍不住垂頭喪氣。這件事也要由我負責嗎？他一臉茫然地低頭看著蠟燭。

晚餐時，千舟叫了壽司，他們面對面坐在客廳用餐。聽說那是柳澤家捧場多年的壽司店，就連只吃過迴轉壽司的玲斗也知道，那家店使用的食材品質和迴轉壽司完全不一樣。

千舟停下筷子看著玲斗說：

「下個月就要舉行高階主管會議。我記得上次跟你提過，會議上將決定不再續聘我，到時候我就比較有空，可以教你製作蠟燭。」

「好，麻煩妳了。」

玲斗覺得根本不需要現在談這些事，連壽司也變難吃了。

「結束之後，我打算出門旅行一陣子。」

玲斗停下筷子，抬起頭問：「一個人旅行嗎？」

「目前是這麼打算。」

「要去哪裡？」

「接下來會研究，但我不想去每天要安排行程的那種很受拘束的旅行，我打算看每天的心情，想去哪裡就去哪裡，想住哪裡就住哪裡。」

「聽起來很不錯，要去旅行多久？」

「這也還沒決定，如果有喜歡的地方，也許會住很長一段時間。」

真是有錢人。玲斗發自內心這麼認為。老百姓根本不可能有這種念頭。

「我想請你來幫我看家，所以在我出門之前，你要熟悉這個家裡的一切，這也是我把鑰匙交給你的原因。」

「我知道了。」

玲斗打量室內。他從來沒有住過這麼大的房子，忍不住對自己是否能夠看好這個家感到不安。

千舟嘆了口氣，把自己的壽司桶推到玲斗面前。

「我已經吃飽了，如果還吃得下，這個給你。」

千舟的壽司桶內還有透抽和鮪魚中腹肉。玲斗興奮地說：「我要吃。」

千舟把茶杯舉到嘴邊，看著玲斗問：

「你似乎已經適應了樟樹守護人的工作，所以我想問問，你對將來有什麼打算？」

突如其來的問題讓玲斗有點不知所措，「將來嗎？」

「之前那次感恩派對時，將和不是曾經問你，你打算一輩子守護樟樹嗎？雖然當時我覺得他這麼問很壞，但也的確問到了重點。你當時回答，你打算隨波逐流，之後這種想法仍然沒有改變嗎？」

玲斗放下筷子，撥撥頭髮問：「不改變有問題嗎？」

「有沒有問題必須由你自己判斷，如果你認為這樣很好，我不會有任何意見。」

「那我目前認為這樣很好。」

「所以你對現狀很滿意嗎？」

「並沒有什麼不滿，只要活著就好，反正我本來就爛命一條。」

千舟撇著嘴角，臉上的皺紋也跟著動了起來。「你還真厭世啊。」

「厭世？」

「就是對這個世界感到絕望的意思。你為什麼會有這種想法？」

「因為從我的出生開始，不就是很隨便嗎？我是酒店小姐和別人老公偷情生下的孩子，妳之前看到我媽抱著還是嬰兒的我，不是也很受不了，覺得她很傻嗎？結果因此和她斷絕了關係，也就是說，我本來就不該出生，不該來到這個世界，像我這種人──」

咚。千舟發出了巨大的聲響。她把手上的茶杯用力放在桌上。玲斗嚇一跳，忘了原本要說的話。

千舟的臉頰微微顫抖。她用力咬緊牙關，然後閉上眼睛，胸口緩緩起伏。她似乎在調整呼吸。

千舟睜開眼睛。玲斗看到她的眼睛，忍不住一驚。因為她的雙眼通紅。

「我無意干涉你的生活方式。」她用克制感情的聲音靜靜說道，「如果要我給你一個建議，那我要告訴你，這個世界上，沒有任何人不該出生，一個也沒有。任何人來到這個世界都有理由。你要記住這件事。」

玲斗感受到一種無言的壓力，不允許他反駁。他吞著口水，好不容易才擠出「是」這個字。

千舟起身，轉身背對著他。

「我回房間休息了，你吃完壽司後，把容器留在桌上，隨時可以回去。離開的時候記得鎖門。」

「……我知道了。」

千舟用右手按著眼睛，走出客廳。

離開柳澤家後，玲斗去了平時常去的澡堂。他泡在浴池內，回想著和千舟的對話。

他向來不喜歡將來或是夢想這種字眼，每次學校寫作文時看到這種題目，就覺得很不耐煩。醫生、政治家、律師——每次聽到同學談這些，他就覺得很掃興，在內心感到很不屑。一旦生在窮人家，這些都是無法實現的夢想。那成為運動選手、進演藝圈或是藝術家呢？不，那更加困難，即使是小孩子也知道，普通的才華根本不可能成功。

任何人來到這個世界都有理由——千舟的話在腦海中迴盪。

他完全沒有真實感。自己不是因為母親做了傻事，才會來到這個世界嗎？雖然懷了別人老公的孩子，但輕信對方說要照顧她生活的承諾，所以就生下孩子，不就只是這樣而已嗎？

他怔怔地想著這些事，聽到有人向他打招呼。「啊喲，又見到你了。」抬頭一看，一個瘦瘦的老人走進浴池。

「啊，你好。」

他就是上次見過的那個姓飯倉的老人。

「守護樟樹的情況怎麼樣？」

「嗯，還能夠應付。」

「是嗎？上次遇到你的時候，你似乎還不太瞭解祈念是怎麼回事，現在稍微瞭解了嗎？」

「嗯，已經大致瞭解了。」

「那就太好了，既然我寄託了意念，如果守護人一直是實習生，也會讓我感到不安。」

老人哈哈大笑起來，他的門牙已經掉了。

「啊，對了，聽說你前一陣子也來祈念。」

飯倉聽了玲斗的話，訝異地皺起眉頭。「嗯？你在說什麼？」

「就是上上個新月的夜晚，你不是預約了祈念嗎？那天晚上是由我阿姨守護。」

就是玲斗住在『澀谷柳滋飯店』的那天晚上。

沒想到飯倉微張著嘴巴搖搖頭說：

「沒有，我沒去。我去年祈念之後，就沒再去過。你是不是搞錯人了？」

「但是，不可……」

玲斗原本想說「不可能」，但沒有說下去。飯倉沒有理由說謊。既然他說沒有去，就應該沒有去。

「飯倉先生，你的名字是叫孝吉吧？」

「對啊，孝吉，孝順的孝，吉利的吉。」

玲斗搜尋著記憶。因為千舟說要親自擔任樟樹守護人，所以玲斗很好奇是誰要來祈念，特地查了一下。當時看到飯倉孝吉這個名字，還有點驚訝，原來對千舟來說，飯倉孝吉是這麼特別的人。

難道是同名同姓嗎？不，不可能有這種巧合。

「怎麼了？我沒去有什麼問題嗎？」飯倉擔心地問。

「不，沒事。」玲斗站起來，走出浴池。

這是怎麼回事——玲斗在洗頭髮時思考著。如果飯倉沒有預約，那天晚上到底是怎麼回事？

只有一個可能，那就是有另一個人——飯倉之外的另一個人，走進樟樹祈念。

28

滿月將近時，天上真的看不到星星。玲斗仰望天空想道。今天是晴天，天空中並沒有很多雲，肉眼完全看不到星星，只剩圓月發出了光芒。

一看時間，已經快午夜十二點了。玲斗心想應該差不多了，於是從椅子上站起來，走向樹叢。

他等在通往樟樹的入口，看到燈光慢慢靠近。對方也發現了玲斗，停下腳步，然後又繼續走過來。

當對方來到可以看清楚彼此臉的距離時，他開口問：「辛苦了，情況怎麼樣？」

佐治優美沒有立刻回答，微微偏著頭，似乎在確認自己的想法。她的表情有幾分僵硬，全身都散發緊張感。

「有沒有接收到妳爸爸的意念？」玲斗換了一種方式再度問道。

優美的雙眼沒有看著玲斗，而是看著遠方。她深呼吸後，才終於看著玲斗說：

「你真是……太厲害了。」

意想不到的話讓玲斗感到不知所措。

「我嗎？為什麼？」

「因為你不是負責守護樟樹嗎？這很厲害，真的超厲害。」

玲斗苦笑著攤開雙手。

「我只是導引而已，但既然妳這麼說，代表妳順利接收到了意念，對嗎？」

「對，完全接收到了。」優美的眼睛仍然無法聚焦，感覺像是在祈念時出竅的靈魂還沒有回到身上。

「樂曲呢？有沒有聽到喜久夫伯伯的樂曲？」

優美頓時瞪大眼睛，然後緩緩點點頭。

「聽到了，清楚地聽到了。」她把雙手放在胸前，「我超感動。」

「妳知道和岡崎小姐演奏樂曲的不同之處了嗎？」

「嗯。」優美用力點頭，「我知道，完全不一樣。」

「啊？完全？」

優美雙手摸著臉頰說：

「說完全不一樣可能有點太誇張了，但岡崎小姐的演奏沒有重現最重要的部分，原來爸爸腦海中聽到的樂曲是那種感覺，難怪他會陷入兩難。」

「妳能夠把這麼重要的感覺傳達給岡崎小姐嗎？」

「很難說，我不是很有把握，但應該可以。」雖然優美說話很保守謹慎，但反而可以感受到她的自信。

「那就太好了。」

優美鬆了口氣後，拿出手機，看了螢幕一眼。「已經這麼晚了，那我要趕快回家。」

「我送妳去停車場。」

「好，謝謝。」

他們並肩走在一起。

「樂曲以外呢？」玲斗問了他內心很在意的事，「我想妳應該也接收到妳爸爸的很多想法。」

「喔，你是問這件事啊。嗯，我接受到了。」優美意味深長地說完，停頓一下，又繼續說：「也算是意料之中。」

「哪些方面？」

「嗯，該怎麼說，就是和我想的一樣，他並不只有善良而已。」

「這樣啊……」

「但我完全不意外，因為現在的社會沒這麼好混，並不是只要光明正大做人就可以生存。為了養家餬口，為了支付員工薪水，有時候必須乘人之危，有時候必須踩在別人身上。純潔、正直、優雅只是幻想，我自己也一樣。我絕對不願意讓別人看到我的內心，因為我內心有很多嫉妒、偏見這些醜陋的想法，所以我覺得能夠寄念的人都對自己充滿自信，渾渾噩噩過日子的人根本沒有勇氣寄念。」

「所以妳爸爸完成了寄念這件事，值得尊敬。」

「就是啊。」優美用有力的聲音說道，「真的可以這麼說，雖然也是因為我事前對他施壓的關係。」

「我聽佐治先生說了，妳對他說，如果做了對不起家人的事，就不要祈念，趕快回家。既然妳這麼說，他當然不可能就這樣回家。」

「我覺得很多祈念的人都基於相同的理由不得不祈念。雖然他們並不想這麼做，但既然祈念是家族的規定，如果不祈念，別人就會猜測是不是做了什麼虧心事。反過來說，只要能夠大大方方地祈念，就等於在向所有人證明自己的人生問心無愧。」

「原來是這樣，還有這種效果。」

玲斗之前完全沒有想到這件事，這番話讓他有一種茅塞頓開的感覺。

走下階梯，一輛大型轎車停在空地的角落。優美今晚借她爸爸的車子來這裡。

「那就晚安了。」優美打開車門，坐進車內時說。

「晚安，辛苦了。」玲斗微微欠身鞠躬。

車子的引擎發動，車頭燈亮起，輪胎發出擠壓地面的聲音，車子開了出去。坐在駕駛座上的優美微笑著向他點頭，他也笑了笑，向她揮手。

車子打了方向燈，駛到馬路上。目送車子離去後，玲斗才往回走。

這時，他突然想到一件事，停下腳步。

只要能夠大大方方地祈念，就等於在向所有人證明自己的人生問心無愧——他回味著優美這句話。

對喔，原來是這樣。

他覺得豁然開朗，看到了以前沒有看到的東西。

29

高掛在天空中的是完美的滿月，玲斗拿著裝了蠟燭的紙袋在社務所前等候，一個人影從鳥居那裡走來。看那個人的身材，就知道是大場壯貴。看到壯貴的腳步沉重，就知道他今晚也意興闌珊。

「你好，我在恭候你的光臨。」

「你是在諷刺我嗎？」壯貴揚起嘴角，「你是不是覺得這個人不死心，竟然又來了？」

「沒這回事。」

「你不用掩飾了，這麼想很正常。如果我是你，一定會嘲笑。」

「我不會嘲笑你。對了，福田先生呢？」玲斗看向壯貴的身後。

「他在車上等。」

「是嗎？那太好了。」

「為什麼？」

「你上次把真相告訴我之後，不是曾經問我，你不是樟樹守護人嗎？倒是幫我出點主意啊。」

「是啊，我說過，怎麼了嗎？」壯貴露出銳利的眼神，「難道你有什麼好主意？」

「有，其實很簡單。」

「我該怎麼做？」

「你等一下回到車上後，可以這麼對福田先生說。你像往常一樣點了蠟燭之後，在樟樹內想著爸爸，以前從來沒有任何感覺，但今天晚上清楚地感受到爸爸的意念——」玲斗說完，嘴角露出笑容，注視著壯貴的臉問：「你覺得怎麼樣？」

「啊？」壯貴張大了嘴巴，「你是認真的嗎？」

「當然是認真的。」

「別開玩笑了，怎麼可以這麼做？」

「為什麼不行？」

「哪有為什麼，因為這種謊言很快就會被拆穿。」

「為什麼會被拆穿？只要你不說，絕對不會被拆穿，因為其他人無法受念。」

「一定會拆穿。我告訴你，我也想過這個方法。因為一次又一次來這裡真的煩死了，所以我想乾脆騙他們說我祈念成功了。但是，如果我說接收到爸爸的意念，他們一定會問我到底有哪些內容。到時候我要怎麼回答？難道要說是秘密嗎？」

「這樣也沒問題啊，你可以說祈念的內容是秘密，這樣不行嗎？」

「怎麼可能嘛。」壯貴雙手用力上下揮動，「你是樟樹守護人，難道不知道祈念的意義嗎？原本的目的是一家之主把自己的理念和信念傳達給接班人，對我們家來說，就是今後要怎麼經營『巧屋本舖』，如果公司的高階主管問我，我爸爸在這件事上的意見時，我要怎麼回答？總不能隨便亂說一通吧？」

「雖然亂說一通可能有問題，但你發揮一下想像力應該沒問題。」

「發揮想像力？」壯貴的眉頭皺得更深了，「想像什麼？」

「當然是想像你爸爸的想法。你可以想像如果大場藤一郎先生還活著，他會怎麼做，他會怎麼想，你一定可以做到。」

壯貴無力地把頭轉到一旁。

「你不要說這種不負責任的話，你到底瞭解我多少？」

「不是很瞭解你，但你上次告訴了我很多事。你爸爸即使知道你不是他的親生兒子，仍然對你說，他認為你是他兒子的想法沒有改變，不是嗎？所以會把能夠傳授的一切都傳授給你，放手磨練你。如果這番話是真的，你應該已經充分感受到你爸爸的理念和信念，根本不需要寄念和受念這種步驟。至少在你們父子之間不需要。」

壯貴聽了玲斗這番話，露出驚訝的表情，這番以前完全沒有想過的想法顯然刺激了他。

但是，他很快在臉前搖了搖手。

「你太看得起我了，我根本不可能代替我爸爸。」

「是嗎？既然這樣，為什麼你爸爸明知道你沒辦法受念，卻不同意其他人受念呢？應該還有其他和你爸爸有血緣關係的人吧？」

「這……」

「我認為這代表你爸爸相信，即使無法把意念傳達給你，你仍然可以繼承他的意志。」

壯貴沉默不語，他雙手插在大衣口袋中，一動也不動地看著地面。

冷風呼呼地吹，玲斗的耳朵都痛了。

「我們去社務所內繼續討論——」

玲斗說到這裡時，壯貴伸出右手說：「蠟燭給我。」

「你有什麼打算？」

「我要去樟樹那裡，然後思考我爸爸的事。」

「所以你今晚也要祈念嗎？」

壯貴搖搖頭說：

「我知道不可能成功，反正我接收不到我爸爸的意念，所以我要努力回想爸爸教我的事，仔細體會一下。」

「如果是這樣……」玲斗把裝了蠟燭的紙袋交給他。

「今天晚上可能比平時更花時間。」

「沒問題。」

「結束之後，我會自己回去，你不需要等我，我會記得把火熄滅。」

「好。」

玲斗猜想壯貴不希望走出樟樹時，自己問他到底有什麼打算，於是對著壯貴走向黑暗的背影說：「慢慢來沒關係。」

玲斗正在樟樹周圍清理落葉時，看到福田守男走進月鄉神社。他發現視野角落有人影，原本以為只是遊客，聽到熟悉的聲音對他說：「昨晚謝謝你」，才驚訝地抬起頭。

福田一臉討好的笑容走過來問：「可以打擾一下嗎？」

「沒問題，有什麼事嗎？」

「因為我有事想要向你確認，也可以說是向你請教，所以在想，能不能佔用你一點時間。」

「喔，這樣啊。」

「你喜不喜歡吃甜食？」

「甜食？」

「這是鯛魚燒，我在車站前買的。」福田舉起白色塑膠袋，「要不要一起吃？」

「那我們換一個地方。」

玲斗把福田帶進社務所，把焙茶倒進兩個茶杯。

「我不喝酒，雖然不能說兩者有什麼關係，但我真的很愛吃甜食。」福田在桌上打開從塑膠袋裡拿出的紙袋，裡面有兩個烤成焦糖色的鯛魚燒。

「那我就不客氣了。」玲斗說完，伸手拿起鯛魚燒。咬了一口，適度的甜味在嘴裡擴散。他已經很久沒有吃紅豆餡了。

「請喝茶。」

福田把鯛魚燒掰開後送進嘴裡咀嚼起來，吞下後點點頭說：「嗯，味道很不錯。」

「謝謝，那我就不客氣了。」福田伸手拿茶杯時看向辦公桌說：「今天晚上也有人祈念。」

辦公桌上放著燭台，而且上面已經放了蠟燭。

「對，是啊……」

「而且這次的蠟燭特別大，今天晚上的祈念者很特別嗎？」

「很抱歉，我無法透露其他人的事。」

「喔，對喔，抱歉。」福田喝了口茶之後，把茶杯放在桌上，吐一口氣，看著玲斗說：「昨晚，壯貴離開這裡之後對我說，他終於完成了，終於接收到爸爸的意念了。」

「是嗎？那真是太好了。」

福田露出試探的眼神看著他，「你似乎並不感到驚訝。」

「沒這回事，只是不時會有遲遲無法受念的人，經過幾次挑戰之後，終於順利成功的情況。」

「你認為壯貴屬於這種情況？」

「難道不是嗎？」

福田垂下視線，然後再度看著玲斗說：

「我問了壯貴，他接收到怎樣的意念，他回答說，很難用言語形容。他說只是模糊的印象，所以說不清楚，但他充分瞭解到爸爸的夢想，以及希望兒子怎樣走未來的人生，他會努力完成爸爸的心願。」

「那不是很好嗎？終於可以安心了。」

福田露出意味深長的笑容，緩緩地咬了一口鯛魚燒。

「那是你教他的吧？」

「啊？什麼意思？」

「你不必裝糊塗，昨天晚上，壯貴來這裡時完全提不起勁，我看他的樣子，覺得昨晚也沒指望了，沒想到他突然表現出那種態度。他不可能突然想到那種謊言，所以一定是有人教他。既然這樣，那就一定是你。」

「謊言？什麼意思？我完全聽不懂你在說什麼。」

「我剛才不是說了，你不必裝糊塗嗎？我全都知道，也知道壯貴應該沒辦法受念。因為我跟著辭世的會長已經四十年，他也告訴了我很多事。」

福田這番意想不到的話，讓玲斗有點混亂。

「你明知道他無法受念，還帶他來這裡嗎？」

「沒辦法啊，因為表面上我並不知道壯貴和會長沒有血緣關係。既然會長在遺囑上寫著要壯貴祈念，而且在生前交代我擔任壯貴的監護人，我當然只能帶他過來。」

「你可以告訴壯貴先生，說你知道真相。」

「如果可以這樣，我就不需要這麼辛苦了。我不能這麼做，因為會長生前交代過。」

「壯貴先生的爸爸？」

「對，會長要我讓壯貴一輩子自己承擔出生的秘密。會長說，如果他得知其他人也知道真相，以後會想要依賴別人。因為在痛苦的時候，人往往會想要說出一切，消除身上的壓力，這是人的本能，但是要成為領導一家公司的人，這就很傷腦筋，所以我非要帶他來祈念不可，因為如果我早早就放棄，壯貴可能會懷疑我知道真相。」

「你在第一次來的時候，說想陪他祈念，也是因為這個原因嗎？」

「這也是原因之一，但我更希望他覺得祈念很麻煩，然後想要趕快解決這件事。說白了，就是希望他假裝已經受念，出乎意料的是，他看起來這樣，其實很認真老實，沒想到要說謊。老實說，我心裡很著急。雖然壯貴的心情應該也很沉重，但我想到這種事不知道要持續到什麼時候，就快要昏過去了。誰知道他昨天晚上突然說那種話，我剛才提過，他來這裡的路上和平時一樣，根本提不起勁，所以我覺得一定有人幫他出了主意。」

原來是這樣。玲斗終於恍然大悟。

「壯貴先生上次來祈念時告訴我很多事。我聽了之後，搞不懂壯貴先生的爸爸——大場藤一郎先生為什麼要祈念。也許有一部分原因是因為必須遵守家規，但既然他是一家之主，完全可以找理由不來祈念。但是，他還是來這裡祈念，不僅如此，還限定只有壯貴才能受念。我不禁思考，這到底有什麼目的。」

「然後呢？你想到答案了嗎？」

「想到了，答案很簡單。他想要藉由祈念，向眾人表示他這一輩子坦坦蕩蕩。根據我的想像，也許有人在懷疑壯貴先生不是藤一郎先生的親生兒子，但藤一郎先生來祈念，至少代表他並不懷疑兒子的血緣。一旦壯貴先生受念，就等於排除了所有的懷疑。任何人都無法再有意見。既然這樣，藤一郎先生希望壯貴先生做的只有一件事，那就是假裝受念成功。」

福田滿意地連連點頭。

「我想得沒錯，你果然很聰明，但難道會長沒有想到，如果壯貴假裝受念成功，之後不是會很辛苦嗎？」

「藤一郎先生相信兒子。而且我認為他有考慮到，即使壯貴先生沒有受念，他也已經用其他方式把自己的想法和思考傳達給兒子了。」

福田聽完玲斗的話，露出佩服的表情。

「今天上午，我問了壯貴，會長對公司接班人這件事有什麼想法。壯貴回答說，爸爸認為現任董事長的兒子龍人是最佳人選，兒子壯貴進公司後，要去從生產第一線到營業部門等所有部門實習，累積經驗，然後再由高階主管根據他日後的表現，討論決定能不能成為繼承人——他說話時的語氣充滿了自信。」

「你聽了之後有什麼感想？」

「我認為他完全貫徹了會長的意志，完全不必擔心。」

「從某種意義上來說，祈念成功了，會長的願望實現了。」

「這是拜你所賜。」福田起身，向他伸出右手，「你不愧是樟樹守護人。」

「我還差得遠呢。」玲斗說完，和福田握了手。

晚上十點，玲斗拎著大紙袋走出社務所。他用手電筒照著前方邁開步伐，不時用燈光照亮左右。雖然不太可能，但也許有人在深夜來參拜。如果可以，他不希望任何人知道他接下來要做的事。

他走到祈念口時停下腳步，用力深呼吸。

他仍然沒有擺脫遲疑，內心深處仍然殘留著一絲猶豫，是不是不該這麼做？但玲斗還是邁開步伐，慢慢踏入兩側是樹叢的小徑。

他很快來到樟樹前，他在白天時打掃得很乾淨，所以周圍沒有什麼枯葉。

玲斗心跳加速。他不知道是因為緊張還是罪惡感，也許是內心充滿期待，而且他的確無法克制內心的好奇心。

他小心翼翼走向樟樹，此刻激動的心情和祈念者離開後，走進樟樹收拾時完全不一樣。

他走進樹幹，從紙袋中拿出燭台放在固定的位置。燭台上已經放好蠟燭。正如福田剛才所說，這是最大的蠟燭。他用火柴點火之後，關掉手電筒。燭光在充滿樟腦香氣的空間搖曳，發出獨特的氣息，瀰漫在整個樹幹內。

玲斗跪坐在那裡，閉上眼睛。目前該想的只有一個人——

30

玲斗按了對講機的門鈴，幾秒鐘後，聽到了「哪一位？」的回答。

「千舟阿姨，我是玲斗。」他把臉湊到對講機前。

「啊？」擴音器內傳來困惑的聲音，「怎麼了？」

「不，沒什麼重要的事，我剛好來這附近。」

「這樣啊……」

「妳不方便嗎？」

「不，沒這回事……你進來吧。」

隨即聽到嘎答開鎖的聲音。

玲斗打開門，沿著墊腳石走向房子，手放在玄關的格子門上，發現門沒有鎖。

玲斗走進屋內時，千舟從走廊深處出來。她穿著灰色套裝。

「不好意思，我突然跑來這裡。在車站前心血來潮買了這個，想和妳一起吃。」玲斗舉起白色塑膠袋。「這是鯛魚燒，妳喜歡吃甜食吧？」

「這樣啊，謝謝你。」千舟看看玲斗手上的袋子，又看著他的臉，「但是不好意思，我馬上要出門了。」

「是嗎？要去公司嗎？」

「對，就是之前說的高階主管會議。」

「啊，原來是今天。」

「雖然有點懶得去聽最後通牒，但也不希望在缺席的狀況下遭到判決。」

「對啊。」

「所以我不能遲到。」

千舟轉身快步走了進去。玲斗脫下鞋，跟著她走進客廳。

大茶几上放著檔案和資料，千舟站在那裡開始讀。

「千舟阿姨，這個怎麼辦？」玲斗舉起裝了鯛魚燒的塑膠袋問。

她瞥了一眼後搖搖頭，「不好意思，我現在沒空吃。」說完，她又再度低頭看資料。

「那我可以先吃嗎？」

「可以啊，冰箱裡有寶特瓶裝的茶。」

「那我就先吃了。」

玲斗走進廚房，把寶特瓶裡的茶倒進杯子，回到客廳。千舟仍然在讀資料。玲斗看著她，從塑膠袋裡拿出鯛魚燒吃了起來。

千舟抬起頭，把檔案和資料放進旁邊的大托特包內，然後又從旁邊的手提包裡拿出記事本，一臉嚴肅地翻閱。

最後，她滿意地點了一下頭，把記事本放回手提包，再把手提包放進托特包。

「好了。」千舟小聲說，「那就出門吧。」

「好。」玲斗回答後，把剩下的鯛魚燒放進嘴裡，然後將杯子裡的茶喝完。

「你可以慢慢坐，你不是有這裡的鑰匙嗎？」

「我今天忘了帶出門了，我們一起去車站，我把腳踏車停在車站的停車場。」玲斗站起身，「剩下的鯛魚燒就放在桌上嗎？」

「好，我回來再吃。」

千舟走向衣帽架，拿了掛在上面的大衣。玲斗為她拎起放在沙發上的托特包。

「謝謝。」千舟穿好大衣後，伸手想要接過托特包。

「我幫妳拿到車站。」

「啊喲，真有紳士風度，還是敬老精神。」

「兩者都有。」

千舟皺起眉頭，輕輕搖頭說：

「這種時候要回答說，這是禮儀。你要記住。」

「喔，好。對不起。」玲斗縮縮脖子。他已經習慣只要開口和千舟說話，就會挨罵的情況。

千舟從大衣口袋拿出手套，戴上的同時走向玄關。玲斗拎著托特包走在她身後。

離開柳澤家後，走向車站。從柳澤家到車站步行只要五分鐘，落葉在地上打轉。

「已經是冬天了，北方不知道是不是已經開始下雪。」千舟拉拉大衣的衣領。

「聽說北海道已經下雪了。妳一個人去旅行要不要去北方？泡泡溫泉，欣賞雪景應該不錯。」

「感覺很不錯，我會考慮。」

玲斗看著千舟的側臉。她正視著前方，好像在思考其他事。

來到車站後，他們確認了時間。往新宿方向的快車大約十分鐘後抵達。千舟應該事先查過，所以配合列車的時間出門。

在候車室的椅子坐下時，千舟伸出右手說：「把手提包給我。」玲斗站在那裡，把手提包交給她。

千舟從手提包裡拿出交通IC卡，放進大衣口袋。玲斗接過手提包後，又放回托特包。

「以後就不必再去公司了。」

「也不能完全不去，因為還有一些事情要處理，但我會盡可能減少去那裡。被趕走的人一直在公司裡打轉，公司的員工會覺得很礙眼。」

「沒有人提出舉辦歡送會嗎？」

「怎麼可能？」千舟噗哧一聲笑了起來，「公司內沒有這麼敬仰我的人，更何況我早就不是員工，而是外人，我在公司裡也沒有辦公桌。」

「是這樣嗎？」

「顧問原本就是這樣。」千舟看一眼手錶後起身，「我差不多該走了，把皮包給我。」

「我送妳到驗票口。」

千舟抬頭看著玲斗說：「你今天特別貼心啊，是同情嗎？」

「這是禮儀。」

「呵呵呵，」千舟用鼻子發出笑聲，「及格，就是要這樣。」

他們並肩走向驗票口，玲斗在驗票口前把托特包交給千舟。

「加油。」

「事到如今，還有什麼好加油的？」千舟把托特包揹在肩上，「謝謝你送我過來。」

「路上小心。」玲斗雙手貼在身體兩側，鞠了一躬說。

列車很快駛入月台，千舟向玲斗揮揮手，精神抖擻地穿越了月台。玲斗看著她坐上車，車門關上後，離開了驗票口。

他坐在候車室的椅子上，看了車站時鐘的時間。現在不是上下班的尖峰時間，千舟應該可以找到座位。她應該會走去其他車廂找座位，在找到的舒適座位坐下後會做什麼？應該會拿出手機檢查訊息和電子郵件，如果有人傳訊息或電子郵件給她，她大概會思考要不要回覆。這需要花多長時間？

玲斗正在考慮這件事時，手機開始震動。是千舟打來的。快車離開車站還不到五分鐘，比玲斗想像中更早。

他調整呼吸後接起電話。「喂，我是玲斗，怎麼了？」

「我的記事本不見了。」千舟小聲地說。

「啊？」

「我的記事本不見了，我明明記得有放進手提包，這是怎麼回事？」她壓低聲音問道，可能怕影響到周圍的人。

「啊？這個、我不知道。」

「你怎麼會不知道？皮包不是一直都是你拿在手上嗎？」

「妳這麼說，我也……啊，該不會？」

「怎麼了？」

「妳剛才不是把IC卡拿出來嗎？可能是那時候掉出來了。」

「如果是這樣，我應該會發現。」

「但既然妳記得放進皮包，這不是唯一的可能嗎？我去看看，我現在還在車站附近。」

千舟陷入沉默，只聽到急促的呼吸聲。

「好。」她回答說，「那我等你的消息。」

「交給我吧。」

玲斗掛上電話後，摸著長褲口袋，快步在車站內移動。車站角落有一排投幣式置物櫃，他在置物櫃前停下。

他從口袋裡拿出一把鑰匙，打開右側最下方的置物櫃門，裡面塞了衣服防塵罩和紙袋。他拿出來，走向廁所。

走進廁所，幸好沒有其他人，隔間也空著。他立刻走進去鎖上門。門上有可以掛上衣的掛鉤，他把衣服防塵罩掛在上面，打開拉鍊。裡面是西裝、襯衫和領帶，就是千舟之前為他買的見客行頭，紙袋裡裝著同一天買的皮鞋。

他確認拿了所有的東西後，打電話給千舟。千舟迫不及待地立刻接起電話。

「玲斗嗎？找到沒有？」

「妳該高興一下，我找到了，在候車室找到的，應該就是那時候掉的。」玲斗從登山連帽衣口袋裡拿出黃色筆記本。他剛才走去驗票口前，悄悄從手提包裡拿了出來。

「是嗎？那我在下一站下車，不好意思，可以請你幫我送過來嗎？」

「不，這樣的話，妳開會可能會遲到。妳直接去公司，我幫妳送去公司。」

「你嗎？送到總公司？」

「對，我送過去。」

千舟陷入沉默。她是個聰明人，應該已經察覺這不是意外，然後在此基礎上思考該怎麼辦。

「好。」她用平靜的聲音說，「我等你，你到公司後，去櫃檯問一聲，我會請他們讓你進來。」

「我知道了。」

玲斗正準備掛電話，千舟說：

「記事本的內容你絕對不能看，否則就是侵犯隱私。」

「我知道。」

「如果我知道你看了，就會和你斷絕關係。」千舟的語氣很嚴肅，顯示她並沒有開玩笑。

「我會牢記在心。」

「你最好這麼做，那就拜託了。」千舟的語氣直到最後都很強硬。

玲斗仰望著在陽光下閃著銀光的大樓，用力深呼吸。這當然是他第一次來到『柳滋股份有限公司』的總公司，他繫緊了剛才在電車上鬆開的領帶，走向公司大門。

進入自動打開的玻璃門，是一座寬敞的大廳，後方是接待櫃檯。兩名雖然稱不上是絕世美女，但長相很有氣質的女人坐在櫃檯內。玲斗走過去時，左側那個圓臉的女人面帶笑容站了起來。

「我姓直井，有東西要交給『柳滋股份有限公司』的柳澤千舟顧問。」

千舟似乎已經有交代，櫃檯小姐低頭確認一下，立刻點點頭。

「顧問已經有吩咐，這個給你，請在那裡稍候片刻。」櫃檯小姐交給他一張有掛繩的卡片，另一隻手指著放了沙發的空間。卡片上寫著『訪客證』幾個字。

玲斗把『訪客證』掛在脖子上，坐在其中一張沙發上。他看向接待櫃檯，櫃檯小姐不知道打電話去哪裡。

不一會兒，玲斗的手機就響了。是千舟打來的。

「我是玲斗。」

「你有什麼目的？」千舟壓低聲音問，她似乎從會議室溜了出來。

「目的？什麼意思？」

電話中傳來嘆息聲。

「我現在沒空，晚一點再說。我會派人過去，你把記事本交給那個人。」

「不，這是重要的東西，我要親自送到妳手上。」

千舟停頓了一下說：

「果然是這樣。」

「什麼？」

「我不是說了，晚一點再說嗎？那你來三樓的三〇一會議室。不要擅自推門進來，一定要先敲門。」

「我知道。」玲斗回答時，電話已經掛斷了。

他走去接待櫃檯問了三〇一會議室的地點。櫃檯小姐告訴他電梯的位置，並說到三樓之後，馬上就看到了。

他搭電梯來到三樓，看到牆上有樓層示意圖。三〇一會議室在走廊盡頭。

玲斗緩緩走在擦得一塵不染的走廊上。一個人都沒有，靜悄悄的。他因為緊張的關係心跳加速，而且口乾舌燥，於是用右手按著胸口。想到自己接下來打算做的事，就忍不住畏縮，但他拚命激勵自己，都已經走到這一步，絕對不能逃避。

他終於來到三〇一的會議室門口，他深呼吸好幾次後，敲了敲門。

門立刻打開了，一個戴眼鏡的男人從門縫中探出頭。

「我找千舟……柳澤千舟顧問——」

要拿東西給她。他還沒說完，那個男人就伸手制止，似乎叫他不必再說下去。千舟可能已經交代過了。

「有人找柳澤顧問。」男人對室內說。

室內似乎有人同意了，男人對玲斗點點頭，打開門。

玲斗走進會議室，環視室內，忍不住大吃一驚。二十名上了年紀的人圍坐在細長形桌子旁。大部分都是男人。

千舟坐在由此數過去第三個座位。玲斗快步走過去，把記事本交給她。

千舟露出銳利的眼神瞪他一眼，說了聲「謝謝」後接過記事本。

玲斗離開千舟身旁走向後方，但他沒有離開，而是站在牆邊。

「你在幹什麼？」坐在前方座位的柳澤勝重問，董事長柳澤將和就坐在他旁邊，「既然事情已經辦完了，就趕快離開。」

玲斗停頓了一下後問：「我不能在這裡嗎？」

所有人都驚訝地看著他。

「你說什麼？」勝重瞪著他問。

「我是問，我不能在這裡旁聽嗎？」

「啊？你、在說什麼蠢話？當然不行啊，趕快出去。」他做出好像在趕蒼蠅的動作。

「我不會干擾你們，只是在這裡旁聽而已。」

「說了不行就是不行，這裡不是你這種人停留的地方，趕快出去。」

「拜託，拜託了。」玲斗鞠躬說道。

勝重不悅地皺著眉頭，移開了視線。「千舟，妳倒是說句話啊。」

千舟轉過頭，看著玲斗，不發一語地沉思片刻，轉頭看著勝重與將和。

「我也拜託各位，可以讓他一起參加嗎？」

勝重驚訝地張開嘴。

「妳說什麼？千舟，妳在想什麼？」

「我認為並沒有太大的問題。」

「怎麼沒有問題！大有問題。除了負責記錄的人以外，高階主管會議原則上不可以有高階主管以外的人參加。」

「這是你們公司的原則，不是嗎？但我不是公司的人，而且也不是高階主管。他是我的下屬，我希望我的下屬可以一起參加。」

「這種歪理——」

「沒關係，」將和打斷了勝重的話，「他說不會打擾，那就讓他旁聽。反正這不是正式的董事會，有人反對嗎？」將和問其他與會者。

沒有人發言。

將和對千舟和玲斗點點頭說：「大家似乎都沒有意見。」

「謝謝。」玲斗大聲道謝。

「但你站在那裡會讓大家心神不寧，誰去拿張椅子給他。」

剛才那個戴眼鏡的男人拿來鐵管椅。玲斗道謝後坐下。

「那我們繼續會議。」將和說完，看著勝重，「既然這樣，那要不要先討論箱根的情況？當然也包括那件事。聽完之後，他應該就願意離開了。」將和說話時瞥了玲斗一眼。

「好，有道理，那就由我來說。」勝重轉向所有人，「請各位看一下資料的第五頁，剛才酒田董事在報告中也提到，箱根的度假村計畫正在順利進行，將如期在明年動工，所以就需要解決該如何處理『柳澤飯店』這個項目。關於這個問題，之前曾經進行過多次討論，認為在明年年底結束營業、歇業的意見佔壓倒性多數，並沒有強烈反對的意見，但如果有人對這個方針有異議，希望可以現在發言。如果沒有意見，就按照原定計畫，在下一次董事會上做出決議，然後在三月的股東大會上報告。」

玲斗注視著千舟的後背，期待她可能會舉起右手。勝重似乎也很在意她的態度，將和雖然看著正前方，但眼角不可能沒有看她。

千舟一動也不動，玲斗可以感受到勝重鬆了一口氣。

「既然沒有人有異議，那就這樣決定——」

將和伸手打斷勝重的話，然後叫著千舟：

「柳澤顧問，妳應該不會參加下一次的董事會，如果妳對『柳澤飯店』有什麼意見，請妳現在表達一下。」

玲斗覺得他的態度似乎在說，如果妳有什麼意見，我們姑且聽一下，但只是聽聽而已，並不可能採納。

千舟轉頭看著將和說：

「謝謝你的關心，但就這樣吧。」她果決地說。雖然玲斗的位置看不到她的臉，但似乎可以看到她臉上露出拒絕同情的毅然。

「好。」將和對勝重使了一個眼色。

「關於『柳澤飯店』的事就這麼決定了。還有另一件相關的事，『柳澤飯店』是柳澤顧問曾經投入的眾多商業設施中，最後一個保留原貌的設施，也就是說，在『柳澤飯店』歇業之後，本集團將不再需要仰賴柳澤顧問的智慧和經驗。在和顧問討論之後，顧問將在本年度卸任，今天藉這個場合向各位報告。柳澤顧問，感謝妳多年來的貢獻。」

其他高階主管也紛紛說著「謝謝妳」，所有人似乎都已經知道這件事，完全沒有任何人感到驚訝。

將和起身，緩緩走到千舟面前，伸出右手說：「辛苦了。」這是最低限度的禮儀嗎？千舟也站了起來，和他握手說：「之後就交給各位。」

她臉上的表情看起來很冷漠，好像已經看開了。

將和回到自己的座位，在坐下之前，看著千舟說：

「喔，對，之後沒有什麼重要的議題，妳不需要留下來聽，先離開也沒有問題。」言下之意，就是該處理的已經處理完，妳可以走了。

「好。」千舟靜靜地說，「那我就先告辭，各位請多保重。」

她把椅子放回去，拿起皮包。正當她準備走向門口時，發現異狀。她環視室內，回頭看向後方。

她發現的異狀就是所有參加會議的人都看著她身後。他們的反應很正常，因為玲斗高高舉起右手。

「各位，這樣好嗎？」玲斗腹部用力，看著所有人說：「這樣真的好嗎？意念就這樣中斷了。」

「玲斗，你別這樣。」千舟責備道，但她的眼神並沒有很銳利。

「喂！」勝重粗聲喝斥道，「你不是說不會干擾會議嗎？」

「這不是干擾，而是表達意見，是為了柳澤集團的建言。」

「年輕人說話不要狂妄，你根本是外人。」

「我並不是外人，我是代替千舟……柳澤顧問發言。」

「別鬧了！」

「好了好了，先等一下。」將和再度勸說，接著緩緩地坐下，抱著雙臂，「既然他代替柳澤顧問發言，就不能無視，那就說來聽聽。你剛才說，意念會中斷，這句話是什麼意思？」

「就是字面上的意思。以『柳滋股份有限公司』為中心的柳澤集團經營理念，是以柳澤家世世代代傳承下來的意念為基礎。這個意念由三個概念組成，這三大概念分別是——」玲斗豎起了右手的三根手指，「努力、合作、樸素，董事長應該也知道。」

「我當然知道。要努力不懈、和他人合作、保持樸素，我不知道聽我父親說了多少次。」

「對，我相信。但是言語難以充分表達意念，意念是靈魂，是生活方式，柳澤家世世代代的領導者以事業和工作的形式傳承給後代，在柳澤家族中唯一藉由樟樹接收意念的千舟阿姨也充分加以實踐，『柳澤飯店』就是象徵，那裡是留下了千舟阿姨信念和理念的結晶，而且完全沒有變得陳舊，也是能夠對未來發揮作用的指標，事實上，目前仍然是柳澤集團的基礎。」

玲斗環視所有高階主管後，將視線移回將和身上。

「前一陣子，我去住了『柳滋飯店』，我覺得是一家很棒的飯店，整棟建築物的感覺、房間的大小和『柳澤飯店』完全不同，我相信入住的客層也完全不一樣，不過我感受到兩家飯店具有相同的理念。比方說聲音，『柳澤飯店』的房間很安靜，即使閉上眼睛，豎起耳朵，也完全聽不到任何動靜。因為以前曾經接到客人的投訴，說掛在牆上的時鐘聲音很刺耳，於是換成沒有秒針的時鐘，這件事也成為『柳澤飯店』追求安靜的契機。在徹底調查客房內有什麼雜音之後，發現日光燈、冰箱和空調都是雜音的來源，就採取了相應的措施。『柳滋飯店』就是以這個經驗為基礎，在冰箱上設置了開關。『柳澤飯店』有些房間的臥室和起居室分開，後來發現客人喜歡臥室不要太大。因為人一旦躺下之後就懶得再動，所以『柳滋飯店』雖然房間不大，但床很大，讓住宿的客人躺在床上，只要一伸手，就可以碰到其他地方。在選擇地點時，也反向運用了『柳澤飯店』的經驗，『柳滋飯店』大膽忽略了大部分觀光飯店重視的景觀、交通便利性和基地的形狀等要素，於是就更容易買到合適的土地。雖然受到基地的影響，房間可能不是長方形，但飯店方面認為這和住宿的客人無關。除此以外，『柳澤飯店』對柳澤集團進軍飯店事業產生的影響不計其數，但是，最不能忘記的，我在這裡最想要說的是——」

玲斗向前一步，站在千舟身旁。

「這些點子幾乎都是來自柳澤千舟阿姨。在『柳滋飯店』房間的簡介上，介紹了以董事長和專務董事為中心推動的改革，但如果沒有千舟阿姨的建議，就無法進行這些改革。因為當初是千舟阿姨向將和董事長提議，『柳滋飯店』的名稱要使用片假名標示。在簡介中還提到了『董事長套餐』，那是可以在『柳滋飯店』咖啡店吃到的早餐套餐，一小碗洋蔥牛肉燴飯和沙拉，再配上咖啡的套餐只要五百圓，據說原本是工作忙碌的董事長喜愛的菜色。簡介上寫著，服務的基本，就是讓客人享用自己愛吃的食物，向客人提供自己希望享受到的服務。我曾經在『柳澤飯店』吃『早起咖哩』時，從千舟阿姨口中聽過完全相同的話。這不是巧合，而是董事長受到千舟阿姨的影響，但你們試圖忘記千舟阿姨的這些功勞，想要當作沒這回事。世代交替勢在必行，每個人都會老去，但是抹殺功臣留下的功績，真的是明智的決定嗎？即使無法傳達柳澤家的意念也無所謂嗎？柳澤集團能夠持續繁榮下去嗎？我再請教一次，這樣真的好嗎？」

玲斗一口氣說完後閉上眼睛。他的腋下全都是汗，汗水也從太陽穴流下。

他睜開眼睛，戰戰兢兢地看著千舟。千舟眨著眼睛，雙眼充血。

會議室內鴉雀無聲，玲斗不知道其他人怎麼看自己，他害怕得不敢抬起頭。

啪啪啪。這時響起了清脆的聲音。玲斗看向聲音的方向，發現將和在鼓掌，但臉上的表情很冷漠。

「大家都洗耳恭聽了，辛苦了，現在滿意了嗎？」他語氣有如拒人千里般地冷冷問道。

你這是什麼意思？玲斗很想反駁，但千舟制止他：「玲斗，我們走吧。」

玲斗看著其他人，每個人都露出同情的眼神，他頓時感到很空虛。

他默默跟著千舟走向門口。

「你把記事本從我皮包裡拿走，就是為了這麼做嗎？」走出會議室，千舟走在走廊上時問。

「對不起，因為我無論如何都想在高階主管會議上說出來。」

「為什麼？」

「因為我猜想妳可能什麼都不會說，其實妳內心很不甘心，內心有很多話想要說。」

「不甘心嗎？沒錯，樟樹也可以傳達這種心有不甘的意念。」千舟停下腳步問：「你什麼時候受念的？」

「上個月滿月的隔天，幸好沒有其他人預約。」

「你怎麼知道我向樟樹寄念？」

「妳叫我去澀谷，由妳當樟樹守護人的那天晚上，是用飯倉孝吉先生的名字預約了祈念，但之後我遇到飯倉先生時向他確認，他說並沒有去祈念。於是我想，那天晚上是妳自己要向樟樹寄念。」

千舟驚訝地眨著眼睛問：「你認識飯倉先生？」

「曾經在澡堂遇過他，我也曾經告訴妳這件事。」

「是嗎……我完全不記得了。雖然聽你說過，但我忘記了。」千舟露出沮喪的表情。

「對不起，我為擅自受念向妳道歉，但我無論如何都想知道妳寄託了什麼意念……」

「原來是這樣，雖然我原本打算暫時不告訴你這件事，但這也無可奈何。」

千舟邁開步伐，但又馬上停了下來，「既然這樣，你應該知道是我主動提出卸任顧問一職。」

「對。」玲斗點點頭，「也知道原因。」

「你明明知道，剛才還說了那番長篇大論？」

「正因為知道，所以才要說。我認為必須代替妳說出這些話。」

千舟垂下雙眼，抿起嘴，然後嘴唇稍微動了一下，但最後什麼也沒說，邁步向前。

31

聖誕節前一週的某個下午，接到優美傳來的訊息，說樂曲終於完成了。玲斗立刻打電話給她。

「太厲害了，是怎樣的樂曲？」

「嗯。」優美在電話的另一端低吟，「我也說不清楚，我認為你自己聽聽看就知道了。」

「聽多少次都沒關係，妳不是已經錄音了嗎？可以拿來給我聽嗎？」

「這當然沒問題，但我希望你可以聽現場演奏。」

「如果可以的話，我當然也想聽現場演奏。什麼時候、去哪裡可以聽到？還是上次那個在澀谷的錄音室嗎？」

「這次的平安夜，要在奶奶住的安養院舉行演奏會。」

「啊，在安養院……」

「安養院內有一間小型音樂廳，偶爾會有一些業餘的音樂家去那裡舉行慰問表演。」

「對喔，佐治先生之前就說，想要給妳奶奶聽。」

「沒錯，這首樂曲就是為了這個目的所創作的。」

「我知道了，平安夜嗎？我一定會去聽，妳可以告訴我時間和詳細的地點嗎？」

「等一下會傳給你，我爸爸說，很希望柳澤女士也一起來。」

「我阿姨？」

「因為我爸爸說，他去祈念很多次，柳澤女士幫了很多忙。」

千舟為佐治安排的祈念次數的確比玲斗更多。

「好，我問我阿姨看看。」

「拜託你了，我爸爸一定很高興。」

優美說，她奶奶住的安養院在調布。

掛上電話後，玲斗正在打掃神殿，千舟出現了。今天她要教玲斗製作蠟燭。

玲斗把演奏會的事告訴了她。

「是嗎？可以聽到佐治先生的哥哥為他媽媽創作的樂曲……但他媽媽不是失智了嗎？在這種狀態下聽演奏有辦法理解嗎？」

「佐治先生認為哪怕只能傳達到一點點就足夠了，如果真的能夠做到，那真是太棒了，千舟阿姨，妳也這麼認為吧？」

「那當然……」

「那我們也去聽，這首樂曲的創作過程和樟樹的祈念有很大的關係，身為守護人，有一種責任感，而且我更好奇完成了怎樣的樂曲。」

千舟的嘴角揚起笑容，意味深長地瞇起眼睛看著玲斗。

「怎麼了？我說了什麼奇怪的話嗎？」

「沒有。」她搖著頭。

「我只是覺得你在不知不覺中越來越能獨當一面了，把樟樹交給你可以放心了。」

「啊，謝啦……不對，謝謝妳。」

千舟之前曾經稱讚過自己嗎？玲斗知道自己的臉都紅了。

「好，那我也想聽聽那首樂曲，請你轉告佐治先生，我會去叨擾。」

「我知道了。」

玲斗從工作服的衣襟內掏出手機，在輸入訊息的同時，偷瞄著千舟。

千舟凝望著遠方，夕陽映照在她的臉上。

平安夜這天從早上就是晴天，玲斗像往常一樣打掃院落，也清理了樟樹。

吃完午餐，他騎著腳踏車來到柳澤家門口，發現屋前停了一輛很大的黑頭車，一個看起來像是司機的男人站在車子旁。他看到玲斗後微微鞠躬，玲斗也欠身向他打招呼。

進入屋內，一看到千舟，就問了車子的事。「那該不會就是所謂的派遣黑頭車？」

「沒錯。我查過去安養院的交通，發現搭電車太累了，所以叫了車子。」千舟若無其事地說。

「是喔，我第一次看到，我也可以搭嗎？」

「當然啊，我們為什麼要分頭前往？」

「沒有啦，因為我不是柳澤集團的員工……」

「不必擔心，這不是用公司的名義，而是用我私人的名義預約的。」

「太好了！」玲斗雙手做出勝利的姿勢，「早知道我就穿像樣一點的衣服出門，太失策了。」

他今天還是穿那件登山連帽上衣。雖然也是他見客的行頭，但完全是便服。

「這樣就行了，而且今天的主角並不是你，不需要看到黑頭車就害怕。」千舟不假辭色地說。

「好。」玲斗縮著脖子，吐吐舌頭。奇怪的是，最近發現挨罵比得到她的稱讚更安心。

他們一起走出門外，司機為他們打開車門，玲斗跟著千舟坐上車。司機再關上車門。

玲斗當然是第一次接受這樣的款待。

高級轎車坐起來很舒服，座位旁有許多開關，可以自由改變靠背的角度和座椅的位置，而且司機開車很穩，稍不留神，可能就會睡著。

「太厲害了，上次參加高階主管會議的人都坐這種車子吧？簡直就像生活在不同的世界。」

「你羨慕嗎？」

「嗯，這倒未必，如果有那麼多錢，我可能會想花在其他地方。」

「如果已經在其他地方花了足夠的錢，但仍然花不完，才會用在這種事上呢？」

「是這樣嗎？妳這麼說，我就無法想像了。我投降。」

「別說這種話，你必須想像。這個世界是一座金字塔，每個人都是形成這座金字塔的一塊石頭，必須想像金字塔的全貌，然後自己處於哪一個位置，一切就從這裡開始。無論是往上進取還是向下沉淪，都取決於你，也是你的自由。」千舟說到這裡，皺起眉頭問：「怎麼了？我臉上有什麼東西嗎？」

「沒有。」玲斗搖搖手，他忍不住看著千舟出神。

「妳的確瞭解得很清楚。妳的腦袋裡有一個巨大的金字塔，而且也知道自己所在的位置。」

千舟輕輕嘆口氣。

「是啊，你已經接收了我的意念，像這樣用言語表達太蠢了嗎？」

「不，我雖然接收了意念，但無法瞭解妳所有的一切，希望妳以後能繼續指導我。」

「你是認真的嗎？」

「當然，我想深入瞭解人生，和妳在一起可以學到很多，拜託了。」

千舟露出柔和的表情，緩緩搖著頭說：「你真的很會說話。」

「謝謝。」

「我並不是在稱讚你。」

「啊？不是稱讚啊。」

「你至少該知道什麼是諷刺。」

「好，我學到了。」

玲斗不經意看向後視鏡，發現司機的眼睛在笑。

一個小時左右之後，他們抵達安養院，樓層不高的新建築周圍有許多綠樹。玲斗在大門口打電話給優美，優美說馬上去接他們。

優美很快就出現了，玲斗把她介紹給千舟。

「我爸爸經常去麻煩您，真不好意思。」優美在胸前合起雙手說。

「完全不是問題。妳爸爸能夠重現辭世的哥哥腦海中的樂曲，真是太棒了。我接觸祈念已經好幾十年，第一次有這種經驗。」

「爸爸聽到您這麼說，一定會很高興。」

優美帶他們前往會場，會場就在安養院二樓的禮堂。聽優美說，有時候也會在這裡放電影。

走進禮堂，發現排放著鐵管椅，總共可以容納一百人左右，目前已經有將近一半的座位坐了人。仔細一看，應該是安養院的老人家。前方有一座舞台，放著平台鋼琴，旁邊立了一塊『聖誕節特別演奏會』的牌子。

「因為機會難得，就邀請其他住在安養院的人一起來聽。」優美說。她似乎對樂曲很有自信。

雖然可以隨便坐，但優美說，中央附近的座位聽到的音質最理想。

他們正在猶豫該坐哪裡時，佐治壽明出現在門口。走在他身後的應該是他的太太，她和優美很像，五官散發出好勝的感覺。

「柳澤女士，今天很感謝妳特地來參加。」佐治向千舟鞠躬說道。

「你太客氣了，我很期待。」

「聽到妳這麼說，真是太高興了，直井，也謝謝你在百忙之中抽時間過來。」

「我無論如何都很想聽聽看，樂曲的成果怎麼樣？」

「這個嘛……你聽了之後就知道了。」佐治說話時克制著內心的情緒，似乎覺得不需要多說。

「啊，奶奶來了！」優美看著入口說。

玲斗轉頭一看，發現一名老婦人在身穿白衣的女人陪同下走進來。老婦人個子矮小，戴著眼鏡，穿著花卉圖案的開襟衫，拄著拐杖。優美告訴他們，她奶奶叫佐治貴子。

佐治和他太太跑過去攙扶。貴子在他們的攙扶下緩緩走向前，她的臉上沒有表情，眼神渙散。

貴子跟著佐治夫婦來到玲斗他們所在的位置，在椅子上坐下時，嘴裡唸唸有詞，玲斗聽到了『學校』和『營養午餐』的字眼。

「奶奶平時都不願意離開自己的房間。」優美在玲斗的耳邊說，「只有騙她說要去遠足或是運動會，她才會高高興興地做出門的準備。她應該回想起以前讀書的時候，我之前來這裡時，她還以為我是老師。」

貴子坐下後，佐治和他太太分別坐在她的兩側。優美坐在佐治的左側，玲斗和千舟在優美旁邊的座位坐了下來。

其他入住者也陸續進來，不一會兒，就發現幾乎都坐滿了。

演奏的時間到了。一個看起來像是安養院工作人員的中年女人走到前方。

「聖誕節特別演奏會現在開始。今天為各位表演鋼琴彈奏的是鋼琴講師，也是音樂評論家的岡崎實奈子小姐。岡崎小姐，請上台。」

身穿紅色洋裝的岡崎實奈子從左側出現，她今天髮型很華麗，妝也比較濃，但仍然氣質動人。她滿面笑容地向觀眾席鞠躬，禮堂內頓時響起掌聲。

岡崎實奈子走向鋼琴，她收起臉上的笑容，禮堂內的掌聲也安靜下來。她緩緩走向鋼琴，在椅子上坐下。

片刻寂靜後，岡崎實奈子抬起雙手，禮堂內響起有力的鋼琴聲。

演奏才開始不久，玲斗就覺得和之前聽到的完全不一樣。樂曲本身和他之前在澀谷的錄音室內聽到的相同，但高低音的重疊和結構的複雜、細膩和之前無法相提並論，整體的印象完全不一樣，就像是素色布料和精緻圖案的掛毯般大不相同。

耳朵聽到的旋律在身體深處產生迴響，在玩味這種餘音之際，又有新的旋律加入。玲斗陶醉在自己的身體呼應音樂的感覺之中，很希望可以一直沉浸在這些旋律裡。

意外的聲音把沉浸在宛如冥想世界的玲斗拉回現實。他聽到費力擠出的聲音，從右側傳來的聲音好像在喃喃說著「酒夫……酒夫」。

玲斗轉頭看過去，發現優美偏著頭感到納悶。坐在優美旁邊的佐治神情也有點奇怪。

這時，有人突然站了起來。是優美的奶奶——佐治貴子。是她發出了叫聲——「酒夫……酒夫……」

這時，玲斗終於聽清楚她在說什麼。她說的是「喜久夫」。

「喜久夫的……喜久夫的鋼琴……喜久夫的……」她好像著魔似地不停地重複。

「媽媽。」佐治也站起來。

「喜久夫在彈鋼琴。是喜久夫。啊啊，是喜久夫。啊啊，喜久夫，啊啊……」貴子雙手捂著嘴，淚水撲簌簌地從她的眼中流了下來。

佐治把手放在母親的肩膀上。

「對，這是哥哥的樂曲。媽媽，是哥哥的樂曲沒錯，哥哥為了妳創作的樂曲。他雖然已經聽不到了，但他在腦海中，他在腦海中創作了這首樂曲，妳要仔細聽。」

岡崎實奈子的演奏漸漸進入高潮。玲斗屏住呼吸，注視著她用力彈鋼琴的背影。

優美送玲斗他們到安養院的大門。

「爸爸要我謝謝妳，以後也請妳多指教。」優美對千舟說，佐治夫婦帶貴子回房間了。

「太棒了，聽到這麼棒的音樂。妳奶奶看起來很幸福，我相信妳伯伯在天上應該會很滿足。」

「我也這麼覺得。奶奶在聽音樂時，好像變回以前的樣子，雖然可能只是我的心理作用。」

「不是心理作用，一定就像妳說的這樣，妳奶奶很幸福。」

優美點點頭，看著玲斗說：

「謝謝你幫了這麼多忙，我爸爸說，下次要找機會專程謝謝你。」

「沒關係啦。」

玲斗很想說，這種事不重要，但我希望可以有機會單獨和妳吃飯——只不過他說不出口。自己還太嫩了，不敢說這種話。

「玲斗，我們走吧。」千舟說。

「好，」玲斗回答後，看著優美說：「再見。」

「我可以再去看那棵樟樹嗎？」

玲斗聽了優美這句話，用力點點頭，「當然可以，我等妳。」

「太好了。」她笑了起來。玲斗看著她的笑容，覺得現在這樣就很滿足了。

坐著黑頭車回家的路上，玲斗假裝睡著。雖然他想和千舟討論，但擔心被司機聽到。因為閉著眼睛，所以不知道千舟在做什麼。可能又在看記事本，或是看著窗外的風景，回想剛才發生的事。

他察覺到車子來到柳澤家門口，假裝醒過來，搓著臉，左顧右盼地問：「咦？這裡是哪裡？」

「馬上就到了。」司機回答。千舟沒有說話。

車子停在柳澤家門前，司機再次為他們打開車門。玲斗下車後，用力伸著懶腰。「啊，睡得真舒服。」

目送車子離去後，千舟從皮包裡拿出鑰匙走向大門，但在開門之前轉頭看著玲斗問：「你要進來嗎？要不要喝杯茶再走？」

「啊……要不要呢？」

他真的很猶豫。他很想和千舟聊一聊，但又不想在房間內和她面對面談。

「今天還是不要好了。」

「是嗎？」千舟先垂下眼睛後，再抬眼注視著他說：「今天的經驗很寶貴，謝謝你。」

「不需要謝我，只是——」他低頭舔舔嘴唇，然後抬起頭說：「我很想知道妳的想法。我想知道妳看了那個奶奶之後，有什麼感想。」

「有什麼感想嗎？」

「對，比方說……覺得她很可憐，或是覺得很羨慕。」

千舟咬著嘴唇，似乎在思考答案。

「千舟阿姨，」玲斗說，「也許並沒有那麼糟糕。」

千舟訝異地偏著頭，可能不知道玲斗在說什麼。

「我是說『遺忘』這件事，忘記真的有那麼糟糕嗎？真的是不幸嗎？即使記憶力衰退，即使無法記住日常生活中的很多事，其實並沒有什麼。」

千舟露出無奈的笑容。

「果然瞞不過你嗎？雖然我在寄念時，努力不去想這些，看來真的沒辦法騙過樟樹。」

「當初是妳告訴我，樟樹可以傳達一切。」

「是啊，正因為這樣，所以我才沒有告訴你我已經寄念。但是你還是在受念之後知道了……」千舟嘆氣，注視著玲斗說：「你知道我發生了認知障礙。」

「我是在受念時確定這件事，但之前並不是完全沒有察覺。」

千舟挑了一下右眉問：「是這樣嗎？」

「那天去幫我買西裝……買我的見客行頭時，妳不是一下子想不起我的名字嗎？雖然妳掩飾說不知道該怎麼叫我，但我覺得應該不是這樣。」

「那……的確是。」

「然後感恩會的當天，妳打電話給我，叫我去理髮，還說前一天忘了交代。但其實妳並沒有忘記，妳已經叮嚀我，叫我要去剪頭髮，所以接到妳電話時，我的頭髮已經剪短了。我是從那個時候覺得有點奇怪，覺得妳可能有點健忘。」

「那次剪頭髮的事……原來是這樣。」

「我們住在『柳澤飯店』時，不是也發生了相同的情況嗎？我不小心睡著，所以耽誤了晚餐時間，但妳什麼都沒說。妳也忘了和我約好吃晚餐的時間。對不對？」

「沒錯，聽到你道歉，我才想起來，原來我和你約了吃晚餐的時間。」

「因為妳沒有寫在記事本上，所以才會忘記，對不對？」

千舟微微瞇起眼睛點點頭，「對，沒錯。」

「黃色記事本，」玲斗指著千舟的手提包說，「就是妳的記憶。嚴格地說，是妳的短期記憶。雖然妳清楚記得以前的事，但經常忘記最近的事，所以遇到絕對不可以忘記的事，妳就會馬上寫在記事本上。在和別人見面之前、甚至在和別人見面時，妳都會不時確認記事本上所寫的內容，避免彼此的溝通出問題。事實上，妳掩飾得很成功。雖然我剛才說隱約察覺到了，但我並沒有想到是疾病這麼嚴重的問題，以為只是年紀大了，有點健忘而已，沒想到妳是靠有效使用記事本和隨機應變的能力應付各種局面。」

千舟打開手提包，拿出記事本。

「我差不多在一年前發現自己的異常，」她靜靜地說著，「經常發生忘了和別人約定的事，或是同一樣東西買了好幾次的情況。我猶豫很久，最後去看了醫生，被診斷為輕度認知障礙，也就是未來的失智症病人，而且是最常見的阿茲海默症。雖然可以在某種程度上延緩病情的發展，但無法完全停止惡化，醫生說，症狀只會越來越惡化，所以我必須在還能夠正常生活的期間採取措施。公司方面只要辭去顧問一職就解決了，最擔心的就是祈念的事，要由誰來擔任樟樹守護人呢？我必須趕快決定接班人。」

「所以才來找我嗎？」

「我並沒有馬上決定由你接班，雖然你和我的血緣關係最近，但那麼多年沒有聯絡，我不知道你的近況，只不過如果要找其他人，就只有將和或是勝重的兒女，這麼一來，就是五等親以上，關係未免太遠了。正當我在煩惱該怎麼辦時，剛好接到富美阿姨的電話，說你被警察抓了。」

「妳一定很失望，因為我這麼不成材。」

「如果說不失望，那就是騙人的。說句心裡話，我原本希望，即使稱不上優秀有為，至少也是個不會造成別人的困擾，腳踏實地生活的年輕人。」

有道理。玲斗不得不同意。如果自己站在千舟的立場，一定也會有相同的想法。

「但妳仍然決定讓我接班。」

「對，我相信你已經知道原因，畢竟你已經接收了我的意念。」

「是對我媽的補償……對嗎？」

「雖然不該由自己說，不過我對自己的人生無怨無悔。我沒有結婚，也沒有生孩子，無法建立家庭，但我認為建立了許多足以取代家庭的東西，也為此感到驕傲。只有一件事，我始終無法原諒自己。那就是我沒有為唯一的妹妹做任何身為姊姊該做的事，我真的太愚蠢了。」

千舟重重地嘆了口氣，揚起下巴。她的雙眼通紅，淚水順著眼角流下。

玲斗說不出話。他透過受念充分瞭解千舟的苦惱。

千舟在父親直井宗一再婚後就開始後悔。她至今仍然不斷自責，為什麼當時無法真心祝福他們，因為自己始終不願敞開心胸，所以宗一臨死的時候，應該仍然為無法讓家人團聚一堂感到遺憾。宗一應該發自內心希望同父異母的兩姊妹相親相愛。

這也是千舟的希望。雖然得知再婚的父親又將有孩子時很受打擊，但她無法否認，第一次看到出生的嬰兒時，內心湧起一股暖流。這是我的妹妹，是我在這個世界上唯一的妹妹——

她不知道後悔過多少次，如果當時抱一抱嬰兒該有多好。因為當時沒有這麼做，所以姊妹之間無法建立感情。

而且，她還拋棄了妹妹。不光是疏遠而已，明知道美千惠為一個有家室的男人生下孩子，日後的路一定很不順遂，但當美千惠提出要斷絕姊妹關係時，她並沒有反對，甚至真的從此斷絕往來。再次看到妹妹時，她已經變成冰冷的屍體。

她無法不嘆息自己多麼愚蠢，竟然沒向任何人都無法取代的妹妹伸出援手。她並不討厭妹妹，也沒有厭惡妹妹，而是想要疼愛妹妹，希望像姊姊一樣和妹妹相處，為年幼的妹妹挑選衣服，為妹妹梳頭髮，把妹妹打扮得漂漂亮亮後一起出門，帶妹妹吃美食，做很多開心的事，兩個人一起歡笑。

她不是做不到，而是根本沒有做，為了一些無聊的自尊心和毫無必要的意氣用事一直欺騙自己，即使明明知道這種東西沒有任何價值。

美千惠的死在千舟內心留下很大的創傷。很長一段時間，她都不願面對那個傷痕，持續欺騙自己。

但是，當她得知玲斗的存在之後，無法置若罔聞。她認為終於等到可以為美千惠做點事的機會。

「我相信你已經知道了，這件事一舉兩得。」千舟用手背擦著眼睛說，「我希望可以藉由拯救你，讓你成為一個堂堂正正的人，來向美千惠道歉，同時也希望可以解決培養樟樹守護人的接班問題。」

「但是，妳並沒有達到這個目的，」玲斗攤開雙手說，「妳也看到了，我還不成材，也是不成熟的樟樹守護人，還需要妳的協助。」

「根本不需要我的協助……」千舟無力地搖著頭，「目前的我已經沒有任何能力了，只是一個不中用的老太婆。感恩會後召開非正式高階主管會議時，大家並沒有排擠我，你應該已經知道那天晚上發生了什麼狀況吧？」

「嗯，」玲斗回答說，「妳是不是忘記了？」

「沒錯，我忘記了感恩會後要開高階主管會議這件事。那天晚上，離開會場之後，我感到手足無措，因為我不知道自己接下來該做什麼。你不在我身邊，記事本上什麼都沒寫，我在飯店內走來走去，最後走到大門外時，幸虧你看到我。你問我之後，我才知道要開高階主管會議。我不是想起來，而是那時候才知道。當時的記憶完全消失了，但我已經習慣應付這種場面，所以立刻說謊掩飾過去，但也因此永遠失去可以拯救『柳澤飯店』的機會。」

「其實在那之後，我遇到了將和董事長他們，我向董事長抗議，他們是不是故意排擠妳，但董事長只說那是大人的事。」

「我只有把病情告訴將和一個人，因為我擔心萬一以後給公司添麻煩，所以我猜想他當時應該馬上察覺到是什麼狀況。他比你想像的更優秀，即使不需要借助樟樹的力量，也能夠繼承柳澤家的意念。」

如果千舟說得沒錯，柳澤將和真的很了不起，自己根本不可能是他的對手。

「感恩會那晚是關鍵，我終於下定決心，該落幕了，反正也已經找到了守護樟樹的人。」

「我還差得遠。」

「別擔心，你完全可以勝任，而且我之前不是和你說過嗎？我打算出門旅行，要請你來看家。」

玲斗挺直身體，直視著千舟的臉。

「妳去旅行當然沒問題，我也可以為妳看家，但請妳向我保證一件事，妳一定會回來。妳要向我保證，絕對會回來。我知道佛壇的抽屜裡有一個小瓶子，我不會讓妳把它帶出門。我會在妳出門時，把小瓶子裡裝的白色粉末倒掉。」

那些白色粉末是劇毒藥砒霜，千舟的腦袋裡有打算在某個遙遠的陌生國度，把這些白色粉末吞下去的想法，玲斗透過樟樹接收到這個念頭。

千舟露出悲傷的眼神。

「我想你應該不知道，你還年輕，你不知道。想要記住的事，重要的回憶都會像沙子從指尖流逝般消失，你能夠瞭解這有多麼可怕嗎？就連認識的人也會一個又一個忘記，總有一天，我會連你也忘記，而且甚至不知道自己忘記了。你能夠瞭解這有多麼悲傷，多麼痛苦嗎？」

「我的確不瞭解，但是妳現在也不知道那是一個怎樣的世界，不是嗎？既然不知道自己忘記了，那就代表並不是一個絕望的世界。從某種意義上來說，是一個新世界。既然資訊會漸漸消失，只要不斷輸入新的資訊不就好了嗎？明天的妳或許不再是今天的妳，但這樣也很好啊。我可以接受，我可以接受明天的妳，這樣不行嗎？」

千舟眨了眨眼睛，一直盯著玲斗，然後放鬆嘴角。

「你知道我在想什麼嗎？」

「不知道。妳在想什麼？」

「我很羨慕美千惠，我發自內心嫉妒她。雖然她和你共同生活的時間很短暫，但能夠和這麼出色的兒子一起生活，她的生活一定很充實。」

「千舟阿姨……」

「一直都在說感傷的事，我要告訴你一件事。雖然我覺得已經無所謂了，但還是通知你一下。」千舟翻開記事本，「我接到了『柳滋股份有限公司』的通知，關於『柳澤飯店』的存續問題將暫時擱置，一年之後再重新審議。你的精采演說奏效了。」

「那家飯店……是喔！」

千舟闔上記事本。

「我問你，我可以再活一段日子嗎？有這個價值嗎？」

玲斗不知道該怎麼回答，他著急地用力揮起右拳。

「我想要把此刻的心情寄念，因為我無法用言語表達，我想透過樟樹傳達給妳。」

「謝謝，但是不需要借助樟樹的力量，我第一次知道，像這樣面對面就可以感受到某些東西。」

千舟伸出右手，玲斗握住了她瘦小的手。

玲斗覺得能感受到千舟的想法——她的意念。

完

春日 ハルヒブンコ 文庫

86

祈念之樹

クスノキの番人

祈念之樹 / 東野圭吾作 ; 王蘊潔譯. -- 初版. -- 臺北市
: 春天出版國際, 2020.03
面 ： 公分. -- (春日文庫 ; 86)
譯自 : クスノキの番人
ISBN 978-957-741-255-3(平裝)

861.57 109001199

ISBN 978-957-741-255-3
Printed in Taiwan

作　　者　東野圭吾
譯　　者　王蘊潔
總 編 輯　莊宜勳
主　　編　鍾靈

出 版 者　春天出版國際文化有限公司
地　　址　台北市信義路四段458號3樓
電　　話　02-7718-0898
傳　　眞　02-7718-2388
E－mail　story@bookspring.com.tw
網　　址　http://www.bookspring.com.tw
部 落 格　http://blog.pixnet.net/bookspring
郵政帳號　19705538
戶　　名　春天出版國際文化有限公司
法律顧問　蕭顯忠律師事務所
出版日期　二〇二〇年三月初版
　　　　　二〇二〇年十一月初版三十一刷

定　　價　520元

總 經 銷　楨德圖書事業有限公司
地　　址　新北市新店區中興路2段196號8樓
電　　話　02-8919-3186
傳　　眞　02-8914-5524
香港總代理　一代匯集
地　　址　九龍旺角塘尾道64號 龍駒企業大廈10 B&D室
電　　話　852-2783-8102
傳　　眞　852-2396-0050